Juri
Rytchëu

Unter
dem Sternbild
der Trauer

Zu diesem Buch

Dicht am Polarstern glitzern im Sternbild der Trauer jene Sterne, die aus den Seelen der Toten hervorgegangen sind. Dort sieht der Schamane Analko auch seinen Sohn Atun, der ein Opfer der Umwälzungen geworden ist, die über die Bewohner der Wrangel-Insel hereingebrochen sind.
Den Stoff zu diesem Roman schöpfte Juri Rytchëu aus zwei Quellen: den Erzählungen seiner Stammesgenossen und aus den Akten eines damals aufsehenerregenden Moskauer Prozesses. 1934 schlug eine sowjetische Forschergruppe auf der Wrangel-Insel ihr Lager auf. Auf dieser Expedition kam der jüdische Arzt Wulfson auf mysteriöse Weise ums Leben. Die Insel am Polarkreis wird zum Schauplatz des unheilvollen Zusammenpralls zweier Kulturen. Machtkämpfe, Intrigen und Demütigungen vergiften den Alltag.

Der Autor

Juri Rytchëu wurde 1930 als Sohn eines Jägers in der Siedlung Uelen auf der Tschuktschenhalbinsel im äußersten Nordosten Sibiriens geboren. Der erste Schriftsteller dieses Volkes mit zwölftausend Menschen wurde mit seinen Romanen und Erzählungen aus dem Lebenskreis der Tschuktschen zu einem berufenen Zeugen einer bedrohten Kultur und eines vergessenen Volkes.

Von Juri Rytchëu sind im Unionsverlag lieferbar: »Der Spiegel des Vergessens«, »Die Suche nach der letzten Zahl«, »Teryky«, »Traum im Polarnebel«, »Unna« sowie »Wenn die Wale fortziehen«.

Die Übersetzer

Charlotte und Leonhard Kossuth studierten Slawistik und Anglistik und arbeiteten als Verlagslektoren für russische und sowjetische Literatur in Berlin. Gemeinsame Erfahrungen nutzend, übersetzen sie beide Juri Rytchëu zusammen.

Juri
Rytchëu

Unter dem Sternbild der Trauer

Aus dem Russischen von
Charlotte und Leonhard Kossuth

Unionsverlag
Zürich

Die russische Originalausgabe erschien 1992
unter dem Titel *Kto ubil doktora?*.
Die deutsche Erstausgabe erschien 1994
im Unionsverlag Zürich.

Auf Internet
Aktuelle Informationen
Dokumente über Autorinnen und Autoren
Materialien zu Büchern
www.unionsverlag.ch

Unionsverlag Taschenbuch 85

Rieterstrasse 18, CH-8059 Zürich
Telefon 0041-1 281 14 00, Fax 0041-1 281 14 40

Umschlaggestaltung: Heinz Unternährer, Zürich
Umschlagfoto: Franz Lazi
Druck und Bindung: Clausen & Bosse, Leck
ISBN 3-293-20085-0

Die äußersten Zahlen geben die aktuelle Auflage
und deren Erscheinungsjahr an:

2 3 4 5 6 - 02 01 00 99

Erster Teil

1

Die ersten Tage auf der Wrangel-Insel versanken in einem Wirrwarr, in sich widersprechenden Befehlen und ordinären Flüchen; darin überboten sich der Kapitän des Eisbrechers »Lütke«, der das Entladen zu beschleunigen suchte, um schneller die Rückfahrt antreten zu können, und Minejew, der seine Wirtschaft an den neuen Leiter der Polarstation, Sementschuk, übergab, wobei dieser erst unbesehen alles hinnahm, dann alles stückweise durchzählen wollte: Kognakflaschen, Säcke mit Zucker, Patronen, Pelzbekleidung, Rentierfelle ...

Die Zimmerleute errichteten schnell zwei neue Häuser – eins war für den neuen Chef bestimmt. Die Ankömmlinge bezogen einstweilen die alten Häuser – Doktor Wulfson und seine Frau erhielten zwei kleine Räume, und das freute Nikolai Lwowitsch und Gita Borissowna so, daß sie zunächst nicht einmal daran dachten, wie sie in dieser Enge Kranke behandeln und die geplanten wissenschaftlichen Forschungen durchführen sollten.

Hauptsache, sie waren endlich die aufreibende Nachbarschaft von Konstantin Dmitrijewitsch Sementschuk und seiner Gattin Nadeshda Indiktorowna los, die bereits im Zug Moskau–Wladiwostok verlangt hatte, mit »Genossin Vorgesetzte« angeredet zu werden.

Vorbei war der aufregende Winter 1934, da die Schiffbrüchigen von der »Tscheljuskin« aus der Tschuktschen-See nördlich von Kap Wankarem gerettet wurden. Über hundert Personen, darunter Frauen und sogar ein Neugeborenes, hatten in der Polarnacht auf einer driftenden Eisscholle ausgeharrt.

Das Land empfing die von der »Tscheljuskin« Heimgekehrten wie Helden, und in diesem freudigen Tohuwabohu wurde eine neue Expedition auf die Wrangel-Insel vorbereitet.

Doktor Wulfson und seine Frau hatten sich auf eine Zeitungsanzeige des Arktischen Instituts hin beworben. Ihrem neuen Vorgesetzten begegneten Doktor Wulfson und seine Frau das erste Mal vor dem Arbeitszimmer des inzwischen berühmt gewordenen Polarforschers Otto Juljewitsch Schmidt.

»Ich muß dringend zum Volkskommissar Jagoda!« erklärte Sementschuk geschäftig. »Wir sehen uns im Zug. Die Medikamente und die sonstige medizinische Ausrüstung sind bereits verladen.«

»Wie denn das?« sagte Wulfson verwundert. »Am Ende fehlt ein Medikament oder ein Gerät, das wir in der Polarstation unbedingt benötigen?«

Obwohl er das ruhig und sogar ein wenig bittend sagte, entgegnete Sementschuk gereizt: »Dann hätten Sie noch länger fürs Packen gebraucht! Zum Glück war der Biologe Wakulenko da ... Ich mußte ihn beauftragen, sich um die medizinische Ausrüstung zu kümmern, obwohl er dafür eigentlich nicht verantwortlich ist.«

Der rauhe Vorgesetztenton machte Eindruck – der Doktor blinzelte betreten, und seine Frau erklärte: »Wir mußten den Sohn unterbringen ... Verstehen Sie uns recht: Es ist nicht so leicht, sich von ihm für ganze drei Jahre zu trennen. Sie wissen doch – und wenn es zehnmal Verwandte sind, trotzdem ...«

Im Zug brachte Sementschuk den Doktor und dessen Frau in seinem Abteil unter. Nadeshda Indiktorowna versuchte es zu verhindern, sie hätte die Nachbarschaft des offensichtlich an ihr interessierten jungen Biologen Wakulenko vorgezogen, doch ihr Mann sagte unerwartet streng: »Es muß sein!«

Schon der erste Anblick des Doktors und seiner Frau hatte in ihm ein sonderbares Gefühl geweckt: Diese beiden Intellektuellen, zweifellos kultiviert und feinfühlig, würden von nun an ihm unterstellt sein, denn die Partei, die Regierung und Otto Juljewitsch Schmidt höchstpersönlich hatten ihn zu ihrem Vorgesetzten bestimmt.

Während der ersten Reisetage gewann Sementschuk – so schien es ihm jedenfalls – die gebührende Achtung aller Expeditionsteilnehmer, und dazu trug nicht unwesentlich bei, daß er immer wieder seine Begegnung mit dem allmächtigen Volkskommissar Jagoda erwähnte.

Meistens saßen sie bis spät in die Nacht im Speisewagen und tranken Bier.

Wenn jemand ins Abteil des Chefs kam, gingen der Doktor und seine Frau schnell hinaus. Sie standen lieber im Gang am Fenster, und das ärgerte Sementschuk. Wollten sie mit ihm und Nadeshda Indiktorowna nichts zu tun haben? Empfanden Widerwillen? Verachteten sie sogar insgeheim? Im Abteil zogen sie es auch noch vor zu lesen, antworteten zerstreut auf Fragen, wichen offensichtlich einer Unterhaltung aus.

»Warum gehen Sie dauernd raus?« fragte Sementschuk sie einmal.

»Im Abteil ist es doch schon so eng«, bemerkte Nikolai Lwowitsch.

»In der Polarstation wird es noch enger«, sagte Sementschuk. »Wir müssen uns ans Kollektiv gewöhnen. Sie aber sondern sich ab und erwecken den Eindruck, als machten Sie das absichtlich, als wären Sie etwas Besonderes …«

»Gott bewahre!« versuchte Wulfson zu protestieren. »Etwas Besonderes? Im Gegenteil!«

»Wir haben das Gefühl, daß man sich uns gegenüber irgendwie anders verhält«, mischte sich Gita Borissowna ein. »Man geht uns geradezu aus dem Weg.«

»Vielleicht sind Sie selber schuld? Tun Sie nicht selber alles, um einen engeren Umgang mit den übrigen Expeditionsteilnehmern zu vermeiden? Natürlich sind nicht alle so gebildet wie Sie, aber es sind auch Hochschulabsolventen darunter, wissenschaftliche Mitarbeiter ...«

»Zum Beispiel Wakulenko«, erklärte Sementschuks Frau. »Er ist Wissenschaftler, Biologe. Die Biologie aber ist die Lehre von allen lebenden Organismen des Planeten, darunter auch vom Menschen. Sie, Doktor, wissen als Arzt natürlich viel über den menschlichen Organismus, Wakulenko aber sind die Organismen aller Tiere der Erde vertraut, und er schickt sich an, auch die Tiere der Arktis zu erforschen.«

Sementschuk hörte einigermaßen verwundert, was seine Frau von sich gab – schon die wenigen Tage ihrer Bekanntschaft mit Wakulenko hatten Spuren hinterlassen ... Wenn das so weiterginge ...

An dem Abend blieben der Doktor und seine Frau zum Tee im Abteil. Wakulenko hatten sie den besten Platz überlassen – am Fenster, gegenüber Nadeshda Indiktorowna, die dort in ihrem orientalischen Morgenrock thronte.

Sementschuk hatte es sich neben seiner Frau bequem gemacht, und zu seiner anderen Seite, unmittelbar an der Tür, saß Doktor Wulfson. Gita Borissowna hockte neben Wakulenko, ihr war sichtlich unangenehm, daß der Biologe, der nach einem Glas Kognak am Abend aufgelebt war, laut redete und weit ausholend gestikulierte.

»Mir schwebt vor, auf der Wrangel-Insel vor allem das

Walroß zu studieren. Meines Wissens fühlt sich dieses erstaunliche Tier bei dem rauhen Klima im eisigen Wasser wohl. Es hat Lungen, atmet freie Luft, kann sich aber stundenlang unter Wasser aufhalten. Behaart ist das Walroß nicht, wie ich herausgefunden habe, und doch friert es nicht, das Vieh! Ist das nicht interessant? Vielleicht hat es Besonderheiten, die dem Menschen nützen würden? Wenn es gelingen würde, sie vom Walroß auf den Menschen zu übertragen, könnte man unsereins gegen Kälte, gegen rauhes Klima unempfindlich machen!«

»Und so einen neuen Menschen schaffen!« ergänzte Sementschuk triumphierend. »Im Licht der Aufgaben, die uns die Partei und Stalin persönlich bei der Erschließung des nördlichen Seewegs gestellt haben … Geben Sie zu, Nikolai Lwowitsch, das ist eine grandiose Aufgabe! Und da müssen wir Genossen Wakulenko auf jegliche Weise unterstützen.«

Wulfson brummte etwas vor sich hin, aber da begann unerwartet Gita Borissowna zu reden. »Einverstanden, Wege zu finden, wie sich der Mensch dem rauhen Klima anpassen kann, ist nicht nur für die Wissenschaft notwendig und wichtig, sondern auch für unser heutiges Anliegen, wie Konstantin Dmitrijewitsch richtig bemerkt hat. Warum aber müssen wir dafür das Walroß studieren, wenn es doch Menschen gibt, die sich in der Kälte schon akklimatisiert, es verstanden haben, ihr Leben sozusagen an der Grenze der bewohnbaren Welt einzurichten?«

»Wen haben Sie im Auge, Gita Borissowna?« fragte Wakulenko neugierig.

»Die Eskimos«, erwiderte Gita Borissowna. »Die Einheimischen, die sich in Jahrhunderten an Kälte und Schnee gewöhnt haben …«

»Die Eskimos zählen nicht!« erkärte Wakulenko bestimmt. »Das sind rückständige Wesen, und es wird nicht so bald gelingen, sie aufs Niveau eines zivilisierten Menschen zu heben. Wie die letzten Wilden huldigen sie dem Schamanismus, sie essen alles roh, kleiden sich in Tierhäute und leben unter unhygienischen Bedingungen. Waschen sich jahrelang nicht, vielleicht sogar lebenslang! Können Sie sich das vorstellen, Nadeshda Indiktorowna?«

Sementschuks Frau rümpfte die Nase und zog eine Grimasse. »Ich stell mir mal vor, wie die riechen!«

»Was soll denn das!« rief Wulfson. »Werten Sie die Eskimos vielleicht geringer als Walrosse?«

»Und sei's nur darum, weil die Walrosse sich ihr Leben lang waschen«, entgegnete Wakulenko lächelnd. »Nehmen Sie zur Kenntnis, daß die Walrosse die reinlichsten von allen Meeressäugern sind. Wenn das Meeresufer schmutzig ist, kommen sie ganz bestimmt nicht aus dem Wasser. Sie ernähren sich nur von Mollusken, wozu sie mit ihren mächtigen Hauern den Meeresboden aufpflügen. Daher riecht ihr Fleisch auch nicht nach Fisch wie beispielsweise Seehundfleisch.«

»Ich habe gehört, Walroßfleisch ist die Hauptnahrung der Eskimos«, bemerkte Sementschuk.

»Gar nicht dumm von ihnen.« Wakulenko grinste.

»Aber, Genosse Wakulenko!« sagte Sementschuk streng. »Wie immer ihre eigene Meinung und ihr persönliches Verhältnis zu den Eskimos sein mögen, Sie müssen sie behutsam und taktisch klug behandeln, so wie es die von Lenin und Stalin begründete nationale Politik verlangt.«

»Und ob!« Wakulenko seufzte demonstrativ. »Wir alle müssen unserer Politik folgen.«

Als der Biologe das Abteil verließ, um auf dem Gang zu rauchen, konnte Wulfson nicht länger an sich halten. »Wakulenko vertritt offen rassistische Ansichten! Einen Eskimo, ein menschliches Wesen, wertet er niedriger als ein Tier. Wie kann denn so ein Wissenschaftler auf der Polarstation mit Einheimischen zusammenarbeiten?«

Sementschuk fand an den Äußerungen des Biologen nichts Beunruhigendes. Eingeborene sind nun mal Eingeborene, da kann man nichts machen. Als Objektverwalter an der sowjetischen Botschaft in Teheran hatte er sich sogar hochstehenden Persern überlegen gefühlt. Was zählten da die Eskimos? Dabei hatten gutinformierte Kollegen behauptet, das Schrifttum und die Kultur der Perser seien noch älter als die der Slawen ... Das war bei den Persern, hier jedoch ging es um Eskimos ...

»Der Biologe Wakulenko«, sprach Sementschuk kühl, »wird sich mit dem Studium der Tier- und Pflanzenwelt befassen. Sie sehen doch, daß ihn die Eskimos nicht interessieren.«

»Wir werden aber von ihnen umgeben sein, er wird zwangsläufig mit ihnen zu tun haben«, sagte Wulfson, noch immer erregt.

»Keine Sorge, Doktor.« Sementschuk änderte den Ton. »Wenn nötig, kann man auf Wakulenko auch auf andere Weise einwirken. Vergessen Sie nicht, die grundlegende Politik, die Ausrichtung des Lebens auf der Polarstation werde ich bestimmen, entsprechend den Vollmachten, die ich von Schmidt und dem Volkskommissar, Genossen Jagoda, erhalten habe.«

2

Wulfson fügte sich widersprüchlichen Anordnungen und arbeitete bald als Lastträger, bald als Gehilfe der Zimmerleute, trieb die Schweine in den für sie vorgesehenen Verschlag und verjagte die wütenden Eskimohunde, die sich mit der Anwesenheit dieser sonderbaren, rosigen, nackthäutigen, stumpfnasigen, widerlich grunzenden Vierbeiner auf der Insel nicht anfreunden konnten.

Trotzdem fand Wulfson Zeit für den Umgang mit Eskimos. Einige kamen von selbst, um Bekanntschaft zu schließen, und nannten ihre Namen. Obwohl für ihn zunächst alle gleich aussahen, lernte der Doktor sofort, unter der Menge Atun zu unterscheiden, einen hochgeschossenen, sehnigen jungen Mann mit für einen Eskimo ungewöhnlichem Kraushaar. Seine Haut war offensichtlich noch dunkler als die seiner dunkelhäutigen Stammesgenossen, sein Äußeres hatte insgesamt etwas Negroides. Eine solche Verwandtschaft war durchaus möglich. Die Eskimosiedlungen auf der Tschuktschen-Halbinsel bekamen oft Besuch von amerikanischen Walfang- und Seeschiffen, und deren Besatzung bestand nicht immer nur aus Weißen. Der junge Mann hatte seine Haare mit einem Riemen zusammengebunden, den über seiner Stirn eine blaue Glasperle schmückte.

Atun gehörte zur Familie des Schamanen Analko und galt nicht nur als sein Sohn, sondern auch als Erbe seiner Zauberkraft. Im Verhalten seiner Landsleute ihm gegenüber spürte man – kaum wahrnehmbar – Verehrung, obwohl der Bursche noch blutjung war.

Solange der Eisbrecher zu entladen, Häuser zu bauen und Ausrüstungsgegenstände, Lebensmittel, Baumaterialien hin und her zu schleppen waren, gehorchten die Eskimos ergeben und, wie's schien, sogar fröhlich den Befehlen des neuen Chefs der Polarstation und gaben zu erkennen, daß sie gar nicht daran dachten, sich in die Angelegenheiten des weißen Mannes einzumischen.

Mehrere Säcke mit Zucker lagen an einer feuchten Stelle und waren bei der Flut von Salzwasser durchtränkt worden.

Vorwurfsvoll fragte Wulfson Apar den Mann der reizenden Nanechak: »Habt ihr nicht gewußt, daß das Wasser bis hierher steigt?«

»Doch. Wir haben es dem neuen Chef gesagt.«

»Und er?«

»Hat böse gesagt, er wisse es besser als wir. Und hat uns dahin geschickt ...«

»Wohin?« fragte Wulfson.

Beredt zeigte Apar zwischen die Beine. »Das ist der erste Vorgesetzte, der so mit uns spricht«, fuhr er nachsichtig lächelnd fort. »Deshalb machen wir schweigend, was er befiehlt. Wir wollen ihn nicht verärgern. Tajan hätte er gestern fast geschlagen.«

Tajan galt als Angestellter der Polarstation, sprach recht gut russisch und wohnte sogar in einem Holzhaus.

Wulfson hörte Apars zögernde, ruhige Rede und wurde von brennender Scham erfaßt. Unverzüglich suchte er Karbowski auf, der noch auf dem Eisbrecher zum Parteiorganisator bestimmt worden war, und informierte ihn vom Gespräch mit dem Eskimo.

»Was ist schon dabei?« sagte Karbowski mit einer hilflosen Geste. »Na schön, hat er ihn dahin geschickt, wo der Schwanz hinzeigt. Geht er mit uns nicht genauso um? Oho! Und ob! Uns schickt er noch ganz woandershin!«

»Aber das geht doch nicht!« rief Wulfson. »Die Eskimos sind an solche Dinge nicht gewöhnt!«

»Dann müssen sie sich dran gewöhnen!« folgerte der Parteiorganisator ungerührt.

Solange noch der Eisbrecher auf Reede lag und fieberhaft Material und Vorräte an Land geschafft wurden, nahm sich Sementschuk noch einigermaßen zusammen; doch kaum hatte sich die Dampfwolke vom Abschiedssignal des davonfahrenden Schiffes verflüchtigt, erfüllte sein Gebrüll die Küste. Von Sementschuk angesteckt, schrien auch die anderen Expeditionsteilnehmer einander an, und so setzte sich dieser Umgangston von Sementschuk über den Parteiorganisator Karbowski, den Biologen Wakulenko bis zum Funker und zum Koch fort. Am weitesten unten stand die einheimische Bevölkerung, und der ganze Schwall von Anranzern, Kommandos und Forderungen schlug gleich einer Sturzsee im Meer über ihnen zusammen, versetzte die einen in Erstaunen und Ratlosigkeit, andere aber in Schrecken.

Alle Versuche Wulfsons, die Eskimos vor den Grobheiten nicht nur des Leiters, sondern auch der ihm nacheifernden Untergebenen zu bewahren, blieben erfolglos. Dafür spürte er, daß die Kameraden ihm mit Ironie begegneten. Die Eskimos aber …

Eines frühen Morgens klopfte es an der Tür des Doktors. In aller Eile angezogen, erblickte er im halbdunklen Flur einen Eskimo. In dem großen, lächelnden Mann, der eine helle Kamlejka, einen Kapuzenumhang mit Bauchtasche, trug, erkannte er nicht sogleich Tajan. Wulfson war daran gewöhnt, ihn in einer schmutzigen Wattejacke zu sehen oder in einem von Kohlenstaub bedeckten Überwurf, der aus einem Sack gefertigt war.

»Da, ein Geschenk«, murmelte Tajan schüchtern und reichte dem Doktor ein blutiges Paket. Er erklärte, das sei Robbenleber, eine Delikatesse. Und in der Tat war die Leber, von Gita Borissowna gebraten, außergewöhnlich schmackhaft, zudem ergab sie ein ganzes Abendessen.

Einige Tage darauf fragte Wulfson Tajan und Atun, die er nie im Speiseraum sah, warum sie nicht zum gemeinsamen Essen kämen.

»Neuer Chef hat gesagt, ihr bekommt Kaltverpflegung, kein Platz in Eßraum. Früher sind wir gegangen, Kaltverpflegung war für Familie … Wir waren oft im Speiseraum Tee trinken. Neuer Chef sagt – nein!«

In der Mittagspause nahm der Doktor Tajan dennoch mit.

Der Gemeinschaftstisch war lang wie das Zimmer und mit einer karierten Wachstuchdecke bedeckt. Große Schüsseln waren gehäuft voll dick geschnittenem Weißbrot, auf Tellern lagen leuchtend gelbe Butterstücke.

Alle, die den Speiseraum betraten, musterten verwundert und neugierig Tajan, der vor Verlegenheit laut schniefte und sich mit dem Ärmel die verschwitzte Stirn wischte.

Da erschien Sementschuk im Eßraum. Sein Stuhl stand am Kopfende des Tisches, am Fenster. Schweigend warf er Tajan einen drohenden Blick zu. Der erhob sich und flüsterte dem Doktor zu: »Ich muß dringend raus ...«

»Und das Mittagessen?«

»Ich esse zu Hause. Mein Frau hat Walroßfleisch gekocht.« In der Hast ungeschickt mit den Gummistiefeln gegen Stuhlbeine stoßend, rannte Tajan hinaus.

Gespannte Stille verbreitete sich im Speiseraum, unterbrochen nur vom Klirren des Geschirrs in der Küche, wo hinter der offenen Durchreiche der Koch Krochin werkte.

»Ich warne Sie!« sagte Sementschuk laut. »Ohne meine Genehmigung kommen keine Unbefugte in den Speiseraum!«

»Tajan ist doch kein Unbefugter«, wandte Wulfson ein. »Er ist Angestellter der Polarstation, Mitglied unseres Kollektivs.«

»Erstens habe ich seine Anstellung bei der Station noch nicht bestätigt«, fuhr Sementschuk ebenso laut fort. »Zweitens bekommt er eine Ration, und drittens, je weniger Eingeborene unseren Speiseraum betreten, desto besser. Sie werden mir doch zustimmen, Doktor, daß es nicht jedem angenehm ist, während des Essens neben einem Eskimo zu sitzen, der nach wer weiß was riecht!«

»Auch Ungeziefer können sie haben«, mischte sich Wakulenko ein. »Und wenn wir uns das zuziehen, wird es unter den hiesigen Bedingungen sehr schwer sein, es wieder loszuwerden.«

»Genossen!« Wulfson musterte die am Tisch Sitzenden. Viele senkten betreten die Augen auf ihren Teller. »Das sind doch unsere Sowjetmenschen!«

»Beruhigen Sie sich, Doktor«, rief Sementschuk. »Keine Hysterie! Mit den Eingeborenen muß man auch umgehen können. Mir wurde dringend geraten, sie besser auf Distanz zu halten ... Damit sie wissen, wo ihr Platz ist. Vergessen Sie nicht, es sind zurückgebliebene Leute. Viele hören auf die Schamanen, glauben allerlei Unsinn, beten zu Götzen.«

»Unsere Aufgabe ist doch aber«, sagte der Doktor, »sie auf unser Niveau zu heben, kulturell zu fördern.«

»Wenn sie erst genügend entwickelt sind, können sie meinetwegen jeden Tag hierher kommen«, bemerkte Sementschuk.

»Ich habe eine Alte gesehen«, sagte der Funker hüstelnd. »Die hat in unserer Müllgrube gestochert und irgendwelche Sachen in eine Blechdose gesteckt.«

»Und ein Junge hier hat offenbar die Krätze«, ergänzte ein anderer.

»Freunde!« rief der Doktor. »Sie sind im Unrecht! Ganz und gar! Wenn die Alte die Müllgrube durchsucht, müssen wir klären, warum sie das macht. Vielleicht hat sie einfach nichts zu essen. Und den Jungen müssen wir behandeln! Das ist unsere Pflicht!«

»Wir haben viele Pflichten«, sagte Sementschuk. »Vor allem müssen wir unsere wissenschaftlichen und wirtschaftlichen Aufgaben erfüllen, alles andere aber, darunter die Erziehung der hiesigen Bevölkerung, ist zweitrangig – Freizeitbeschäftigung. Sie, Nikolai Lwowitsch, müssen schon begreifen, daß Ihre erste Pflicht ist, den Anordnungen Ihres Vorgesetzten, meinen Anordnungen, nachzukommen. Das gilt auch für die anderen.

Disziplin ist das Wichtigste auf unserer Polarstation. So lautet eine Anweisung des Volkskommissars für Inneres, Genossen Jagoda.«

Mit unverhohlener Verwunderung, in die sich Fassungslosigkeit mischte, betrachtete Wulfson Sementschuk. Als der Vorgesetzte seinem Blick begegnete, sagte er schon ein wenig nachgiebiger: »Auf die Erziehung der einheimischen Bevölkerung kommen wir noch zurück, sobald alle Häuser stehen, alles Material untergebracht ist und die wissenschaftliche Arbeit begonnen hat ... Einstweilen aber haben die Eingeborenen ohne besonderen Grund und ohne meine Erlaubnis keinen Zutritt zum Speiseraum.«

3

Das Herbstwetter an der Südküste der Wrangel-Insel hatte seine Eigenheiten.

Als sich Wulfson am Morgen von seiner Lagerstatt – einigen Rentierfellen und einem Laken über leeren Zigarettenkisten – erhoben hatte, schaute er aus dem Fenster: Klarer Himmel breitete sich über die ganze Küste, und unzählige Eisschollen funkelten im Sonnenlicht. So ein Wetter am Morgen machte gute Laune, vertrieb alle finsteren Gedanken. Nachdem der Doktor sich gewaschen und rasiert hatte, trat er vors Haus, um zum Frühstück in den Speiseraum zu gehen, blieb jedoch erstaunt stehen: Statt des strahlenden, blendenden Sonnenscheins empfing ihn perlender Glanz. Alles war von einem irgendwoher aufgekommenen Nebel überzogen, aus dem feiner, augenblicklich wieder tauender Schnee rieselte.

Neben dem kleinen Badehaus wäre er fast gegen den hochgeschossenen und finsteren Atun geprallt, der von einem unweit vorbeifließenden Bach zwei Eimer Wasser brachte.

»Guten Morgen, Atun!« grüßte der Doktor.

»Gut Morgen«, erwiderte Atun.

»Ist denn heute Badetag?«

»Chef hat befohlen heizen«, antwortete Atun.

Er stellte die Eimer ab. Wulfson griff in die Tasche und holte Zigaretten heraus.

Er gab Atun zu rauchen und fragte: »Woher kommt der Nebel?«

»Von morgen«, erwiderte Atun. »Morgen ist Winter, morgen Schneesturm, morgen kalt. Daher Nebel, keine Jagd. Keine Jagd – schlecht.«

Atun überragte den Doktor wie ein dunkler Fels. Er war offensichtlich negroider Abstammung. Das müßte man aufklären …

»Leben Tschuktschen auf der Insel? Oder nur Eskimos?

»Tschuktschen sind Apar, Jetuwgi …«

»Und du selbst?«

»Ich bin Eskimo«, entgegnete Atun, ohne den Grund für dieses lebhafte Interesse an seiner Person zu ahnen. »Früher wir lebten in Kiwak, bei der Prowidenija-Bucht. Dort ist schön …«

»Und dein Vater ist auch Eskimo?«

»Natürlich«, antwortete Atun. »Er ist Jäger. Jäger von Bär, ein wenig Doktor wie du …«

»Schamane?«

»Ja, Schamane«, entgegnete Atun, nahm schnell die Eimer und verschwand im Badehaus.

Als der Doktor den Speiseraum erreichte, hatte sich der Nebel aufgelöst, lag das Meer mit den schwimmenden Eisschollen wieder offen vor Augen. Von Tag zu Tag wurden es mehr, und der Bach, von dem Atun gerade noch Wasser geholt hatte, überzog sich morgens mit knirschendem, durchsichtigem Eis.

»Heute arbeiten wir bis Mittag, dann ist Freizeit und wird gebadet«, verkündete Sementschuk beim Frühstück.

Alle lebten sichtlich auf, und Wakulenko fragte: »Gibt es auch Wein?«

»Jeder erhält zweihundert Gramm Sprit und eine Flasche Wein«, antwortete Sementschuk und fügte schief lächelnd hinzu: »Den Wein müssen wir vor Kälteanbruch austrinken – unser heizbares Lager ist zu klein.«

»Wir werden unser Bestes tun!« rief der Parteiorganisator Karbowski erfreut.

An dem Tag arbeiteten die Männer der Polarstation wie nie zuvor, sie trieben sich und die Kameraden zur Eile, scherzten und lachten, und Wulfson freute sich mit allen über die neue Stimmung, denn er hoffte, daß die Leute, wenn sie einander erst besser kannten, weicher, rücksichtsvoller und hilfsbereiter sein würden. Schließlich waren die meisten voll Besorgnis und heimlicher Angst in diese rauhe, unbekannte Gegend gefahren. Was machte es aber schon, daß die Polarnacht mit Schneestürmen nahte und es etliche Monate kein Sonnenlicht geben würde? Sie hatten eine warme Unterkunft, sogar ein Badehaus und so viel Proviant, wie sie selbst in den vereinbarten drei Jahren nicht würden aufessen können. Kurz, vieles erwies sich als gar nicht so schrecklich, wie es ihnen von fern, aus ihren warmen Lebensräumen, erschienen war. Wulfson hatte sogar den Eindruck, als habe sich auch Sementschuk etwas verändert, obwohl nicht unbedingt zum Besseren; aber das unerwartete Bad und die Ausgabe von Alkohol war doch ein Beweis echter Fürsorge.

Sie wuschen sich in mehreren Schichten. Tajan und Apar wurden beordert, Atun zu helfen. Auch zu dritt hatten sie Mühe, schnell genug Wasser aus dem Bach herbeizuschleppen – nur gut, daß das Badehaus in weiser Voraussicht fast unmittelbar am Ufer des Süßwasserlaufs errichtet worden war. Die verwegensten Männer stürzten sich, nachdem sie sich mit den vom Festland mitgebrachten Birkenruten tüchtig ausgepeitscht hatten, zur Belustigung der verwundert zuschauenden Eskimos splitterfasernackt und mit wildem Geschrei ins eisige Wasser des Bachs, kehrten dann aber schnell wieder in den glühenden Schlund des Schwitzbades zurück.

Dampfdurchglüht und gewaschen, zog Wulfson frische Wäsche an, steckte die bloßen Füße in große Gummistiefel, warf sich eine Zeltplane um die Schultern und trat aus dem Vorraum des Bades, um frische Luft zu schöpfen. Auf leeren Metallfässern ruhten Tajan und Apar, die Wasserträger, aus. Atun arbeitete im Feuerungsraum, sorgte für die nötige Hitze.

»Möge dir der Dampf guttun!« sagte Tajan.

»Danke! Danke!« entgegnete Wulfson gerührt. Von einem Eskimo hatte er eine so typisch russische Wendung nicht erwartet.

Vom morgendlichen Nebel war längst keine Spur mehr zu sehen, die Sonne schien wieder, auf dem Meer glitzerten die Eisschollen, und es gleißten die ewigen Gletscher, die Schneehänge der Inselberge … Die durchsichtige, eiskalte Luft war von einem Flimmern erfüllt, als hingen da noch Reste farbigen Flitters von einem gewaltigen Fest.

»Waschen Sie sich eigentlich im Schwitzbad?« fragte Wulfson.

»Natürlich!« antwortete Tajan und setzte betrübt hinzu: »Aber Chef hat gesagt: Heute kein Bad für Eskimo. Nur für Leute von Polarstation.«

»Aber Sie gehören doch dazu.«

»Nein, ich bin Eskimo«, antwortete Tajan. »Bei der Arbeit – Polarstation, nach Arbeit, im Badehaus – Eskimo.«

»Na, ich rede mit dem Chef«, versprach der Doktor und ging Sementschuk suchen.

Im Speisezimmer schwadronierte am gedeckten Tisch der schon tüchtig beschwipste Wakulenko. Ihm gegenüber saß Sementschuk und hörte gleichmütig zu. »Für die Eskimos gibt es heute kein Schwitzbad!« entgegnete Sementschuk schroff, nachdem er den Doktor angehört hatte. »Jetzt badet unsere dritte Schicht, und dann sind die Frauen dran!«

»Aber wenigstens nach den Frauen ...«

»Doktor Wulfson«, sagte Sementschuk mit starrem Blick. Er hatte offensichtlich getrunken. »Nach den Frauen wird sich meine Gattin Nadeshda Indiktorowna waschen!«

»Deinen Eskimos schadet das gar nichts!« sagte Wakulenko. »Die haben sich doch Jahrhunderte nicht gewaschen! Stellen Sie sich vor, Nikolai Lwowitsch, wie viele seit Christi Geburt vergangen sind!«

»Es gibt auch noch hygienische Gründe!« Sementschuk hob den Finger. »Ich kann die Gesundheit meiner Leute nicht riskieren. Vielleicht haben die Eskimos ansteckende Krankheiten?«

»Oder Ungeziefer!« ergänzte Wakulenko, von Erinnerungen angeregt, und schlug friedfertig vor: »Trinken wir lieber, Doktor, dann vergessen Sie wenigstens für einen Augenblick Ihre Wilden.«

Wulfson setzte sich neben Wakulenko. Er ergriff ein

Glas mit verdünntem Sprit und nahm einen kleinen Schluck, der ihm sofort den Atem verschlug.

»Ans Sprittrinken muß man sich gewöhnen«, sagte Wakulenko ernst. »Sowie es schneit, bringe ich dir bei, reinen, unverdünnten Sprit zu schlucken und ein Stück Schnee dazu zu essen.« Er lachte laut und trunken.

Allmählich füllte sich der Speiseraum mit den aus dem Bad kommenden sauberen, gutgelaunten Leuten. Sie tranken Sprit und Wein, aßen etwas dazu, unterhielten sich laut, urteilten über die Insel, die Einheimischen, das Wetter. Auch der ortsansässige Russe Stepan Starzew war gekommen, der eine Eskimofrau geheiratet hatte.

»Stjopa«, Wakulenko neigte sich zu Starzew, einem kleinen, aber offenbar kräftigen Mann mit schlauen Äuglein im runden, ausdruckslosen Gesicht, »stimmt es, daß die Eskimofrauen da … du weißt schon, wo, keine Haare haben?«

Stepan Starzew murmelte betreten etwas Unverständliches, doch das stachelte Wakulenko nur an. Der Biologe bestand darauf, forderte, daß Starzew ihm seine Erfahrungen in den Liebesbeziehungen zu Eskimofrauen mitteilte, und nur, weil jetzt die Frauen der Expedition, die auch das Dampfbad genossen hatten, in den Speiseraum traten, sah er sich gezwungen, das Thema zu wechseln.

Jetzt wandte er sich Wulfson zu. »Sag mal, du Beschützer der Eskimos, warum beantworten die Juden gern eine Frage mit einer Gegenfrage?«

»Das ist eine alte Anekdote.« Wulfson bemühte sich, gleichmütig zu bleiben. »Aber Sie, Wakulenko, sollten sich jetzt lieber hinlegen.«

»Nein!« Der Biologe hieb mit der Faust auf den Tisch. »Ich weiß, wann ich mich hinlegen muß. Du, Judenfresse, untersteh dich, mir vorzuschreiben, was ich zu tun habe!«

»Wakulenko!« schrie Sementschuk ihn warnend an. »Hören Sie sofort mit dem Antisemitismus auf!«

»Ha!« lachte Wakulenko. »Na schön, tritt nur für ihn ein. Aber ich sag dir: Gut wird das nicht enden.« Wakulenko erhob sich und verließ den Speiseraum. Er war gar nicht so betrunken.

Die andern feierten weiter. Der Funker brachte ein Koffergrammophon, und sie begannen zu tanzen. Alkohol floß in Strömen, der Rausch lähmte nicht nur die Zungen, sondern auch die Beine. Die Tanzenden fielen gegeneinander, Frauen kreischten, die Männer genierten sich nicht mehr vor ihnen und fluchten unflätig.

Einige gingen ins Freie, brüllten dort weiter und rissen Zoten, jemand versuchte zu singen, stimmte bald dieses, bald jenes Lied an, kam aber nie über die ersten Worte hinaus.

Gita Borissowna forderte ihren Mann auf, nach Hause zu gehen, doch Doktor Wulfson war der einzige, der noch mehr oder minder nüchtern war, und hielt es für seine Pflicht, aufzupassen, daß kein Unglück geschah, daß es keine Schlägerei gab oder jemand, gottbewahre, in den Bach oder ins Meer stürzte …

Die Sonne war hinter dem endlosen Eis untergegangen, und die hohen Eisberge warfen lange blaue Schatten. Ebensolche Schatten warfen die vielen Eskimos, die wortlos zusahen, wie sich die neue Besatzung der Polarstation vergnügte. Wulfson erkannte in der Menge Apar, dessen Frau Nanechak, ihren Sohn Grigori, die alte Inkali, den Jäger Utojuk, Jetuwgi … Sie wechselten Blicke und tauschten leise Bemerkungen aus. Da stellte sich Doktor Wulfson für einen Augenblick vor, er stünde an ihrer Stelle: Schwerlich hatten sie schon einmal so sehr vom Schnaps verdrehte Leute gesehen … Als Beobachter empfanden sie wohl eher teilnahmsloses Interesse als

Mitgefühl oder brennende Neugier, was ein betrunkener Zweibeiner alles anstellen kann. Scham ergriff den Doktor, und er beeilte sich, diesen durchdringenden, forschenden schwarzen Augen zu entkommen.

Der Doktor ging zum Badehaus. Aus dem Schornstein stieg noch immer eine Rauchfahne – der Backsteinofen wurde geheizt. Er warf einen Blick auf die Feuerung, betrat den Vorraum und erkannte im feuchten Dämmer Atun, der verstohlen, aber wie gebannt durch einen Türspalt in den Waschraum lugte.

Vom heimlichen Anblick gefesselt, bemerkte der Eskimo den eintretenden Doktor nicht. Aus dem Waschraum drangen das Stöhnen und die Aufschreie einer Frau sowie das trunkene Gemurmel eines Mannes. Wulfson erkannte die Stimme von Nadeshda Indiktorowna, die Männerstimme aber gehörte zweifellos dem Biologen Wakulenko. Im ersten Moment wollte der Doktor in den Waschraum stürzen, um die Gattin seines Vorgesetzten vor Zudringlichkeiten zu schützen; doch dann begriff er alles und machte kehrt, um zu gehen. Da bemerkte ihn Atun. Die Augen des Eskimos leuchteten so vor Lüsternheit, daß der Doktor erschrak. Hastig verließ er das Badehaus und rannte geradewegs auf sein Haus zu.

Zweiter Teil

1

Kaum war der Doktor gegangen, hatte er die von der warmen Feuchte verquollene Tür zugeschlagen, stieß Nadeshda Indiktorowna den schlaff und knochenlos gewordenen Körper Wakulenkos von sich. Der Biologe murmelte betreten: »Der Wodka, der Wodka hat mich schlapp gemacht ...«, wankte aus dem Waschraum, an Atun vorbei, der von dem Erblickten verblüfft, aber gespannt war wie die Sehne einer alten Eskimo-Armbrust, und humpelte davon, schlingernd und über die eigenen Beine stolpernd.

Atun stand in der Tür und konnte den Blick nicht von dem im dampferfüllten, dunstigen Halbdunkel riesig wirkenden weißen Frauenkörper wenden. Nadeshda Indiktorowna schimpfte weinerlich, schluchzte sogar, und der junge Eskimo spürte, wie es diese riesige heiße Masse nach derber, aufwühlender männlicher Liebkosung verlangte. Als die Frau des Chefs Atuns flammenden Blick bemerkte, fuhr sie sonderbar zusammen, als habe sich in ihr jäh eine unsichtbare glühheiße Saite gespannt, und winkte ihn mit einem weißen Finger herbei. Und nun geschah, was Atun sich später in allen Einzelheiten bewußt zu machen suchte, wobei er jeden Augenblick des überirdischen Genusses erneut erlebte. Er entsann sich nicht, wie er nackt auf den nach parfümierter Seife duftenden weißen Körper der Frau gekommen war. Doch wie sie ihn gebissen und gekniffen hatte, erschien ihm nun als Gipfelpunkt einer nie zuvor empfundenen Selig keit. Dabei hatte Atun durchaus schon gewußt, was eine Frau ist. Seit seiner Kindheit war ihm Tagjus Tochter Aina zur Ehepartnerin bestimmt. Sie waren zusammen aufgewachsen, hatten zuerst Mann und Frau gespielt und später einander auch erkannt. In diesem Winter sollte Aina für immer in Analkos Jaranga ziehen, sie war schon dabei, ihren Polog zu nähen, einen Fellvorhang, der die Familienschlafstatt umgibt.

So etwas hätte sich Atun mit seiner ganzen Schamanen-Vorstellungskraft nicht ausmalen können. Für eine Weile hatte er wohl sogar das Bewußtsein verloren, denn als er auf der feuchten, glitschigen Bank des rasch erkaltenden Schwitzbades wieder zu sich kam, war er allein. Der Ofen war erloschen, zur halboffenen Tür herein zog die bittere Kälte der nahen Eisfelder. Von süßer Müdigkeit befallen, zog Atun sich an und ging ins Freie.

In der Siedlung, über der Rodgers-Bucht, unter den hellen, klaren arktischen Sternbildern herrschte friedliche Stille. Sie breitete sich über die abseits stehenden Häuser der Polarstation, über die Jarangas der Eskimos, die schwarzen Kohlenhaufen am Ufer, die noch nicht an ihren Bestimmungsort gebrachten Güter, die Baumaterialien, den Kutter, die Holzschaluppen und die mit Walroßhäuten bespannten Eskimoboote. Selbst der vereiste Bach war unter der Schwere der Polarstille verstummt.

Warum kommt die Stille mit der Dunkelheit? – Der Gedanke blitzte auf und erlosch.

Nur die klaren, der schlafenden Erde gleichsam näher-gerückten Gestirne leuchteten dem jungen Schamanen auf seinem Weg durch die Siedlung der Polarstation, durch das Lager seiner Stammesgenossen, geleiteten ihn zum Heiligen Kap, das die Ankömmlinge Kap Proletarski getauft hatten. Dort befand sich das Heiligtum des Schamanen Analko und seiner Familie – sie hatten es heimlich von Kiwak, einer Siedlung nahe der Prowidenija-Bucht auf der Tschuktschen-Halbinsel, hierher gebracht. Drei kleine, fast unsichtbare Holzpflöcke markierten die Stelle. Darunter aber ruhten in einem Nest aus ewigem Eis uralte Ritualwerkzeuge aus schwarz gewordenen Walroßstoßzähnen, Ledersäckchen, in denen die Nabelschnüre aller lebenden Familienmitglieder aufbewahrt wurden, Bündel mit eingefetteten Figürchen – Rabe, Hund und Eisbär – und in einem Extrafutteral, das mit Rensehnen aus Flossenschwarten genäht war, so viele blaue Perlen, wie das Sternbild der Trauer unweit vom Polarstern, am höchsten Punkt des Himmelsgewölbes, Sterne zählt. Dort fanden die Seelen aller aus dem Leben gegangener Schamanen vom Geschlecht Analkos ihre ewige Ruhe. Auch die blaue Glasperle von Atuns Stirnband würde einst in der eisigen Tiefe ihren Platz finden …

Unterm Glitzern der Sterne kehrte Atun mit Gedanken und Sinnen immer wieder in den warmen, feuchten Dämmer des Badehauses zurück, in den Schoß der Großen Weißen Frau, der Chefin, die so weitschweifig und klangvoll Nadeshda Indiktorowna genannt wurde, und er spürte, wie sich ein neuer, lebendiger Strom unbekannter Kraft in ihn ergoß, ihn mit Spannung erfüllte und seinen Verstand so erhellte, daß er die Fähigkeit gewann, weit vorauszueilen. Jetzt konnte er den ganzen weiten Raum erfassen, sich in Gedanken über die Insel erheben, sie wie eine ausgebreitete Walroßhaut überblicken und, wenn er seinen Geist anstrengte, sogar das Kap Kiwak erreichen, das sein steiniges Steilufer fast bis zur Insel Siwukak vorschob – zur St. Lawrence-Insel, wie die Russen sie getauft hatten.

Sie haben nun einmal die seltsame Angewohnheit, alles umzubenennen – so, als hätte es nicht schon längst seinen

Namen. Aber eine genaue Bezeichnung für die magische Inspiration Atuns, den der Himmel von Geburt an auserkoren hat, wissen sie wohl ebensowenig wie die Eskimos und Tschuktschen.

Atuns Herz jubelte, und das erschreckte ihn ein wenig. Um sein aufgewühltes Inneres zu beruhigen, stimmte er ein Lied an. Wie von selbst tauchten die Worte seines Gesanges auf – Ausdruck eines überirdischen Gefühls, das ihn gewissermaßen als Medium, als Flußbett eines poetischen Stroms erwählt hatte.

In Gedanken das All umfassend,
Erfahre ich die große Erleuchtung.
Ich überrage die Insel, die Stille,
Den Himmel, die halbe Weltkugel.

Dahin, wo das Sternbild der Trauer
– dem Polarstern benachbart – blinkt,
Lenke ich zielstrebig den Flug,
Ich durcheile das Sternenzelt ...

Atun zwang sich zu verstummen. Ihm schien, er sei zu weit gegangen, solche Worte waren noch nie aus seinem Mund gekommen, nicht einmal in Augenblicken höchster Verzückung.

Er setzte sich auf einen kalten Findling. Im Osten dämmerte der Morgen, und die sich dem Horizont nähernde Sonne hatte in langen, dunklen Wolken, die das Wasser vom Himmel schieden, bereits ein riesiges Feuer entfacht. Der Tagesbeginn ließ Atun wieder zu normalem Bewußtsein zurückfinden, aber er brauchte sich nur die Augenblicke im Schwitzbad in Erinnerung zu rufen, und schon benebelten sich seine Sinne erneut, erfaßte seinen Körper ein seltsamer Kälteschauer, der zwischendurch unerträglicher Hitze wich. Als ihm klar wurde, daß er in der Einsamkeit doch nicht zu sich kommen würde, erhob er sich und stapfte in den ersten Strahlen der aufgehenden Sonne dem Meeresufer entlang zum Lager.

Auf uferfernen Eisschollen lagen Walrosse. Die letzten Walrosse dieses Sommers, und wenn sie nicht heute oder morgen mit der Jagd begännen, würden sie im Winter ohne Fleisch bleiben, ohne Futter für die Hunde. Das bedeutete Hunger. Auf dem Festland fuhren sie in solchen Fällen zu den benachbarten Tschuktschen, um sie um Hilfe zu bitten, zu den Rentiernomaden in die Tundra oder auch zu ihren Verwandten auf die Insel Siwukak. Aber zu wem konnten sie hier gehen? Allenfalls zu den Leuten der Polarstation, zu deren Leiter. Doch das russische Essen macht nicht satt. Es schmeckt zwar gut, ist aber nur eine Leckerei. Und als Hundenahrung taugt es schon gar nicht. Ja, die Schweine fressen gierig alle Reste aus dem Speiseraum, aber einen Zughund mit Resten von Roterübensuppe zu füttern wäre dasselbe, als wollte man einem Eisbären Gras vorwerfen.

Die Sonnenstrahlen wärmten Atuns unbedeckten Kopf, aber auch ums Herz war ihm wärmer, freier geworden. Mit seiner feinen Nase unterschied er den Rauch der offenen Feuer in den Jarangas und den fetten Kohlenqualm aus dem Herd, an dem bereits der Koch Krochin werkte. Auch im halbdunklen kalten Teil der väterlichen Jaranga knisterte das Feuer. In einer Ecke saß die alte Inkali und zerschlug in einem Steinmörser mit einem Steinstößel Kompottkerne, die sie in der großen Müllgrube hinter dem Speiseraum der Polarstation gesammelt hatte. Die süßen, von einer dunkelbraunen Haut überzogenen Kerne – für die kleinen Eskimos eine begehrte Leckerei – wurden gerecht unter allen Kindern verteilt.

In der Jaranga hatten sich die Jäger von Analkos Boot versammelt, Tagju und Tajan, die vom Bug aus die Harpunen zu schleudern hatten, sowie die Schützen Apar und Utojuk.

»Wir warten schon auf dich«, sagte Analko mit leichtem Vorwuf zu seinem Sohn.

»Ich war auf dem Heiligen Kap«, erwiderte Atun, und der Vater gab sich mit der Antwort zufrieden, bedeutete sie doch, daß der Sohn die Meeresgötter gebeten hatte, ihnen Erfolg zu bescheren.

»Wir haben sowieso schon die günstige Zeit verpaßt, als es auf den ufernahen Eisschollen viele Walrosse gab«, fuhr Analko fort. »Jetzt müssen wir weit weg vom Ufer jagen. Das ist für unsere fellbezogenen Boote gefährlich.«

»Sollen wir nicht den Chef um einen Kutter bitten?« schlug Apar vor. »Die andern Chefs haben uns immer einen gegeben.«

Analko überlegte. Trotz seines fortgeschrittenen Alters wirkte er noch recht kräftig und gesund. Nur das Grau in seinem kurzgeschnittenen Haar verriet die vielen schweren durchlebten Jahre.

»Ich weiß nicht ... Der neue Chef ist irgendwie anders. Als stamme er gar nicht von Russen ab.«

»Nichtrussen sind bei ihnen nur zwei: Doktor Wulfson und seine Frau Gita Borissowna«, erklärte Tajan. »Sie gehören zum Volk der Juden. Das hat mir Stepan Starzew gesagt.«

»Und was unterscheidet sie?« erkundigte sich Utojuk neugierig. »Für mich sehen alle gleich aus.«

»Stepan sagt, die Juden sind ein den Russen feindlich gesinnter Stamm. Der Unterschied ist aber wirklich schwer zu erkennen: Bei der Geburt kürzen sie den Juden das männliche Glied ...«

»Wer, die Russen?« fragte Analko.

»Offenbar sie selber«, antwortete Tajan.

»Und warum?« fragte Analko zweifelnd.

»Vielleicht ist es zu groß?« vermutete Tagju.

»Bei der Geburt ist das männliche Glied bei allen gleich«, verkündete Analko entschieden. »Da ist was anderes ...«

Die Eskimos trauten Stepan Starzew nicht recht. Er war ein Mensch dunkler Herkunft, war früher vielleicht Milizionär, vielleicht auch sonst etwas gewesen, hatte eine Schwäche fürs Trinken und verabscheute schwere Arbeit. Obwohl er mit einer Einheimischen verheiratet war, behandelte er die Eskimos von oben herab, die aber schätzten ihn nicht besonders wegen seiner vordergründig-dümmlichen Schläue und seiner Neigung zu lügen; zugleich bedauerten sie ihn, weil ihn russische Neuankömmlinge immer schnell durchschauten und jede Achtung vor ihm verloren. Dennoch hatte Starzew unübersehbare Vorzüge: Russisch war für ihn die Muttersprache, er kannte die Bräuche und Gewohnheiten seiner Landsleute und konnte vieles erklären.

Seine Enthüllung der Stammesfeindschaft unter der neuen Besatzung der Polarstation machte Analko tief betroffen; hatte er die Weißen in der Jugend noch für Angehörige einer einheitlichen Menschenrasse gehalten, so teilten sie sich in seiner Vorstellung später in Russen und Amerikaner, dann in Bolschewiken, die die Armen und Unglücklichen verteidigten, ein neues Leben erbauten, und in Weißgardisten, Händler, Gottesdiener, Anhänger der alten Zeit, die als Regierungsoberhaupt den russischen Zaren verehrten. Nun also gab es, wenn man Starzew glauben durfte, auch unter den Bolschewiken Feindschaft, die auf unterschiedlicher Herkunft beruhte, obschon seine weiteren Darstellungen – etwa über den Brauch, bei Neugeborenen das Zeichen männlicher Würde zu kürzen – wohl eher seiner Vorliebe für alberne Erfindungen zuzuschreiben war.

2

Der morgendliche Zug der Jäger von den Jarangas zum Meeresufer verläuft immer in feierlicher Stille. Jeder ist vor der schweren und verantwortungsvollen Arbeit in Gedanken versunken. Sie tragen Ruder, straff aufgeblasene Robbenblasen, Harpunen, Knäuel weißgegerbter Riemen, Gewehre, Patronenkisten.

»Halt! Wohin? Halt!«

Alle erkannten die Stimme von Sementschuk. Er rannte in riesigen, polternden Gummistiefeln mit umgeschlagenen Schäften. Hinter ihm liefen der Parteiorganisator Karbowski, der Biologe Wakulenko und der Zimmermann Saruba. Am Ende trippelte Doktor Wulfson.

»Tajan! Atun! Warum seid ihr nicht bei der Arbeit?«

Atun blickte aufmerksam in die eiskalten Augen des Chefs. Offenkundig wußte, ja ahnte er nicht einmal, was im Badehaus vorgefallen war. Der nach ihm herangekommene Wakulenko hatte offenbar wieder getrunken.

»Alle unverzüglich an die Arbeit!« schrie Sementschuk.

Analko steckte sich die nicht angezündete Pfeife zwischen die Zähne und rief Tajan zu sich. »Übersetz ihm, wir haben schon alle Termine für die Herbstjagd auf Walrosse verpaßt. Am Kap Blossom haben die Tiere bereits ihre Lagerstätten verlassen. Auf den ufernahen Eisschollen gibt es keine Walrosse mehr. Wenn wir auch diese letzten Tage versäumen, haben wir im Winter kein Fleisch und unsere Hunde keine Nahrung.«

Ohne Tajans Übersetzung bis zum Ende anzuhören, brüllte Sementschuk: »Es gibt keine Walroßjagd, ehe die Arbeiten am neuen Haus nicht fertig sind! Wollt ihr etwa, daß Nadeshda Indiktorowna und ich in der Polarnacht im Freien sitzen? Das ist Schädlingsarbeit und Sabotage. Unverzüglich kehren alle an die Arbeit zurück!«

Der Doktor war herangetreten und sprach leise mit dem Leiter. Doch der schüttelte seinen schmalen Kopf und wiederholte: »Nein! Nein! Nein!«

Sementschuk zog den Revolver, den er immer bei sich trug, aus dem Lederfutteral am Gürtel. Analko wußte sehr wohl, daß dieses Schießeisen dazu bestimmt war, auf einen Menschen zu feuern, denn es war nur auf nahe Entfernung zu gebrauchen; mit ihm traf man weder ein Walroß auf der Eisscholle noch einen laufenden Eisbären.

Sie mußten sich fügen. Eine andere Wahl blieb ihnen nicht. Die Wahl hatten sie im Sommer 1926 getroffen, als Ierok, der Älteste der Siedlung Urilyk, von hochprozentigem russischem Wodka und süßen Verheißungen Georgi Uschakows benebelt, seine Stammesgenossen zum Verlassen der heimatlichen Stätten bewegt hatte, um hierher zu ziehen, auf die Insel der Hoffnungen, die früher nur in alten Legenden existierte. Ja, hier gab es viele Walrosse, Eisbären, Polarfüchse und im Sommer Weißgänse. Zum erstenmal seit vielen Jahrzehnten mußten die Eskimos von Urilyk nicht hungern. Sie bauten sich feste, warme Jarangas, und einige, wie Atun und Tajan, arbeiteten in der Polarstation. Aber da erlebten sie zugleich etwas anderes – die ständige Abhängigkeit vom weißen Mann, seine ewige Anwesenheit mit der neuen Lehre von einem künftigen glücklichen Leben der Weißen, mit den Lobpreisungen der Bolschewiki, ihrer Führer und den ständigen Vorhaltungen, wie unzulänglich das alte Dasein, wie schädlich der Schamanismus und die Pflege ihrer alten Bräuche gewesen seien … Ihr eigenes, althergebrachtes Leben mußten sie heimlich ausleben, fern von den allesdurchdringenden Augen der Bolschewiki; glücklicherweise hatten sie ihre Siedlung in einiger

Entfernung von den Holzhäusern der Polarstation errichtet. Gut hatte es Ierok – seine Seele weilte im Sternbild der Trauer, und bestimmt beobachtete er jetzt voll Mitgefühl und Erbarmen seine Landsleute, die er in diesen Hinterhalt geführt hatte.

Analko gab ein Zeichen, und seine Leute kehrten in der gleichen Ordnung um, in der sie gekommen waren, trugen das Jagdgerät in dem gleichen feierlichen Schweigen zurück, mit dem sie zum Ufer, zu ihrem Boot hinabgestiegen waren.

Atun ging an Sementschuk vorüber und blickte ihm in die Augen. Die Augen des Chefs glitten gleichgültig über ihn hinweg, als sei das kein Mensch, der an ihm vorbeigegangen war, sondern etwas Lebloses.

Nachdem die Eskimos ihre Umhänge aus Walroßdärmen und ihre Torbassen wieder abgelegt hatten, zogen sie Arbeitskleidung und Gummistiefel an. Die einen schleppten sackweise Kohle vom Ufer landeinwärts, andere halfen den Zimmerleuten. Atun mußte Wasser in die Küche tragen und dem Koch Krochin zur Hand gehen. Er brachte Kohle und heizte die Öfen im Wohnhaus und in der Funkstation. Während er damit beschäftigt war, ließ er das Haus nicht aus den Augen, in dem vorübergehend, bis das neue fertig würde, Sementschuk mit seiner Frau wohnte.

Nadeshda Indiktorowna trat auf die Vortreppe hinaus, und Atuns Herz erzitterte wie das Herz eines Jungvogels, den eine Hand umschließt. Zuerst wandte er die Augen ab, wie man es tut, wenn man morgens das Erscheinen der Sonne am Horizont erwartet hat und sie plötzlich mit blendendem Schein auftaucht. Atuns Füße waren wie am Boden festgefroren, mit zwei Eimern Wasser in den Händen blieb er starr stehen, bis Nadeshda Indiktorowna gleich einer überraschend vom Himmel herabgesunkenen

Federwolke an ihm vorübergeschritten war – überirdische Gerüche verströmend, wohlriechende Luftwirbel erzeugend und mit dem Kleid raschelnd, das ihren großen, ersehnten Körper fest umspannte. Eau de Cologne, so hieß die duftende Flüssigkeit, mit der sich die Russen, vor allem die Frauen, besprengten, um üblen Geruch zu verdrängen, obwohl Atun an ihnen trotz seinem feinen Geruchssinn keinen besonderen, üblen Geruch bemerken konnte – vom Knoblauchgeruch abgesehen. Knoblauch aßen die Russen in Mengen, um sich vor Skorbut zu schützen. An diesem scharfen Geruch erkannten die Einheimischen schon von fern, wenn sich ein Russe von der Polarstation näherte. Besonders gut witterten das die Hunde. Nadeshda Indiktorowna jedoch duftete vor allem nach Eau de Cologne.

Die Frau war an dem erstarrten, gleichsam festgefrorenen Eskimo langsam vorübergeschritten, ohne auch nur einen Blick auf ihn zu werfen. Doch Atun spürte sie mit seiner ganzen dunklen, unter der Kleidung verborgenen Haut, erinnerte sich sofort daran, welches Gefühl die Berührung mit ihrem weißen, zartfeuchten Leib ausgelöst hatte, wie leicht sich damals Körper an Körper drängte, wie eine lodernde Flamme sie von innen durchglühte, er hörte ihr gedämpftes Stöhnen und spürte wieder ihre scharfen Nägel an seinem Rücken.

Nadeshda Indiktorowna war schon weit entfernt, als die Wolke ihrer Düfte und der Nebel der Erinnerungen Atun immer noch einhüllten. Erst nach geraumer Zeit kam er wieder zu sich und ging erneut an seine Arbeit.

An dem Tag arbeiteten die Eskimos erbittert, schweigend, ohne die üblichen Scherze. Wehmütig betrachteten sie das sich bis zum Horizont erstreckende Meer, die schwimmenden Eisschollen und die schwarzen Punkte der darauf ausruhenden Walrosse.

3

Analko, das Mundstück seiner großen Pfeife zwischen den Zähnen, war am Überlegen. Der Pfeifenkopf war erstaunlich groß, und doch faßte er nur eine winzige Prise Tabak. Analkos Vater, der große Schamane vom Ostufer, hatte die Pfeife zu einer Zeit gefertigt, als es schwer war, sich mit Tabak zu versorgen: Mochten im tiefen Winter die Sommervorräte zu Ende gehen, mochten die Handelsschaluppen in den Häfen festsitzen – die Pfeife des großen Schamanen vom Ostufer erlosch nie. In der Höhlung des dicken Pfeifenrohrs aus Walroßstoßzahn war genügend Raum, und dahinein stopfte der große Schamane während der tabakreichen Zeit feine Eichenspäne, die sich mit Tabaksaft und Rauch durchtränkten und so für die schwere, tabakarme Winterzeit einen Vorrat schufen.

Jetzt gab es zwar genügend Tabak – man konnte ihn, jedenfalls unter den beiden früheren Chefs Uschakow und Minejew, jederzeit aus dem Vorratslager beziehen; zudem hatte Analko inzwischen gelernt, auch Zigaretten zu rauchen –, und doch zog er bei ernsten Angelegenheiten die Pfeife seines Vaters vor. Selbst wenn sie erlosch und der Rauch von der Prise Tabak verbraucht war – die warme Luft, die er durch das dicke Pfeifenrohr sog, war von besonderem, anregendem Geschmack, der die feinnervige Mundhöhle erfrischte.

Ja, der neue Chef und die neuen Leute unterschieden sich sehr von den früheren Besatzungen der Polarstation. Keiner der beiden früheren – Uschakow nicht und auch nicht Minejew – hatte am Gürtel so ein kleines Schießeisen getragen. Selbst bei einer weiten Reise durch die

Insel hatten sie eine Winchester oder einen Karabiner vorgezogen. Das kleine, am Gürtel getragene Schießeisen – Analko wußte es sehr wohl – war einzig dazu bestimmt, auf einen Menschen zu feuern. Wen fürchtete der neue Herr über die Insel? Doch nicht den Doktor Wulfson, der laut Stepan Starzew zu dem russenfeindlichen unbekannten Stamm der Juden gehörte. Aber selbst wenn es diese Stammesfehde gegeben haben sollte wie in längst verflossenen Zeiten zwischen Tschuktschen und Korjaken oder zwischen Eskimos und Tschuktschen – wie lange war das schon her! Uralte Legenden berichteten davon, und wenn sich heutzutage ein Dummkopf darauf berief, hatte er mit Sicherheit zuviel von dem üblen erheiternden Wasser getrunken. Nicht die Eskimos fürchtete Sementschuk, wenn er am Gürtel das kleine Schießeisen zur Schau stellte. Er wollte, daß ihn alle fürchteten. Die Russen, die Eskimos und Doktor Wulfson. Daß aber Sementschuk versuchte, andere Leute so zu beeindrucken, zeugte davon, daß er selber Angst hatte. Wenn jemand anderen nicht an Wissen, Klugkeit und weiser Weltsicht überlegen ist, beginnt er auf die eigene physische Kraft und die Waffe zu bauen; oder nein – zu der greift er, wenn es ihm an eigener physischer Kraft mangelt. Die beiden Vorgänger Sementschuks zeichneten sich durch Verstand und physische Kraft aus. Vor allem durch Verstand. Sie begriffen, daß ein Eskimo im Winter ohne Vorräte von Walroßfleisch zugrunde geht. Hat er keine eigene Nahrung, dann verliert er auch seine Selbstsicherheit. Um aber in der langen Polarnacht ein Tier übers eisbedeckte Meer zu verfolgen, muß man sicher sein, daß die zu Hause, in der Jaranga ins ewige Eis gegrabene Fleischgrube Walroßfleisch enthält – ausreichend nicht nur für die Menschen, sondern auch für die Zughunde ... Dann schreckt nicht einmal ein tagelanger

Schneesturm, während dem kein Lebewesen die Nase aus seiner Behausung, seiner Höhle oder seinem Schneebau strecken kann.

Man mußte etwas unternehmen.

Abends versammelten sich in Analkos Jaranga die Männer der Eskimosiedlung an der Rodgers-Bucht. Viele hatten sich noch nicht einmal umziehen können, waren noch voller Kohlenstaub.

Über dem Feuer hing ein Kessel, in dem das Fleisch junger, erst in diesem Sommer geschlüpfter Gänse kochte; sie stammten vom tundraartigen Nordteil der Insel, wo es zahlreiche Nistplätze gab.

Die schon fest vergebene Braut Aina stellte verschieden große Tassen, Gläser und Krüge auf einen niedrigen Tisch, darunter die große Porzellantasse des Hausherrn, die besonders auffiel, weil sie von einem dünnen Robbenfellriemen umwunden war, der die bereits mehrfach gesprungene Tasse zusammenhielt. Das Gefäß hatte der jetzige Herr der Jaranga von seinem Vater, dem Großen Schamanen der Ostküste, übernommen – auf ihrem Boden befand sich eine rätselhafte Hieroglyphe, die noch deutlicher hervortrat, wenn heißer Tee eingegossen wurde.

Das Mädchen, das eine kittelartige Stoff-Kamlejka trug, bewegte sich lautlos und geschickt zwischen den zahlreichen Menschen, die im kalten Teil der Jaranga Platz genommen hatten. Ihr rundes Gesicht, das von tiefdunklem, glatt aus der Stirn gekämmtem und straff in zwei Zöpfe geflochtenem Haar umrahmt war, glänzte vor Schweiß und einem Fetthauch, obwohl sie es, bevor sie hierher gekommen war, mit einem in warmem eigenem Urin angefeuchteten Lappen abgerieben hatte. Sie haschte nach einem Blick ihres Zukünftigen, Atun. Doch der junge Schamane saß irgendwie abwesend da, als sei er mit seinen Gedanken in einer anderen Zeit, einem anderen Raum. Das geschah bei ihm nicht selten, und Aina bemühte sich, seine Aufmerksamkeit zu erregen, streifte ihn bald mit der Schulter, bald mit dem Bein, stieß ihn offen an, ja, einmal ließ sie sogar absichtlich heißen Tee auf seine großen, dunklen bloßen Hände tropfen, die gleich den Wurzeln einer Polarbirke ineinander verflochten waren. Atun sah das Mädchen fragend an wie eine Fremde und schüttelte die Tropfen gleichmütig ab.

»Wir müssen zum Chef gehn und ihm alles erklären«, sagte Analko. »Wenn wir morgen und übermorgen nicht auf Jagd gehn, haben wir einen schweren Winter vor uns. Ich will, daß Tajan, Apar, Jetuwgi und mein Sohn Atun mit mir kommen.«

Nachdem sich die Eskimos mit dem Gänsefleisch und Ziegeltee gestärkt hatten, begaben sie sich in die Siedlung der Polarstation. Als erster klopfte Tajan schüchtern ans Zimmer des Chefs. Und als er ein lautes »Herein!« vernahm, sah er sich fragend um. Er begegnete ermunternden Blicken und öffnete die Tür. Der Chef war nicht allein. Bei ihm im Zimmer war der Biologe Wakulenko; dessen gerötetes Gesicht und die glänzenden Augen verrieten, daß er getrunken hatte.

Analko trank auch gern. Er hatte den Zaubertrank bereits in der Jugend kennengelernt: Handels- und Walfangschiffe hatten zur Sommerszeit stets reichlich Feuerwasser auf die Tschuktschen-Halbinsel gebracht und dafür Fischbein, Rauchwaren und Walroßstoßzähne eingetauscht. Aber der Schamane kannte die tückische Wirkung des Wodkas, der einem Menschen das Erinnerungsvermögen und den Verstand raubt.

»Ha! Da ist ja eine ganze Delegation!« rief Sementschuk, als er die übrigen Eskimos bemerkte, die sich im engen Flur drängten.

»Übrigens ist der Arbeitstag zu Ende«, lallte Wakulenko mit schwerer Zunge und klopfte mit einem Fingernagel auf seine Armbanduhr, »der Chef, Konstantin Dmitrijewitsch, möchte ausruhen und empfängt niemanden.«

Tajan wurde unsicher. Er verstand alles, wußte aber nicht, ob er es den übrigen, inbesondere Analko, übersetzen sollte, der höchstens ein Dutzend Worte Russisch verstand.

»Warte!« Der Chef winkte Wakulenko ärgerlich ab. »Vielleicht ist es was Wichtiges?«

Tajan begann zu sprechen. Er bat Sementschuk um mindestens zwei Tage für die Jagd. Solange sich noch Walrosse auf den nahegelegenen Eisschollen befänden. Noch ein paar Tage, und es würden keine mehr dort sein.

»Auch ich brauche ein frisches Walroß«, mischte sich der eben erst verstummte Biologe Wakulenko ein. »Für wissenschaftliche Forschungsarbeiten.«

»Gut, Genossen Einheimische«, sagte Sementschuk, »die Bolschewiki sorgen sich um die rückständigen Völker und helfen ihnen, sofern das ihre Hauptarbeit nicht beeinträchtigt. Morgen fahren wir in unserem Kutter auf die Jagd. Wann wäre die beste Zeit?«

Tajan übersetzte.

Analko, der seinen Ohren nicht traute, antwortete schnell: »Im Morgengrauen. Gleich bei Sonnenaufgang. Schön! Sehr schön! Sag dem Chef, Tajan, daß wir an seiner Weisheit nicht gezweifelt haben. Wir hoffen, unter seiner kenntnisreichen Führung glücklich den Winter zu überstehn.«

Frohen Herzens kehrten die Jäger in die Jaranga zurück. Analko war freilich noch immer besorgt. Er wußte gut, daß ein Jagdtag, selbst wenn er sehr ertragreich wäre, nicht all die leeren Fleischgruben füllen würde. Sollten sie im Winter nicht Hunger leiden, mußten sie jetzt jeden Tag jagen, durften keinen günstigen Augenblick verpassen. Vielleicht würde es dort, auf dem Kutter, auf See, gelingen, den neuen Chef zu überzeugen, daß die Eskimos die verbliebene Zeit ausnahmslos der Jagd widmen mußten. Das Entscheidende war allerdings verpaßt: Die westliche Landzunge hatten die Walrosse schon verlassen.

In der anbrechenden sternklaren Nacht begaben sich Analko, Atun und Tagju zum Heiligen Kap.

Apar und Tajan, die in der Jaranga geblieben waren, überprüften noch einmal die Jagdausrüstung und tauschten die Walroßriemen aus, denn vom Kutter aus jagen war etwas anderes als von einem Fellboot oder einer hölzernen Schaluppe.

Sie unterhielten sich gedämpft beim dämmrigen Schein des niederbrennenden Feuers, neben dem Aina ihre Arbeit verrichtete. Sie schob die glimmende Kohle zu einem Haufen, fegte mit einem Gänseflügel den Erdboden, räumte die Tassen und Schüsseln in den Geschirrkasten.

»Der neue Chef war ja gar nicht so schrecklich«, bemerkte Apar, »ich dachte, wir würden ihn lange überreden müssen.«

»Er ist trotzdem anders als die früheren«, sagte Tajan.

Bereits dem ersten Herrn der Insel, Georgi Uschakow, war der gescheite junge Bursche aufgefallen. Er hatte Tajan oft zu sich eingeladen und ihn sogar auf lange Reisen durch die damals noch unerforschte Insel mitgenommen. Uschakow hatte gesehen, daß der junge Mann sich nach einem anderen Leben sehnte. Tajan hatte recht schnell russisch sprechen gelernt, auch schreiben und rechnen, und auf Uschakows Empfehlung hatte sein Nachfolger in der Station, Minejew, Tajan angestellt, ihn zum Vorsitzenden der Handelsniederlassung ernannt. Zu seinen Pflichten gehörte es, Rauchwerk entgegenzunehmen, es zu bewerten und vor allem darüber Rechnung zu führen, was sich die Eskimos holten – Tee, Zucker, Schiffszwieback, Stoff für Kamlejkas, Renfelle, Mehl, Kerosin, Kondensmilch, Tabak und verschiedene andere Kleinigkeiten, sogar Gabeln und Löffel. Tajan selbst hatte schnell gelernt, mit solchem Eßwerkzeug umzugehen, weil er auf Anordnung Uschakows mit allen andern Mitgliedern der Stationsbesatzung im Speiseraum aß; zusätzlich erhielt er eine Ration Lebensmittel, deren Wert ihm vom Lohn abgezogen wurde. Tajan war sehr stolz auf seine Stellung, die ihn fast auf eine Stufe mit den russischen Bolschewiki, den neuen Herren des Lebens, stellte. Er ahmte sie in allem nach: in der Art und Weise, wie sie aßen, in der Kleidung, in der Unterhaltung und sogar im Gang. Er benutzte auch den russischen Bretter-Abtritt und wischte sich nicht mit einem festen Schneeklumpen im Winter und mit weichem Tundramoos im Sommer ab, sondern mit einem Stück Zeitungspapier.

Von Sementschuks Anordnung, ihn aus dem Speiseraum zu verweisen, war Tajan tief beleidigt. Er dachte sogar schon daran, in seine Jaranga zurückzukehren. Aber die gab es nicht mehr, so wie auch sein Hundegespann und das Jagdgerät nicht mehr vorhanden waren. Dieser kränkende Hinauswurf erinnerte aber auch an die Warnung Analkos: »Ein Eskimo bleibt immer ein Eskimo, selbst wenn er sich wie ein weißer Mann herausputzt …« Es war jedoch nicht dasselbe, ob man das wußte oder ob man es von einem Russen gesagt bekam, obendrein von einem Leiter, der schon durch seine Stellung der beste Russe – ein Bolschewik – sein mußte.

Indes fand auf dem Heiligen – Proletarischen – Kap eine schamanische Kulthandlung statt.

Mit halbgeschlossenen Augen sprach Atun die heiligen beschwörenden Worte seines Vaters nach. Er hatte sie fest im Gedächtnis, und sie kamen ihm wie von selbst über die Lippen, ohne geistige Anstrengung. Tagju hielt ein großes hölzernes Gefäß mit Opfergaben – Stücken von gedörrtem Walroßfleisch, dazwischen auch Würfeln von gelb gewordenem Renspeck. Alle Handlungen und Worte waren Atun bekannt und vertraut, doch zum erstenmal spürte er eine solche innere Anspannung. Sein Wille und Verstand waren nur einem Wunsch unterworfen: daß die morgige Jagd erfolgreich sein möge, daß sich die Vorratsgruben mit Fleisch und die Holzfässer an den Wänden ihrer Wohnstätten mit Fett füllten. Die Sorge des Vaters um die Zukunft hatte sich auf ihn übertragen und verdrängte für einige Zeit die Gedanken an das Abenteuer im russischen Schwitzbad.

4

Die Eskimos stiegen wie am Vortag in feierlicher Prozession zur Küste, zum Kutter hinab. Doch sie mußten über zwei Stunden warten, bis die Leute von der Polarstation erschienen. Lange hatten diese den Maschinisten gesucht: Er hatte am Vorabend tüchtig getrunken.

Interessiert betrachtete Doktor Wulfson die Jagdgeräte der Eskimos, er erkundigte sich nach jeder Kleinigkeit.

Als letzte trafen Sementschuk und seine Frau ein. Mit wortlosem Staunen beobachteten die Eskimos, wie Nadeshda Indiktorowna, von Wakulenko gestützt, ungeschickt über den schwankenden Brettersteg an Bord des Kutters ging.

»Wird sie denn an Bord bleiben?« ließ Analko vorsichtig über Tajan anfragen.

»Sieht ganz so aus, als wolle sie mit uns auf Jagd gehen«, vermutete Tajan.

Obwohl Nadeshda Indiktorowna Russin war, so war sie doch eine Frau. Und die Anwesenheit einer Frau auf einem Schiff, das zur Jagd aufs Meer hinausfährt, verhieß nichts Gutes. Aber Analko konnte nichts mehr dagegen tun: Der Kutter gehörte den Russen, deshalb – so vermutete Analko nicht sehr überzeugt – würde alles vielleicht keinen großen Einfluß auf das Wohlwollen der Meeresgötter haben. An sich verlangt die Meeresjagd auf Walroß und Walfisch besondere Rituale, folgt stets strengen, in vielen Jahren geformten Regeln, und die Mißachtung eines auf den ersten Blick sogar unbedeutenden Details kann böse, unvorhersehbare Folgen haben.

Heute aber ...

Vor allem waren die Eisverhältnisse äußerst kompliziert: Südwind hatte dichte Eisfelder bis fast ans Ufer getrieben. Sie mußten Durchgänge suchen, und das erforderte viel Zeit. Zudem war es sehr laut. Sementschuk brüllte alle an, gab einander widersprechende Befehle. Am meisten jedoch beunruhigte Analko eine Kiste mit Wodka, die der Biologe Wakulenko unter großen Vorsichtsmaßnahmen auf den Kutter gebracht hatte.

Schließlich lief der Kutter aus. Sementschuk nahm den Posten des Kapitäns ein, aber seinem Verhalten am Steuerrad war anzumerken, daß er mit dieser Arbeit nicht sehr vertraut war. Als der Motor ansprang, stieß der Kutter so kräftig gegen die nächste Eisscholle, daß alle auf dem Schiff hinfielen und Doktor Wulfson fast über Bord gegangen wäre. Er riet dann auch Sementschuk, das Steuer jemandem zu überlassen, der wisse, wie man einen Kutter steuert.

Tajan wurde gerufen, und nun fuhr der Kutter ruhig und vermied Zusammenstöße mit großen Eisschollen.

Die Eskimojäger und bewaffnete Männer von der Polarstation drängten sich am Bug. Analko entwirrte weißgegerbte Walroßriemen und bereitete die Harpunen vor. Doktor Wulfson, der einzige Unbewaffnete unter den Russen, bot seine Hilfe an und fragte nebenbei den alten Jäger nach der Bedeutung eines jeden Gegenstandes.

Atun, der die Eisschollen durchs Fernrohr betrachtete, gab ein Handzeichen, und die Eskimos machten sich bereit.

»Als erster schieße ich!« erklärte Sementschuk laut. »Überhaupt: Ohne mein Kommando wird kein Feuer eröffnet!«

Die Eskimojäger warfen sich Blicke zu und sahen ihren Ältesten fragend an.

»Soll er nur schießen«, erklärte Analko herablassend. »Ich kann da nichts machen. Er ist hier der Herr.«

Atun kam es vor, als habe sich sein Rücken sonderbar entblößt und wäre ungewöhnlich sensibel geworden – gewissermaßen fähig, mit der Haut zu sehen. Er nutzte jeden Moment, um sich zurückzudrehen und Tajan mit der Hand den rechten Weg durch die Eisschollen zu weisen, versäumte dabei aber nicht, einen Blick auf Nadeshda Indiktorowna zu werfen, die neben dem Steuermann stand. Sooft der Kutter gegen eine Eisscholle stieß, schrie sie auf, und Atun durchzuckte eine wollüstige Erinnerung.

»Walrosse!« Atun sagte es in der Eskimosprache, aber alle spitzten die Ohren.

»Wo? Wo sind Walrosse?« schrie Sementschuk aufgeregt und wiederholte: »Ich warne euch: Als erster schieße ich!«

Tajan manövrierte geschickt zwischen den Eisschollen. Er befahl, den Motor zu drosseln, und der Kutter fuhr jetzt lautlos. Drei Walrosse lagen auf einer vom ebenen Eisfeld abgebrochenen Scholle und boten sogar von fern eine prächtige Zielscheibe.

Analko bedeutete dem bereits schußbereiten Sementschuk mit den Armen, er solle warten, bis der Kutter noch näher an die Walrosse herankäme. Aber der Chef sah wohl schon nichts mehr außer den Tieren mit den gewaltigen Stoßzähnen. Ein Schuß krachte in die angespannte Erwartung und zerriß die über den Eisfeldern liegende Stille. Einen Augenblick später war die Eisscholle so jungfräulich weiß und rein, als hätten da nie Walrosse gelegen.

»Teufel!« schimpfte Sementschuk erregt. »Verfehlt ... Zu weit ...«

Geduldig versuchte Analko, Sementschuk mit Apars Hilfe zu erklären, daß man an die auf der Eisscholle liegenden Walrosse viel näher hätte herankommen müssen, um sie sicher zu erledigen. Sogar ein verwundetes Walroß sei noch zu erbeuten, wenn man es harpuniere.

»Weißt du was«, sagte Sementschuk verärgert, »kümmere dich um deinen Kram, und gib mir keine Ratschläge. Hast du vergessen, wer ich bin?«

»Konstantin Dmitrijewitsch«, mischte sich Wulfson ein, »vielleicht sollten wir die Eskimos doch lieber selber jagen lassen?«

»Auch Sie können sich sonstwohin scheren, Doktor.« Sementschuk verzog das Gesicht.

Der Kutter fuhr weiter. Die Eskimojäger hatten die Gewehre gesenkt und waren vom Bord zurückgetreten. Ihnen folgten die bewaffneten Männer der Polarstation, so daß nur Sementschuk am Bug zurückblieb.

Walrosse begegneten ihnen ziemlich oft, aber der Chef schoß unüberlegt. Erst gegen Abend gelang es ihm, ein junges Walroß, das einsam auf einer großen Eisscholle lag, am Kopf zu treffen.

Ohne seine Siegesfreude zu verhehlen, trat Sementschuk als erster auf das blutbefleckte Eis und schrie:

»Krochin! Schneid die Leber raus, und bereite ein Mittagessen daraus! Alles übrige Fleisch schenke ich euch, verehrte Einheimische!«

Er befahl, diese Worte Analko persönlich zu übersetzen, doch als er auf dessen dunklem, flachem Gesicht keine Dankbarkeit bemerkte, fragte er: »Ist das etwa zuwenig?«

»Vielen Dank, liebster Chef! Aber jetzt würden wir gern selber jagen!«

»Nein, erst gibt es Essen!« schnitt Sementschuk ihm das Wort ab. »Nehmt das Fleisch, kocht es, oder eßt es roh, ganz, wie ihr wollt … Wir jedenfalls machen Mittag.«

Die Eskimos schnitten wohlschmeckende Stücke aus dem Walroß und setzten das Fleisch auf einem transportablen Primuskocher am Bug des Kutters zum Kochen auf. Krochin briet die mit allerlei duftenden Spezereien gewürzte Walroßleber auf einem kleinen Herd in der Kombüse.

Sementschuk bereitete einen Zubiß: Er öffnete Fischdosen, Konserven mit Zunge in Aspik, Gemüsekonserven. Der Biologe Wakulenko stellte Flaschen zurecht. Er ordnete an, »für eine Sammlung« den Walroßkopf einschließlich der Stoßzähne abzutrennen, obwohl dieser nach altem Eskimobrauch dem gehörte, der das Walroß zuerst gesehen hatte, also Atun.

Der feuchte Seewind trug den Eskimojägern den Duft der gebratenen Leber zu, das Klirren von Flaschen und Gläsern und die laute Stimme des Chefs.

»Da denke ich an Persien zurück, wie die dortige Elite gejagt hat … In der Wüste oder auch in den Bergen. Zumeist Federwild, Wildschweine oder Bergziegen … Kein Vergleich mit der Jagd heute!«

»Ja, das ist wirklich eine Königsjagd!« pflichtete ihm Wakulenko unterwürfig bei.

»Meiner Meinung nach Unfug«, sagte Wulfson leise, aber fest. »Wir sollten uns nicht freuen, sondern uns vor den Eskimos schämen. Für sie ist die Walroßjagd lebensnotwendig! Vielleicht entscheidet der heutige Tag über ihr Schicksal im langen Winter? Und wir machen uns daraus ein Vergnügen. Eine Schande!«

Vor Verwunderung und Empörung verschluckte sich Sementschuk. »Also das, Doktor ...«, rief er drohend, ohne die passenden Worte zu finden.

»Nikolai Lwowitsch!« sagte Wakulenko, der bereits ziemlich viel Wodka getrunken hatte, vorwurfsvoll, aber freundlich. »Was ist das nur für eine jüdische Art, andern die Freude zu verderben?«

Wulfson verließ den Tisch und ging hinaus aufs Deck.

An dem Abend war es am Ufer der Rodgers-Bucht ungewöhnlich traurig und still: Schweigend empfingen die Frauen, Kinder, Greise und Hunde die Jäger.

Die Eskimojäger aber trugen wie im Trauerzug, einer hinter dem andern gehend, ihr Jagdgerät zu den Jarangas.

Dritter Teil

1

Am nächsten Morgen weckte das Heulen eines Schneesturms die Eskimos und die Leute von der Polarstation.

In Atuns leere Eimer stieß der Wind, kaum daß er die Schwelle überschritten hatte, mit Macht zogen sie ihn zum Meer hin. Doch der Eskimo hielt stand und ging zum zugefrorenen Bach. Die schon halb verschneite Bretterbude – der Abtritt für die Russen – tauchte vor ihm auf. Anders als die Einheimischen nutzten die Angehörigen der Polarstation dieses kleine Holzhaus, um ihre Notdurft zu verrichten.

Die Bude tauchte unvermittelt aus dem Schneesturm auf, nahm in den Schneewirbeln wunderliche Umrisse an, mitunter schien es sogar, als flöge sie dem Schnee- und Luftstrom entgegen. Atuns Einbildungskraft verlieh diesem Kajak auch noch ein dreieckiges weißes Segel, wie es die fellbespannten Jagdboote besaßen. Unter diesem sonderbaren Boot hatten sich allerdings schon Ablagerungen von vereistem Kot und gelbe Urin-Stalaktiten gebildet, die im Frühling weithin Gestank verbreiten würden. Die Inkonsequenz der hygienischen Gewohnheiten bei den Russen war verblüffend: Sie wuschen sich zwar die Hände vor dem Essen, verzehrten aber mit Genuß Schweinefleisch, das Fleisch eines der schmutzigsten Tiere, das alles fraß, von Hundekot bis zu Zeitungspapier. Die Schweine zu füttern, diese stumpfnasige Teufelsbrut aus dem Jenseits, gehörte zu Atuns Pflichten.

Vom Abtritt zum Speiseraum war ein Seil gespannt,

an dem sich die Leute der Polarstation bei Wind festhielten. Als Atun nähergekommen war, sah er vage eine Gestalt, die mit der grob zusammengeschreinerten Tür kämpfte, weil der Schneesturm sie immer wieder aufriß. Es war Nadeshda Indiktorowna, kaum zu erkennen in dem schneeverklebten Pelzmantel und der tief in die Stirn gedrückten Pelzkappe. Atun eilte ihr zu Hilfe, half ihr, in die vereiste, von gefrorenen Rinnsalen glatte Bretterbude zu gelangen, und hielt die Tür zu, bis die Frau ihre Notdurft verrichtet hatte. Durch das wütende Heulen des Schneesturms und das Poltern des Windes in den Blechdächern der Häuser hörte er jedes Geräusch darin, und ihn ergriff ein unerträglicher, fast schmerzhafter Wunsch … Als die Frau ihr Geschäft verrichtet hatte und aus der Bude stolperte, fing Atun sie auf und trug sie zu den Wohnhäusern. Nadeshda Indiktorowna war durchaus nicht klein, doch Atun hatte den Eindruck, als ruhe in seinen Armen laut seufzend und ächzend ein geradezu leichtes, luftiges Wesen.

Eine verborgene Kraft, stärker als der Schneesturm und seine orkanartigen Böen, führte Atun zum Badehäuschen.

»Was machst du? Wohin?« murmelte die Große Weiße Frau, preßte sich aber mit ihrem erleichterten Leib noch fester an ihn, und durch den mit Schnee überpuderten Schafpelz spürte der junge Schamane ihre Hitze. Mit dem Fuß stieß er die vereiste Tür zum Vorraum auf und legte die Frau behutsam auf die breite Holzbank, auf die durchs Fenster das schwache, unruhige Licht des Schneesturms fiel … Ihm freilich kam es vor, als wäre der große, üppige, weiße Körper, der schon im Vorgefühl der Lust bebte, von der klaren, blendenden Frühlingssonne erhellt.

Gewiß gibt es irgendwo warme Meere, deren Wasser die Haut kost, riesige Wälder mit einem grünen Halbdunkel vom grünen Laub, das die Raubtiere vor Menschenaugen verbirgt und wo eine Stille herrscht, in der jeder Ton untergeht, wie in der Tiefe des Meeres verschwindet. Wohlige Ruhe, süßes Vergessen hatten Atun umfangen, und plötzlich sah er im Halbtraum dieses grüne Paradies. Er war nie dort gewesen. Doch er wunderte sich weder über das Gefühl, das ihn ergriffen hatte, noch über die plötzlich aufgetauchte Vision einer unbekannten Welt: Dergleichen hatte er schon in Augenblikken starker seelischer Erregung erlebt.

Doch bald brachen wieder das Windgeheul und das Klopfen von fliegenden Schneeklumpen in diese grüne Stille. Durch den Lärm des Schneesturms drangen erregte Menschenstimmen, die nach Nadeshda Indiktorowna riefen. Die Tür ging auf und ließ Atun von der Frau zurückweichen. Es war Wulfson.

»Sie hier, Nadeshda Indiktorowna!« rief der Doktor erfreut. »Und wir suchen sie.«

»Ich habe mich verlaufen«, sagte Nadeshda Indiktorowna weinerlich. »Und dieser Wilde hat mich gepackt und aus irgendeinem Grund hierher, ins Badehaus, gebracht. Ich begreife nicht ...«

Doch dem Doktor war alles klar, wie Atun schnell erriet. Der junge Schamane hatte sich darauf vorbereitet, einen Angriff, einen unerwarteten Schlag abzuwehren, aber der Doktor half nur der Frau aufzustehen und geleitete sie fürsorglich aus dem Badehaus.

»Wahrscheinlich hat er nicht gewußt, wohin er mich bringen soll«, stöhnte Nadeshda Indiktorowna unter Schluchzern. »Er ist doch schwer von Begriff ... Trotzdem hat er mich gerettet ...«

Eine Weile lief Atun hinter dem Doktor und Nadeshda Indiktorowna her, und erst als sie in einem Haus verschwanden, wandte er sich zum Meer.

Der Wind sang ihm seine Lieder. Verschiedene Stimmen vermischten sich, drangen ihm ins Bewußtsein, und sein inneres Auge zeigte ihm seltsame Bilder. Ein Riese, behängt mit großen glitzernden Perlen, schritt in hohen, weißen, wasserfesten Torbassen zwischen Eisblöcken dahin, brach aber in dem noch nicht fest gewordenen Eis immer wieder ein. Sein gewaltiger Kopf erhob sich aus dem Treibschnee, über seinem großen, einer Gebirgsschlucht vergleichbaren Mund sträubte sich ein schwarzer Schnurrbart, und darauf war Rotz – aus den behaarten Nasenlöchern getropft – zu grünen Kugeln erstarrt. Der Atem des Riesen vertrieb den heranfegenden Schnee, und Atun bewegte sich in einem schnee- und windfreien Raum. Das Heilige Kap aber, eingeschlossen von dicht ans Ufer vorgedrungenen und für einen langen Winter erstarrten Eisschollen, überragte mit seinen schwarzen, vom Schnee weißgestreiften Felsen alles übrige gleich einer ausgestreckten Hand, die in eine andere Welt weist, von der aus die Schicksale der Welten und ihrer lebenden Bewohner gelenkt und entschieden werden.

Hinterm Kap, dem schnellen, alles durchdringenden Gedanken folgend, tanzte ein Tierreigen. Das Große Heilige Walroß – rothäutig, runzlig und die gelben Stoßzähne voller Risse – umfing mit den vorderen Schwimmflossen einen Weißfuchs und sprach zu ihm mit Menschenstimme. Ja, es waren menschliche Worte, nur, welcher Sprache sie angehörten, konnte Atun nicht ergründen: Vielleicht war es seine vertraute Eskimosprache in einer anderen Mundart, vielleicht auch Tschuktschisch oder Russisch … Russisch sprach Atun kaum, doch er verstand alles, wenn er das Gesicht und die Augen des Sprechenden sah. Ohne Gesicht und Augen glich der Klang der fremden Rede dem Murmeln eines unbekannten, eben erst entdeckten Bachs. Nun aber sah er deutlich den schnurrbärtigen und hauerbewehrten Walroßkopf und die längliche, glitzerperlenäugige spitze Fuchsschnauze. Sie unterhielten sich über den dunklen Nachthimmel, wenn die Sterne der Erde so nahe kommen, daß man sich an einem ihrer nach unten gerichteten Strahlen stoßen kann, worauf er lange klingend hin und her schwingt, auch über die Verbrennungsgefahr, die am Horizont oder auf den Berggipfeln von der Glut der dort fast greifbaren Himmelslichter ausgeht. Atun mußte innerlich lachen: So weit er auch auf den Horizont zuschritte – der bliebe ewig unerreichbar, entschwände stets von neuem, eröffnete immer neue Weiten, und die Sterne blieben so hoch wie eh und je ... Die Russen sagen ja, die Erde sei keine flache Scheibe, sondern eine riesige Kugel, die inmitten anderer Gestirne hänge und sich drehe. Vielleicht sehen sie die Welt wirklich so, aber diese ihre Auffassung ist Atuns Sehweise fremd, für ihn ist die überschaubare Welt nichts Festgefügtes, sondern immer so, wie er sie im jeweiligen Augenblick sieht – zum Beispiel heute, im Schneesturm und mit der unauslöschlichen Erinnerung an die Zärtlichkeit der Großen Weißen Frau, deren Körper in seinem Herzen die heiße Flamme eines unaufhörlichen Begehrens entfacht.

Wie groß, vielfältig, überraschend und unergründlich ist doch die Welt! Und wer ist er in dieser wundersamen Verflechtung unbekannter, geheimnisvoller Kräfte? An welchem Platz im Weltall stehst du, Mensch? Am äußersten Rand, schon außerhalb des Stroms ungestümer Kräfte, die mit unvorstellbarer Geschwindigkeit an dir vorbeijagen oder erhaben vorüberschwimmen, manchmal, ohne dich nur zu berühren? Oder gibt es das alles, bewegt, entwickelt es sich und verschwindet es nur, weil du – der Mensch – existierst?

Von dem bemoosten, graugrünen Stein am Saum des

Wassers geht etwas aus, was glauben macht, auch der Stein beherberge einen eigenen Geist, den der Mensch nur noch nicht begreift. Aber wenn Steine, Felsen und Kiesel existieren, dann muß es zwischen ihnen eine gewisse geistige Beziehung, muß es einen Stein-Geist geben, genauso wie es einen Geist des Wassers, des Eises und des Schnees gibt, von den Pflanzen ganz zu schweigen. Und die Tiere? Aus ihnen spricht etwas so Menschliches, daß manche von ihnen eher Menschen ähneln als die Menschen sich selbst. Vielleicht aber setzt sich der Mensch in allem fort – von diesem winzigen Stein, der aus dem Schnee ragt, über die Felsen, die Berge, die Pflanzendecke der Tundra, die Tiere zu Wasser und zu Lande, die Insekten, die Nagetiere, die Würmer, über das Wasser, das Eis und den Schnee, den Wind und das Meereswogen bis zu den Wolken, dem Blau des klaren Himmels und den fernen Sternen – vielleicht durchdringt der Mensch alles und ist dessen Ausdruck, der eigentliche Mittelpunkt, da er doch darüber nachdenkt und manches sogar errät …

Atun spürte die Kälte nicht, die eisig durch seine Kleidung drang, und erst als er sich wieder in Bewegung setzte, fühlte er, wie der Panzer aus Schnee und Eis, der sich um seine reglose Gestalt gebildet hatte, zerbrach.

2

In der väterlichen Jaranga saßen die Männer am glimmenden Feuer und rauchten schweigend. Aus Analkos großer Pfeife drang ein feuchtes Röcheln wie aus der Brust eines Lungenkranken.

Atun schüttelte am Eingang Schnee und Eis ab und nahm seine Tasse mit heißem Tee von dem niedrigen

Tisch. »Das Eis hat sich geschlossen«, sagte er, während der erste große Schluck noch in seiner Kehle brannte. Er hätte das auch nicht zu sagen brauchen. Alle Hoffnungen auf die Walroßjagd hatte der erste richtige Wintersturm zunichte gemacht, der das offene Wasser mit einer Eisdecke überzogen hatte.

»Jetzt bleibt nur eine Hoffnung«, sagte Analko bedächtig, »die vorjährigen Vorräte an Walroßfleisch auf dem Westkap und das wenige auf den Landzungen.«

Die Tür der Jaranga ging auf, und der schneeüberpuderte Stepan Starzew wälzte sich in den Tschottagin, den Wohn- und Arbeitsraum der Behausung. Er grüßte laut und fröhlich und ging zum Tisch, um sich Tee zu holen. Aina füllte ihm einen Becher.

»Warum so traurig, Männer?« fragte er.

»Warum?« entgegnete Analko unwillig. »Es sieht doch ganz so aus, als würden wir diesen Winter ohne Vorräte an Walroßfleisch bleiben, ohne Hundefutter, ohne Nahrung für uns selbst.«

»Macht nichts, wir kommen schon nicht um!« rief Stepan fröhlich und stellte eine Flasche auf den Tisch. Es war Sprit, ein begehrtes Getränk. Stepan besorgte es sich in großer Menge und war fast immer angesäuselt, was den heimlichen Neid vieler Eskimos weckte.

Starzew bat um Wasser und verdünnte den Sprit, wobei er immer wieder seinen kleinen Finger mit dem schwarzgerandeten bläulichen Nagel in den Flaschenhals steckte und ihn dann ans Feuer hielt. Als die Flamme eine gelbliche Schattierung annahm, grunzte er befriedigt und ging daran, den Zaubertrank einzuschenken.

Atun hatte das Feuerwasser nur einmal probiert und sofort derartigen Widerwillen dagegen empfunden, daß ihm allein von dessen Geruch schwindlig und übel wurde. Deshalb rückte er vom Tisch möglichst weit weg und ließ sich am Eingang zum Polog auf dem dicken langen Balken nieder, der dort beim Liegen als Kopfstütze diente.

Das Feuerwasser füllte gurgelnd die Blechbecher. Den ersten erhob Analko; die Augen fest zusammengekniffen, trank er mit sichtlichem Genuß. Eine Weile blieb er noch mit geschlossenen Augen sitzen und verfolgte, wie der Feuerstrom gleich einem quirlenden Wasserfall die Kehle passierte, mit leichtem Brennen die Speiseröhre durchströmte und schließlich den Magen erreichte. Von da aus breitete sich mit dem Blutkreislauf die aufwallende Wärme im ganzen Körper aus, sie stieg in den Kopf, schuf Klarheit im Hirn und erhellte die Gedanken, so wie ein sommerlich-leichter Seewind von der Küste, den Felsen, den Hügeln und den sandigen Landzungen Morgendunst und nächtlich-feuchten Nebel vertreibt. Und alles ringsum, sogar der bevorstehende Hungerwinter, erschien schon nicht mehr so schrecklich. Wie von selbst kamen die Worte über Analkos Lippen: »Wenn es ganz schlimm wird, lassen die Russen uns nicht umkommen. Was haben die für Vorräte! Wir bezahlen das später mit Pelzwerk ... Sie haben Fett – festes und flüssiges. Und Mehl und Zucker und Dosenfleisch noch und noch!«

»Aber das Fleisch ist sehr salzig!« bemerkte Tagju, der auch bereits Feuerwasser getrunken hatte. »Ich habe es probiert. Danach kann man gar nicht genug Wasser trinken ...«

»Aber es ist gut zum Schnaps«, sagte Utojuk mit Kennermiene.

»Schnaps ist ja gerade gut, weil man alles mögliche dazu essen kann, sogar ein Stück Schnee«, erklärte Stepan Starzew.

Schalkhaft warf er Aina einen Blick zu. Der Russe, der bei den Eskimos heimisch geworden war, gab sich mit der eigenen Frau nicht zufrieden, sondern beehrte alle jungen Frauen mit seiner unersättlichen Aufmerksamkeit. Jetzt war er allerdings vorsichtig, obwohl er Schnaps getrunken hatte. In der Jaranga befand sich Atun, Ainas Versprochener, nach Eskimobrauch faktisch ihr Mann.

»Ja, die Russen werden uns helfen!« überlegte Analko weiter. »Die Bolschewiken lieben die Armen. Und wer ist hier schon ärmer als wir? Aber wir dürfen trotzdem nicht müßig bleiben. Bald beginnt die Jagd auf Polarfüchse, und wir müssen an den alten Lagerstätten der Walrosse möglichst viele Fangeisen aufstellen. Mit Pelzwerk können wir dann unsere Schulden begleichen. Auch genug Eisbären müssen wir erlegen. Die Bolschewiken lassen uns schon nicht umkommen.«

Atun hörte die Überlegungen seines Vaters und bemerkte, wie der unter der Einwirkung des Feuerwassers seine gewohnte Besonnenheit verlor.

»Wir haben Glück, daß wir uns neben so einem guten, feinfühligen Volk niedergelassen haben ... Stimmt's, Stepan? Du bist zwar ein Lumpenhund, aber immerhin ein Russe, also nicht ganz verloren.«

Als Entgegnung goß Stepan Starzew dem alten Schamanen den Rest des Feuerwassers in den Becher. »Gib mir die leere Flasche!« bat Utojuk. »Ich will dran schnuppern, solange auch nur eine Spur des Geruchs vom Feuerwasser drinbleibt. Der Geruch berauscht mich!«

Utojuk erhielt die Flasche und konnte die feuchte Nase lange nicht von ihr losreißen. Weil es keinen Schnaps mehr gab, wandten sich alle wieder dem Tee zu.

»Aber die Bolschewiken mögen die Schamanen nicht«, erinnerte Starzew. »Sie wollen dich, Analko, zu ihrem Glauben bekehren und aus dir einen Kommunisten machen, einen Anhänger ihrer Führer Lenin und Stalin.«

»Ich verehre Lenin, denn er ist tot«, erklärte Analko. »Auch von dem neuen Führer Stalin habe ich gehört.

Doch jedes Volk hat seinen Glauben und seine Lebensweise. Wie würde es aussehen, wenn ich versuchte, Sementschuk zu meinem Glauben zu bekehren? Ich weiß noch gut, was der erste Herr der Insel, Uschakow, gesagt hat: Bolschewik kann nur werden, wer sich die Weisheit aller Jahrhunderte und Völker angeeignet hat ... Mir kommt es nicht so vor, als seien die neuen Bolschewiken hier ein sehr weises Volk.«

»Aus dir spricht der Konterrevolutionär und der ungebildete Schamane«, sagte Starzew belehrend. »Stalin hat doch die Weisheit aller Jahrhunderte und aller Völker in sich aufgenommen.«

»Stalin vielleicht«, pflichtete Analko ihm bei, »aber doch nicht Karbowski, obwohl er Parteiorganisator ist.«

Plötzlich ging die Jarangatür auf, und mit einem Windstoß, mit stiebendem Schnee, der das ohnehin nur glimmende Feuer fast ganz gelöscht hätte, stürmte Sementschuk herein.

»Drückeberger! Mistkerle!« schrie er.

Nicht alle Eskimos begriffen die Bedeutung der Worte, aber den Zorn, der darin zum Ausdruck kam, verstanden sie.

»Warum ist niemand zur Arbeit erschienen? Frag die Wilden, Stepan! Warum ist niemand im neuen Haus? Da muß der Ofen gesetzt werden, müssen Ziegel und Mörtel ran!«

»Doch nicht im Schneesturm«, erklärte Analko ruhig und sog an seiner berühmten Pfeife. Das Feuerwasser nährte noch seine Seelenruhe. Der alte Schamane lächelte sogar und zeigte dem erzürnten Chef seine schwarz gewordenen, aber noch festen Zähne. Sementschuk machte einen Schritt auf den alten Mann zu, riß ihm die Pfeife aus dem Mund und schleuderte sie in das glimmende Feuer.

»Mit dir, du Schamanenfresse, unterhalten wir uns noch extra!«

Atun wußte nicht mehr, wie er zwischen den Vater und Sementschuk geraten war. Derb stieß er den Chef beiseite und holte die Pfeife aus dem Feuer.

Sementschuks Hand griff an den Gürtel, aber das kleine Schießeisen war diesmal nicht da. Laut fluchend ging er hinaus in den heulenden Schneesturm.

3

Im neuen Haus des Stationschefs roch es nach frischer Farbe, nach feuchtem Mörtel und bearbeitetem Holz. Mißmutig lungerten die Eskimos in den kleinen Zimmern herum, sie behinderten einander mehr, als daß sie den Bauherren halfen. Der Rausch war bereits verflogen: Sie hatten ja nur wenig Feuerwasser gehabt, auch der Wind und der Anpfiff des Chefs hatten ernüchternd gewirkt.

Unter dem Vorwand, er müsse Kohle und Wasser in die Küche tragen, ging Atun in den Sturm hinaus.

Der Wind hatte noch zugenommen, und trotz vorrückender Uhrzeit wurde es nicht heller. An die Stelle des Tageslichts trat nicht enden wollende Morgenröte, die, von nur kurzem Auftauchen des frostig-roten Sonnenscheibenrands unterbrochen, in die Abendröte überging.

In einigen Wochen würde die Sonne vollends verschwinden, und während der langen Polarnacht würden Sterne, Mond und Polarlicht den ganzen Himmel einnehmen.

Plötzlich meinte Atun jemandes Anwesenheit zu spüren. Erregt zuckte sein Herz, im stiebenden Schnee erkannte er einen ausgewachsenen Eisbären. Der Gast vom

Eismeer durchwühlte die im Windschatten liegende Müllgrube.

Da Atun das Tier zu erschrecken fürchtete, wich er zurück und lief in die Jaranga, um seine Winchesterbüchse zu holen.

Der Bär dachte nicht daran wegzulaufen. Er zertrümmerte die roten, gefrorenen Rübensuppenresten, steckte die schwarze Nasenspitze in Kohlabfälle und Kartoffelschalen, leckte mit der langen rosa Zunge leere Kondensmilchdosen aus.

Das gibt für Aina und mich ein Fell für den neuen Polog, dachte Atun und zielte auf den Kopf des Bären. Früher einmal wurde solch ein Fellvorhang für die Eskimo-Jaranga nur aus Eisbärenfellen genäht – so lange, bis Renfelle üblich wurden … Auf der Insel gab es aber keine Rentiere, also mußten sie den Hochzeitspolog aus einem Eisbärenfell nähen.

Der Bär zuckte zusammen, sah den Schützen geradezu verwundert und wie verständig an und stürzte in die Müllgrube; sein gewaltiger Körper bedeckte nahezu die dort lagernden stinkenden Nahrungsabfälle. Um sicherzugehen, schoß Atun ihm eine zweite Kugel zwischen die sich verschleiernden Augen.

Nun bist du also zu Gast gekommen,
Herr über Eisfelder und eisiges Wasser.
Du kommst, mir dein Gewand zu geben,
Dein Fleisch und deine festen Sehnen …

Sei ein willkommener Gast
In meiner warmen Jaranga,
Meine Dankbarkeit kennt keine Grenzen …
Lob dir und alle Achtung
Im Namen der dankbaren Herzen.

Bevor Atun von seiner glücklichen Beute berichtete, wälzte er den Bären auf sauberen Schnee und zog, wie es sich gehört, sorgfältig das Fell von seinem noch warmen Körper ab.

Die Kunde von der unerwarteten Beute trieb nicht nur die Eskimos aus dem im Bau befindlichen Haus, sondern auch die Zimmerleute und den Ofensetzer. Trotz des Schneesturms drängten sich fast alle Angehörigen der Polarstation um den zerlegten Bären. Der Biologe Wakulenko maß mit einem Zentimetermaß Kopf und Pfoten, schrieb etwas in ein Notizbuch, wobei er das Papier gegen den Schnee und den Wind abschirmte.

Doktor Wulfson gratulierte Atun, der konzentriert und besorgt die schmackhaftesten Stücke aus dem Rumpf schnitt, sie in das Fell rollte und in seine Jaranga tragen wollte. Das andere Fleisch überließ er seinen erfreuten Landsleuten, die schon lange kein Frischfleisch mehr gegessen hatten.

Da erschien der Chef. Aufmerksam betrachtete er die Beute, erkundigte sich, wer den Bären getötet hatte, und verfügte: »Fell und Kopf kommen ins Lager! Ein Teil des Fleisches – in die Küche. Den Rest samt Innereien kriegen die Einheimischen!«

Sogar Stepan Starzew blinzelte eine Weile verwirrt, als wolle er von den spärlichen weißen Wimpern den daran klebenden Schnee abschütteln; er konnte sich nicht gleich entschließen, Sementschuks Worte zu übersetzen.

Die Eskimos trauten ihren Ohren nicht, als Starzew ihnen den Sinn der Worte übermittelte.

»Der Chef kennt sicherlich unsere Bräuche nicht«, bemerkte Analko höflich.

»Atun ist Angestellter der Polarstation«, erklärte Sementschuk streng. »Er hat den Bären während seiner Arbeitszeit und auf dem Gelände der Station getötet.«

»Zum Teufel!« empörte sich der Doktor. »Das ist doch Unsinn, Konstantin Dmitrijewitsch! So können Sie die gesamte einheimische Bevölkerung gegen uns aufbringen!«

»Ich pfeif auf die hiesigen Bräuche!« schrie Sementschuk. »Hier herrschen Ordnung und Disziplin! Atun weiß sehr wohl, daß er kein Recht hat, während der Arbeitszeit zu jagen. Er bekommt schließlich Lohn und Lebensmittel!«

Während sich der Doktor und der Leiter der Polarstation anschrien, übersetzte Starzew den sich um sie drängenden Eskimos, worum es bei dem Streit ging.

»Atun!« rief Analko warnend, als er bemerkte, daß sein Sohn drauf und dran war, sich auf den Chef zu stürzen.

Der junge Mann blickte seinen Vater an und hielt inne.

»Meinetwegen soll später der Chef das Fell haben«, bot Analko friedfertig an, »aber die Beute gehört Atun und muß nach unserem alten Brauch in die Jaranga des Jägers getragen werden.«

»Ich wiederhole!« schrie Sementschuk und griff nach dem kleinen Schießeisen am Gürtel. »Fell und Kopf und auch ein Teil des Fleisches kommen ins Lager! Karbowski, Kletschkin, Doktor, helfen Sie!«

»Nein, Konstantin Dmitrijewitsch!« entgegnete der Doktor. »Dabei helfe ich Ihnen nicht! Und damit Sie's wissen: Ich melde Ihre Willkür nach Moskau!«

»Sag dem verehrten Chef, er möge uns wenigstens gestatten, den Kopf zu behalten«, bat Analko Starzew.

»Nein«, schnitt Sementschuk ihm das Wort ab. »Den Kopf braucht der Biologe Wakulenko für wissenschaftliche Forschungsarbeiten! Wakulenko, nehmen Sie den Kopf!«

Nach ein paar Minuten standen die Eskimos allein neben dem ausgeschlachteten Rumpf des Eisbären. Sogar Starzew war mit den Russen weggegangen.

So eine Erniedrigung hatten die Eskimos noch nie erlebt. Erniedrigung, vermischt mit Furcht vor einer beispiellosen und nicht vorhersagbaren Bestrafung durch die Äußeren Kräfte für die Verletzung eines Gebots. Muß doch ein Bärenkopf, mit Perlen und bunten Bändern geschmückt, einige Tage bei dem erfolgreichen Jäger zu Gast sein und Reden, Lieder und Opfergaben entgegennehmen, die von aufrichtiger Verehrung künden, von einer Gastfreundschaft, die auch darin zum Ausdruck kommt, daß alles Fleisch von dankbaren Menschen verspeist, jedes Knöchelchen sauber abgenagt wird und nichts, auch nicht der kleinste Rest, auf Geringschätzung deutet. Statt dessen würde der ewig nach Feuerwasser riechende, nie ganz nüchterne Wakulenko sich über den heiligen Bärenkopf lustig machen.

Alles wäre noch nicht so schlimm, wenn ein Russe den Bären getötet hätte. Es war aber ein Eskimo gewesen, obendrein kein einfacher Jäger, sondern ein Mann, dem bestimmt war, die Bräuche einzuhalten und die alten Traditionen zu pflegen, welche dem Menschen in der Arktis helfen, innere Ruhe und Festigkeit zu bewahren.

Nach und nach zogen sich die Eskimos wieder in ihre Jarangas zurück. Niemand hatte sich auch nur ein kleines Stück von dem besudelten und geschmähten Rumpf des Eisbären genommen.

Atun rannte fast zum Heiligen Kap. Rückenwind trieb ihn voran und blähte die Stoff-Kamlejka wie ein Segel. Es kostete ihn ziemlich Kraft, rechtzeitig stehenzubleiben und nicht an den unscheinbaren Felsen und den Holzpflöcken vorüberzustürmen, die aus dem von weißem

Schnee überpuderten Frostboden ragten und unter denen die heiligen Insignien der Schamanenkraft von Analkos Familie lagen.

Der Zorn und das Gefühl einer unerhörten, nie zuvor erfahrenen Prüfung drückten wie eine schwere Last auf seine Schultern, preßten sein Herz zusammen, verschlugen ihm den Atem. Um seine Erregung zu bezähmen und sich wieder in die Gewalt zu bekommen, setzte sich Atun unter einen aus dem Schnee ragenden Felsbrocken. Die Robbenfellhosen und die Unterhosen aus Renkalbfell schützten ihn gut vor der durchdringenden Kälte.

Allmählich ließ der Wind nach, flaute der Schneefall ab, und ein Gedanke nur erfüllte die Umgebung, umfing alles, schloß den Schneesturm und das sturmdurchtoste felsige Ufer ein. Über der von Strömen aus Treibschnee eingehüllten Tundra, hoch über der Landzunge, glitzerten im Dunkel der Polarnacht die Sterne, und mitten unter ihnen, in unmittelbarer Nachbarschaft des Polarsterns – das Sternbild der Trauer. Keine Stimme, kein Wort war zu hören, und doch war etwas Unausgesprochenes anwesend, etwas Wahrhaftiges, Ewiges, allzeit Gegenwärtiges.

Atun rief sich die Ratschläge seines Vaters in Erinnerung. Erniedrige dich nie durch Zorn, lerne, Ärger zu unterdrücken, Abneigung gegen jemand anderen, die Versuchung, in ihm nur Schlechtes zu sehen. Sogar der nichtswürdigste Zweibeiner, welche Fehler er auch haben mag, ist ein menschliches Wesen, und von Urbeginn, von der ganzen Menschheitsgeschichte her ist in ihm vor allem Güte angelegt. Doch gerade das war so schwer: Haß und Wut in sich zu unterdrücken und unter dem Berg von Beleidigungen und Demütigungen ein gutes Gefühl für den neuen Leiter der Polarstation buchstäblich herauszukratzen. Wo waren sie denn, seine menschlichen Gefühle? Warum war er so böse und ungerecht? Warum fürchtete er sich vor den Menschen und trug am Gürtel das für den Mord an seinesgleichen bestimmte Schießeisen?

Der Wind trug diese Gedanken hinweg, ersetzte sie durch neue, und Atuns scharfer innerer Blick zeigte ihm andere, diesem verschneiten Ufer ferne Bilder ... Gut und Böse halten sich in der Natur die Waage, und nur dem Menschen ist es gegeben, die Schale mit den Gewichten zum Guten hin zu neigen, denn des Menschen Lebensgrundlage findet sich nur in der Atmosphäre des wechselseitigen Verstehens und des Verzeihens unwillkürlicher Fehltritte. Und dann hatte Atun noch gelernt: Bisweilen trifft einen Menschen, der Böses tut, keine Schuld. Das Böse hat ihn, den Unglücklichen, auserwählt, um sich zu offenbaren, Gestalt anzunehmen, und durch ihn, der da seelisch schwach ist, wirksam zu werden. Mitunter begreift das der Mensch, und ihn packt tiefe Reue – ein Zeichen echter Reinigung von den dunklen Kräften des Bösen.

Ist Sementschuk fähig zur Reue? Und wie lange muß man warten, bis er begreift: Man darf einem Jäger nicht die rechtmäßige Beute wegnehmen, darf die Äußeren Kräfte, die alles Lebende auf Erden lenken, nicht beleidigen. Einstweilen aber muß man etwas tun, um die Äußeren Kräfte zu besänftigen, nachdem die alten Bräuche verhöhnt worden sind. Sie wissen lassen: Der Mensch kennt und achtet sie, er vergißt nicht, daß er selbst Teil alles Lebenden und Toten auf Erden ist und daß Schmerzen und Qualen, Freud und Leid sich in allem widerspiegeln, vor allem aber im Menschen.

4

Der Vorfall mit Atuns Beute hatte sich den Eskimos wie ein dunkler Fleck eingeprägt. Den von ihnen unberührt bei der Abfallgrube zurückgelassenen ausgeschlachteten Bärenrumpf hatten die Zughunde allmählich aufgefressen.

Doch das Leben ging weiter. Atun zerhackte Eis des bis zum Grund zugefrorenen Baches und füllte damit einen in den Herd eingelassenen großen Kessel, er zertrümmerte zu Stein gewordene Kohle und trug Heizmaterial zu allen Öfen der Station. Er arbeitete von früh bis spät.

Jedes Holzhaus hatte einen Anbau, der als unbeheizte Vorratskammer für eine kleine Menge an Nahrungsmitteln, Süßwassereis und Brennholz diente. Als Atun mit einer Laterne die Vorratskammer des Hauses betrat, in dem auch Wakulenko wohnte, zuckte er vor Überraschung zusammen: Sein lieber Gast, der langersehnte, der ihn diesen Winter als erster besucht hatte, blickte ihn mit gläsernen Augen an. Niemand hatte das Blut von seiner schwarzen Nasenspitze gewischt, niemand hatte das zerzauste, von Kohle beschmutzte weiße Fell glattgestrichen. Keinen Vorwurf entdeckte Atun in den Augen des Ersehnten Gastes, wohl aber grenzenlose Trauer und verborgene Qual.

Atun sah sich um, packte den Kopf des Eisbären, verhüllte ihn mit seiner Stoff-Kamlejka und rannte hinaus.

Atun lief im Dunkeln, ließ sich nur vom Instinkt leiten. Am Heiligen Kap vorbei erreichte er den felsigen Zugang zu einer Schlucht. Unten herrschte Stille, nur von oben rieselte trockener feiner Schnee, rollte die glatte Steinwand hinab. Die Schlucht öffnete sich zum Meer hin, und diesen verborgenen Ort kannte allein Atun.

Verzeih und versteh uns, sagte Atun unter Tränen und rieb den Kopf des Ersehnten Gastes mit trockenem Schnee ab. Nicht wir sind schuld. Wir wollten ja alles tun, wie es die alten Bräuche fordern, an die du und deine Stammesverwandten gewöhnt seid. Verurteile aber auch die unvernünftigen Russen nicht, die den Inhalt und die Bräuche unseres Lebens noch nicht kennen. Ich weine vor Kummer und Freude. Ich gräme mich mit dir, teurer Ersehnter Gast, weil du Erniedrigungen und Kränkungen erdulden mußtest, und freue mich, weil ich es zumindest ein wenig gutmachen kann. Ja, die unvernünftigen Russen haben dich um den Feiertag gebracht, der dem Ersten Ersehnten Gast in diesem Winter zustand, sie haben es dir verwehrt, unsere neuen Lieder zu hören und die Tänze zu sehen, die wir in den langen Sommertagen eingeübt haben, wenn die Sonne nicht untergeht, die Tundra erblüht und Vogelschreie das Land hier erfüllen.

Ich aber will hier für dich singen, zusammen mit dem Wind und dem Schneesturm.

Atun befestigte den gesäuberten Bärenkopf in einer kleinen Felsnische, daß die gläsernen Augen des toten Tieres auf das von Eis und Schnee bedeckte Meer blickten.

Oh, Großer Ersehnter Gast!
Ich grüße dich, tritt ein,
Ist hier auch nicht meine Jaranga …
Doch sogar in dieser felsigen Zuflucht,
Unterm Wüten des Sturms,
Tanz ich für dich, Ersehnter,
Du, unser teurer Wintergast!

Atun sang, und in Ermanglung eines Tamburins schlug er die Ärmel gegeneinander, stampfte rhythmisch mit den Füßen. All die vielen Eisbären in der Welt, die der Ersehnte Gast verlassen hatte, erstarrten und spitzten die hellhörigen, im weißen Fell verborgenen kleinen Ohren, um dem fernen Gesang in der Felsenschlucht zu lauschen, wo ihr Stammesverwandter, der als erster in diesem Winter die Menschensiedlung besucht hatte, zu Gast weilte. Die riesige Herde, die sich Kopf an Kopf in der Meerenge vom Südufer der Insel bis zur kontinentalen Landzunge drängte, die die Tschuktschen Ryrkaipi, Walroßzuflucht, nannten, wogte im langsamen Gleichtakt wie ein einziges Wesen.

Alle, die ihr meinen Gesang hört,
Kommt, kommt hierher,
Wir empfangen euch mit unserm alten Lied …

Der Tanz wurde mal schneller, mal langsamer – so langsam, daß Atun, einem Götzenbild aus schwarzem Stein gleich, fast zur Reglosigkeit erstarrte; auf seine etwas zu knapp auf dem Kopf sitzende Pelzmütze fiel feiner Schnee, ließ die leicht gekräuselten schwarzen Haare ergrauen.

Nach dem alten Ritual mußte die Feier für einen Ersehnten Gast mehrere Tage dauern; deshalb verneigte sich Atun, als er wegging, vor dem Bärenkopf und sagte: »Ruhe nun aus … Möge der Schneesturm dich in den Schlaf wiegen, morgen aber komme ich mit Geschenken wieder und werde dich mit neuen Liedern und Tänzen erfreuen.«

Im Speiseraum tobte Wakulenko. »Mir ist ein Forschungsobjekt entführt worden! Das konnten nur die Hiesigen gemacht haben!«

»Aber, Wakulenko«, suchte Wulfson ihn zu beruhigen. »Du weißt doch, die Eskimos sind ein ehrliches Volk. Die nehmen Fremdes nie weg.«

»Den Kopf brauchen sie für ihre Schamanenrituale, ich weiß es! Ich weiß sogar, wer das getan hat. Das war Atun!« Wakulenko zeigte mit dem Finger auf den soeben mit einem Eimer Kohle hereingekommenen Eskimo.

Atun wußte sofort, worum es ging. Aufmerksam sah er den Russen an und befahl ihm in Gedanken, den Mund zu halten, obwohl der Vater ihn gewarnt hatte, seine magischen Kräfte zu gebrauchen.

»Da, da«, versuchte Wakulenko würgend und hustend weiterzureden, gab es aber auf und setzte sich auf einen Stuhl an dem langen Eßtisch. »Teufel, hab ich einen Husten …«

Schweigend schüttete Atun die Kohle in den Kasten und verließ langsam den Speiseraum, voll Verachtung für diesen Ausbund von Dämlichkeit, den zu bändigen ihn nur wenig Mühe gekostet hatte. Dabei war dieser Russe, wie Starzew gesagt hatte, einer der gelehrtesten Leute der Polarstation.

Vierter Teil

1

Konstantin Dmitrijewitsch Sementschuk und seine Frau Nadeshda Indiktorowna hatten ihre neue Wohnung eingerichtet und lebten sich ein. Sie besaßen zwei nebeneinanderliegende Zimmer mit einem Ofen, der vom Flur geheizt wurde, so daß der Heizer zu den Innenräumen des Chef-Ehepaars keinen Zutritt hatte.

Nach Sementschuks Ansicht hatte die Expedition nicht schlecht begonnen. Was sie geplant hatten, war gebaut, Kohle war zuverlässig eingelagert, und die Lebensmittelvorräte konnten nicht nur für drei, sondern auch für fünf bis sieben Jahre reichen. Auch das Problem mit dem Hundefutter war gelöst. Stepan Starzew hatte ihnen eine Stelle am Kap Blossom gezeigt, wo in den Ausläufern unterirdischer Gletscher Walroßkadaver vom Vorjahr lagen, die durchaus als Futter für Zughunde taugten.

Nun mußten sie würdig den Jahrestag der Oktoberrevolution feiern.

Ihre Polarstation hatte Erfolge vorzuweisen, wenn auch keine derart glanzvollen, daß sie das ganze Land begeistert hätten wie die der »Tscheljuskin«-Besatzung. Die Walroßjagd zählte da nicht, abgesehen von dem Spaß, den sie daran hatten, zudem beschränkte sich die Beute auf einen Eisbären. Das Fell trocknete noch, später würden sie es im Zimmer ausbreiten.

Sementschuks Eigenliebe als Chef hätte völlig befriedigt sein können, wären da nicht Doktor Wulfson und seine vogelartige Frau Gita Borissowna gewesen.

Aus unerfindlichem Grund machte es auf sie keinen sonderlichen Eindruck, daß Konstantin Dmitrijewitsch Sementschuk als Leiter der Polarstation die Sowjetmacht repräsentierte – einschließlich Staatsanwaltschaft, NKWD, Allrussischem Zentralem Exekutivkomitee, Grenzschutz, Zoll und Volkskommissariat für auswärtige Angelegenheiten. Das alles mit fünfunddreißig Jahren und einer Parteizugehörigkeit seit 1919! Was bedeutete dagegen schon ein Doktordiplom. Sementschuk hielt sich für einen großen Wirtschaftsfachmann; er war Objektverwalter an der sowjetischen Botschaft in Persien und später am Arktischen Institut gewesen, wo man ihm auch die Expeditionsleitung angeboten hatte.

Der neuernannte Leiter der Hauptverwaltung Nördlicher Seeweg, Professor Otto Juljewitsch Schmidt, machte nach seiner ärztlichen Behandlung in Amerika keinen schlechten Eindruck; man sah ihm nicht an, daß er nach dem Untergang der »Tscheljuskin« schwere und aufregende Tage auf einer driftenden Eisscholle verbracht hatte.

Er empfing Sementschuk in seinem geräumigen Arbeitszimmer, worin eine Wand vollständig von einer Karte des Polarsektors der UdSSR eingenommen wurde, und wies auf einen tiefen Ledersessel unmittelbar neben dem Schreibtisch.

»Konstantin Dmitrijewitsch?« vergewisserte sich der berühmte Polarforscher nach einem Blick in ein vor ihm liegendes Papier.

Er steckte seine Pfeife an, strich sich ein paarmal über seinen berühmten Bart und reichte ihm das Papier. »Da ist Ihr Mandat. Es gibt Ihnen, Konstantin Dmitrijewitsch, umfangreiche Vollmachten. Sie verfügen in einem bedeutenden Territorium der Sowjetunion über faktisch unbeschränkte Macht. Das betrifft die Wrangel-Insel und die benachbarte unbewohnte Herald-Insel.«

Schmidt hatte ein ungewöhnliches Gesicht mit durchdringenden, erstaunlich funkelnden Augen und eine tiefe Stimme mit kaum spürbarem Akzent. Er stammte von russifizierten Deutschen ab, doch für Sementschuk gehörte er zu jener Sorte Menschen, denen er, höflich gesagt, mit Mißtrauen begegnete. Das war die gefährlichste Schicht der neuen Gesellschaft, ein schwieriges Hindernis für Menschen aus den unteren Volksschichten, die die Revolution in leitende Positionen berufen hatte und zu denen sich Konstantin Dmitrijewitsch dank seiner urproletarischen Abstammung rechnete. Mit sechzehn Jahren hatte er in der berühmten Oktobernacht 1917 am Sturm auf die Petrograder Telefonzentrale teilgenommen. Daher hielt er sich für einen Herrn des neuen Lebens.

Sementschuk stieg anfangs tatsächlich steil nach oben. Selbst fehlende Bildung war für ihn kein Hindernis. Oft aber verstieß er gegen Gesetze und Regeln, die sich Angehörige der Intelligenz ausgedacht hatten, und deren gab es unter den Revolutionären nicht wenige. Was aber das unangenehmste war: Solche Leute hatten die höchsten Posten inne, und sie demonstrierten intellektuell wie administrativ ihre Überlegenheit.

So auch Schmidt.

»Gehen Sie unbedingt noch zum Volkskommissar Jagoda«, riet Otto Schmidt zum Abschied. Der Händedruck des Professors war überraschend fest.

In Sementschuks Leben geschah es meist, daß solche intelligenten Schlauköpfe wenigstens eine Stufe über ihm standen. Besonders tief hatte sich ihm ein Erlebnis mit der Tscheka in Baku eingeprägt, die ihn beschuldigte, er habe versucht, eine große Partie Silber aus Persien einzuführen. Der zuständige Untersuchungsführer, Kasimir

Lejkin, gab sich für einen Polen aus, aber dessen wirkliche Nationalität roch Sementschuk schon von weitem. Solche raffinierten Erniedrigungen wie die, die ihm Kasimir Lejkin bescherte, hatte Konstantin Dmitrijewitsch noch nie erdulden müssen. Lejkin hatte ihm freilich nicht nur das Leben gerettet, sondern auch seine Parteizugehörigkeit. Die Parteizugehörigkeit ab Sommer 1919 war das Silber wert, von dem Sementschuk auf Lejkins Rat – wie sich herausstellte – weder etwas gesehen, noch je gehört hatte. Dem unerfahrenen Schmuggler wurde bedeutet, dieser Dienst an der Tscheka könne ihm eines Tages zugute kommen. Kasimir Lejkin hatte recht: Für den ehrgeizigen jungen Bolschewiken war das Parteidokument nützlicher als zwei Pud silberner Becher, Krüge und Teller, deren Ziselierung zudem kaum noch erkennbar war. Aber statt seinem Retter dankbar zu sein, empfand Sementschuk einen stillen und brennenden Haß auf ihn.

In der NKWD-Zenrale auf der Lubjanka sprach Sementschuk mit einem drittrangigen Mitarbeiter von Jagoda. Auf seine Bitte, ihm seine Vollmachten schriftlich zu bestätigen, sagte der hochgewachsene rosawangige Tschekist, der eine halbmilitärische Uniform ohne jedes Rangabzeichen trug, spöttisch: »Wem wollen Sie das Papier denn vorweisen? Den Eisbären? Oder den Eskimos, diesen Analphabeten? Sie sind der Leiter der Polarstation, das genügt!«

Enttäuscht über den kalten Empfang, ging Sementschuk in die Bierkneipe am Theaterplatz und setzte sich mit einem schweren feuchten Krug und einem Teller Salzzwieback an einen Tisch des kühlen Saals. Auf der Wrangel-Insel würde es bestimmt kein Bier geben. Während er mit seinen scharfen, noch von Schmerz verschonten Zähnen an einem Zwieback nagte, fielen ihm plötzlich der Doktor und seine zerbrechliche, einem rotgefiederten Waldvogel ähnelnde Frau ein, und unversehens überkam ihn ein Triumphgefühl: Diese beiden Intellektuellen, zweifellos kultiviert und zartbesaitet, würden von nun an ihm untergeben sein! Er würde über sie befehlen, weil die Partei, die Regierung sie ihm mit Unterschrift von Otto Juljewitsch Schmidt unterstellt hatten! Und nicht nur sie, auch alle übrigen vierzehn Expeditionsteilnehmer sollten ruhig glauben, er sei bei Jagoda persönlich gewesen und habe das mündliche Mandat des allmächtigen Volkskommissars erhalten.

Die Unterwürfigkeit aller Angehörigen der Polarstation und ihre Bereitschaft, dem Vorgesetzten zu Diensten zu sein, ärgerten Sementschuk keineswegs, vielmehr sonnte er sich im Bewußtsein seiner Überlegenheit, seiner Macht und der Möglichkeit, diese zwar kleine, aber doch aus Menschen bestehende Herde zu führen. Sein ganzes bisheriges Leben, in dem er sich stets der Obrigkeit unterworfen hatte, entwirrte sich nun, gewann an Zielstrebigkeit und setzte aus Machtgier angesammelte Energie frei.

Wenn nur diese beiden nicht wären ... der Doktor und seine Frau.

Sie versuchen, sich als Beschützer der Eskimos aufzuspielen. Wulfson hat sogar gedroht, er würde Schmidt ein Telegramm schicken, daß die Eskimos Hunger leiden. Und wer ist daran schuld? Selber sind sie schuld, weil sie nicht im Sommer gejagt, sondern gewartet haben, bis der Eisbrecher kam. Was man auch sagen mag, sie sind ein rückständiges Volk, und man muß sie an ein normales Leben und systematische Arbeit gewöhnen.

2

Bei Sementschuk saßen der Biologe Wakulenko und der Parteiorganisator Karbowski.

Den Parteiorganisator verachtete Sementschuk unverhohlen, weil der kein Rückgrat besaß und von einer Servilität war, die sogar der für Schmeichelei empfängliche Leiter der Polarstation unerträglich fand. So hatte Karbowski auf der kürzlichen Parteiversammlung vorgeschlagen, im Speiseraum gegenüber den Bildern der Führer – Lenin und Stalin – ein Porträt von Konstantin Dmitrijewitsch aufzuhängen. Selbst die Ausgekochtesten unter den Versammlungsteilnehmern senkten schamhaft die Augen, nur der ewig betrunkene Wakulenko schrie etwas, was wie Billigung klang, und der Koch Krochin fragte: »Und woher nehmen wir das Porträt?«

Mit Wohlgefallen betrachtete Karbowski die Einrichtung der neuen Wohnung seines Vorgesetzten. »So schön wie im ›Metropol‹ …«

»Genosse Karbowski, befassen Sie sich eigentlich mit der politischen Erziehungsarbeit unter den Einheimischen?« fragte ihn Sementschuk.

Erschrocken fuhr Karbowski zusammen und stotterte: »Darüber habe ich mir noch keine Gedanken gemacht … Ich hatte mit der Vorbereitung der Feier zum Jahrestag der Oktoberrevolution zu tun … Habe für Sie den Vortrag geschrieben.«

»Den kann ich mir auch selber schreiben«, wies ihn Sementschuk zurecht. »Sie vergessen, Genosse Karbowski, daß das Hauptfeld Ihrer Tätigkeit die Aufklärung des Eskimovolks sein muß. Was haben Sie in dieser Richtung unternommen?«

»Einen Dreck hat er gemacht!« bemerkte Wakulenko mit schnapsseligem Spott. »Er hat Angst vor den Eskimos.«

»Wieso – Angst?«

»Na ja, Angst gerade nicht«, murmelte Karbowski, »aber in acht nehme ich mich schon, ehrlich gesagt ... Sie, Wakulenko, sind auch nicht gerade der Tapferste! Sie haben Atun ein Forschungsobjekt abgetreten.«

»Abgetreten habe ich es nicht, er hat es sich geholt.«

»Na schön! Schluß mit dem Gezänk!« schrie Sementschuk. »Ich muß Ihnen sagen, Genosse Karbowski, daß unter Ihren Augen ein heimtückischer Feind am Werk ist.« Bei diesen Worten verkroch sich Karbowski geradezu in sich selbst, wurde kleiner.

Wakulenko spitzte die Ohren.

»Ich meine den Eskimo Analko und dessen Sohn Atun«, fuhr Sementschuk mit strenger Stimme fort. »Alle Eskimos sind von der konterrevolutionären, dem Marxismus-Leninismus feindlichen Schamanenideologie infiziert, und unsere Aufgabe ist, sie unter den Einheimischen auszurotten. Besteht doch unser Endziel darin, die besten Leute aus diesem Stamm für uns, das Sowjetvolk, zu gewinnen. Wenn uns das gelänge und wir dem Zentralkomitee und Genossen Stalin persönlich melden könnten, der Schamanismus unter dem wilden Eskimovolk sei ausgerottet, könnte das als überzeugender Sieg der Ideen des Führers in der Arktis gewertet werden.«

»Die Lehre von Marx ist allmächtig, weil sie wahr ist«, murmelte Wakulenko. »Oder heißt es anders? Die Lehre von Marx ist wahr, weil sie allmächtig ist? Wie auch immer, das wäre eine epochale Aufgabe! Aber wir kennen ihre Sprache nicht, das ist der Haken.«

»Starzew kennt die Eskimosprache«, erinnerte Karbowski. Sementschuk runzelte die Stirn.

»Diesem ausgemachten Dummkopf können wir doch keine so wichtige Aufgabe anvertrauen.«

»Ich habe eine Idee.« Wakulenko räusperte sich. »Wir sollten die antireligiöse Arbeit Nikolai Lwowitsch Wulfson übertragen ...«

»Den zieht es sowieso zu den Eskimos!« Karbowski griff den Gedanken des Biologen auf. Ihm traten vor Aufregung sogar Schweißtropfen auf die Stirn, und er wischte sie mit dem Rücken seiner molligen Hand ab.

»Richtig!« Sementschuk nickte. »Er geht von Jaranga zu Jaranga und notiert sich irgendwas. Behauptet, sie hungern, sollen sogar schon den Überzug von einem alten Fellboot gekocht haben. Also gut, damit er sich nicht mit solchen Verleumdungen befaßt, sondern mit der Politik von Partei und Regierung, die hier zu verfechten mir aufgetragen ist, betrauen wir ihn mit einer echten Arbeit. Schieben wir es nicht auf die lange Bank. Karbowski, holen Sie den Doktor.«

Während Karbowski unterwegs war, beklagte sich Wakulenko über die anderen Leute der Polarstation. »Sie respektieren mich nicht«, maulte er. »Gestern sind sie über mich hergefallen, und als ich mich weigerte, ihnen Sprit zu geben, haben sie mich verdroschen.«

»Bei Ihnen geht übrigens ziemlich viel Sprit für wissenschaftliche Zwecke drauf, Genosse Wakulenko«, sagte Sementschuk. »Sie verbrauchen ihn literweise. Und wo ist das in Spiritus Konservierte?«

»Den Bärenkopf haben mir doch die Schamanen weggenommen«, rechtfertigte sich Wakulenko. »Die anderen Wildtiere haben sich versteckt, und die Vögel sind davongeflogen ...«

»Ja, ja«, bemerkte Sementschuk. »Die Vögel sind davongeflogen, und der Spiritus hat sich auch verflüchtigt.«

Hätte ein anderer soviel staatseigenen Sprit verbraucht,

dann hätte ihn Sementschuk längst zur Verantwortung gezogen, doch mit Wakulenko konnte er so nicht verfahren – der Biologe war eng mit Nadeshda Indiktorowna befreundet, und vor seiner Gattin hatte der Leiter der Polarstation Angst.

Bereits in seiner Hochzeitsnacht hatte Dmitri Konstantinowitsch erfahren, daß er es in seinem Eheleben nicht leicht haben würde. Nadeshda Indiktorownas Zärtlichkeitsbedürfnis war unersättlich. Bald kam der Mann dahinter, daß seine Frau ihn betrog, doch er empfand keine Eifersucht, sondern eher Erleichterung, obwohl dieser Gleichmut Nadeshda Indiktorowna erbitterte und sie ihren Mann sogar schlug.

Was Wakulenko betraf, so war er zwar ein Säufer, aber doch ein gebildeter Mann; ihn zu hören war oft interessant, besonders wenn er sich über die Heimtücke der Juden ausließ. Gerade deswegen empfand Sementschuk große Sympathie für Wakulenko, obwohl er die wahren Beziehungen zwischen seiner Frau und dem Biologen ahnte. Aber lieber ein Verhältnis mit dem Biologen als mit dem tatarischen Hauswart Onkel Grischa damals in Leningrad.

Im Flur ertönten Schritte, und ins Zimmer traten Karbowski und der leicht beunruhigte Doktor Wulfson. »Womit kann ich dienen?« erkundigte sich der Doktor höflich, nachdem er gegrüßt hatte.

»Schon wieder dieses vorrevolutionäre ›kann ich dienen‹ … Am Ende sagen Sie noch ›Euer Wohlgeboren‹ zu mir«, raunzte Sementschuk.

»Sie als Vorgesetzter sind für den Doktor mindestens Euer Wohlgeboren«, bemerkte Wakulenko.

»Genauso wie für Sie«, entgegnete Wulfson bissig.

»Nehmen Sie Platz.« Sementschuk wies auf einen Hocker. »Es geht um folgendes. Wir haben uns hier beraten und beschlossen, Ihnen eine höchst bedeutsame Aufgabe anzuvertrauen. Erst aber sagen Sie mir bitte: Wie geht es bei Ihnen mit den Eskimos voran?«

»Ganz gut.« Der Doktor zuckte mit den Schultern.

»Sehr gut«, sagte Sementschuk gedehnt und sah Wulfson in das beunruhigte, leicht erschrockene Gesicht. Solche Mienen mochte er: Das bedeutete, man fürchtet den Vorgesetzten.

»Es gibt die Meinung, Nikolai Lwowitsch, daß Sie eine sehr wichtige Arbeit leisten ... Sie konnten sich wahrscheinlich schon überzeugen, daß die hiesige Bevölkerung, obwohl wir am Vorabend des siebzehnten Jahrestags der Großen Sozialistischen Oktoberrevolution stehen, in schlimmster Rückständigkeit dahinvegetiert. Ich spreche nicht von ihren hygienischen Gewohnheiten und dem Analphabetentum – das ist leicht zu verbessern –, sondern von ihrer ideologisch-politischen Unwissenheit, ihrem Festhalten am Schamanismus. Man stelle sich nur vor: Wissenschaftliche Präparate – ich rede vom Bärenkopf – werden geraubt und für obskure Rituale verwendet!«

»Was ist denn mit dem Kopf?« fragte der Doktor.

»Sie haben den Kopf geraubt«, erklärte Wakulenko mürrisch.

»Genosse Wulfson«, fuhr Sementschuk sachlich fort, »Sie, der den Eskimos nahesteht und begonnen hat, ihre Sprache zu erlernen, müssen die ehrenvolle Verpflichtung übernehmen, sie für den Materialismus, für den Marxismus und Leninismus zu begeistern ... Den Schamanismus aber muß man, falls nötig, mit Gewalt ausrotten.«

»Wie – mit Gewalt?« fragte der Doktor.

»Indem wir beispielsweise Analko und seinen Sohn als reaktionäre Kultdiener isolieren, sie in den Norden umsiedeln und im Frühling, wenn der Dampfer kommt, ins

Lager schicken, wie das auf dem Gebiet der Sowjetunion mit anderen obskuren Kultdienern schon geschehen ist.«

»Sie haben doch nichts Schlechtes getan.« Wulfson versuchte für sie einzutreten. »Sie werden geachtet. Und Atun ist kein schlechter Arbeiter.«

»Atuns Stelle könnte auch ein anderer einnehmen«, warf Wakulenko ein. »Zum Beispiel der Mann der schönen Nanechak.«

»Ich weiß nicht, weiß nicht ...« Wulfson wiegte zweifelnd den Kopf.

Widersprüchliche Gefühle kämpften in ihm. Einerseits schmeichelte ihm dieser Auftrag. Als materialistisch denkender Mann war er wie Sementschuk der Ansicht, daß der Schamanismus obskur und reaktionär sei, daß er als eine wilde Religion aus dem Leben der Eskimos verdrängt werden müsse, falls sie wirklich einer lichten Zukunft, dem Sozialismus und Kommunismus entgegengehen sollten, wo für Religion bekanntlich kein Raum ist.

Andererseits glaubten diese Menschen aufrichtig an die Existenz guter und böser Geister und verliehen nicht nur der lebenden, sondern auch der toten Natur menschliche Züge. Als Analko das ehrliche Interesse des Doktors für seine Auffassung von der natürlichen Umwelt und für sein Verhältnis zu ihr bemerkt hatte, war er nach Kräften bemüht gewesen, ihm die Einrichtung der Welt, den Platz des Menschen in bezug auf Erde, Wasser und Sternenhimmel zu erklären. Die ganze froststarre, lautlose Umgebung war, wie sich herausstellte, von einem mit gewöhnlichen menschlichen Augen nicht wahrnehmbaren Leben erfüllt. Die verzaubernde Mystik der Schamanenworte verfolgte den Doktor bis in die Träume, dann durchquerte er sogar den Raum des Polarsterns, reiste in das Sternbild der Trauer, das Analko ihm gezeigt hatte.

Mitunter kostete es ihn beträchtliche Anstrengung, sich der magischen Wirkung von Analkos Erzählungen zu entziehen und schlichte und überzeugende Worte der Erwiderung zu finden. Der alte Schamane hingegen widersprach dem Doktor nicht. Er erkannte das Recht des weißen Mannes an, die Welt auf eigene Weise zu sehen und zu erklären.

»Mühe werde ich mir natürlich geben, aber ob ich Erfolg haben werde? Das ist eine heikle und langwierige Angelegenheit, immerhin geht es darum, die Weltanschauung von Menschen zu verändern.«

»Die Bolschewiki haben diese religiöse Weltanschauung im russischen Volk binnen weniger Jahre ausgerottet, hier aber geht es nur um eine Handvoll wilder Eskimos!« sagte Sementschuk höhnisch. »Die Kasaner Kathedrale in Leningrad ist zum antireligiösen Museum geworden, in Moskau haben sie die Erlöserkirche gesprengt, und nichts hat es ausgemacht. Alle Synagogen und Moscheen wurden abgeschafft, der buddhistische Tempel ist geschlossen. Und Sie, Nikolai Lwowitsch, erklären sich für machtlos. Was soll ich dazu sagen?«

»Aber nein«, sagte Wulfson verwirrt, »im Prinzip bin ich ja einverstanden.«

»Sie können Analko direkt sagen, wenn er seinen Schamanenunfug nicht einstellt, kommt er fürs erste von der Rodgers-Bucht nach Norden, und mit Beginn der Schiffahrt wird er als schädliches Element aufs Festland verbannt. Das ist die Linie der bolschewistischen Partei, und ich habe nicht die Absicht, davon abzuweichen.«

»Na schön«, willigte Wulfson niedergeschlagen ein.

3

»Sie haben Lieder gesungen«, berichtete Tajan den in Analkos Jaranga Versammelten über die Revolutionsfeier der Stationsbesatzung. »Am meisten dieses ... wie sie alle in den Kampf ziehen wollen, um die Macht der Bolschewiken zu errichten, und daß sie in diesem Kampf alle bis auf den letzten Mann sterben werden.« Und Tajan sang mit halber Stimme:

»Auf, für die Sowjetmacht
Ziehn wir ins Feld.
Wir kämpfen dafür,
Bis der letzte fällt.«

Analko paffte seine blubbernde, knisternde Pfeife, sah ins Feuer und dachte nach. Die andern lauschten aufmerksam dem Erzähler. Früher waren alle Bewohner von Jarangas zu den Feiertagen der Russen eingeladen worden, hatten Geschenke erhalten, waren mit seltsamen Speisen und mit Wein bewirtet worden. Jetzt aber durften nur die dabeisein, die in der Station arbeiteten.

»Und dann hat der Koch Krochin noch so was gebakken ... Pirogge heißt es. Sieht aus wie ein Brot, aber drinnen ist es mit Kohl gefüllt. Schmeckt gut, sie haben mich davon kosten lassen.«

»Die Russen sind beim Essen sehr einfallsreich«, bemerkte Utojuk und schluckte den bitteren Speichel.

Aus alten Fässern schabten sie an den Wänden haftende faulige Fettreste, kochten sie und mischten sie mit Blättern, die sie im Herbst gesammelt hatten. Auf dem Eis, das die De-Long-Straße bedeckte, so weit das Auge reichte, sah man kein einziges Eisloch, also würden sie weder Robben noch Seehasen erbeuten. Wenn es keine Robben und Seehasen gibt, verzieht sich auch der Eisbär ans Festlandufer, wo die Ozeanströmung stärker ist und sich im Eis viele Risse bilden. Die paar Walroßkörper, die ihre letzte Hoffnung gewesen waren, hatte Stepan Starzew dem Chef der Polarstation gegen Sprit verkauft, und ihr Fleisch diente jetzt als Futter für die Expeditionshunde.

»Sie haben also gesungen«, sagte Analko nachdenklich. »Und kämpfen werden sie, bis der letzte fällt ... Tja ... Was für einen Sinn hat aber ein Kampf, wenn man in den Tod geht? Das ist doch ein Lied von Selbstmördern! Oder hast du nicht richtig übersetzt?«

»Nein, es ist ein einfaches Lied, und ich habe alles richtig verstanden«, sagte Tajan beleidigt. Er galt verdientermaßen als bester Kenner des Russischen unter den Einheimischen, nur Stepan Starzew konnte mit ihm wetteifern, aber der war seiner Herkunft nach ja Russe.

Im Tschottagin saßen Atun und Aina nebeneinander auf dem als Kopfstütze dienenden Balken. Das Mädchen nahm die Hand des Mannes und streichelte jeden Finger einzeln.

Atun blieb teilnahmslos. Am Vorabend des Feiertags war er wieder mit Nadeshda Indiktorowna auf der glitschigen Holzbank im erkalteten Badehaus gewesen. Wieder hatte er eine überirdische Wollust empfunden, und die Erinnerung an das Erlebte beherrschte alle seine Gedanken.

»Und dann wurde noch ein Vortrag gehalten«, fuhr Tajan in seinem Bericht über den Feiertag fort. »Eine lange Rede. Zuerst über die Erfolge, dann über die Aufgaben. Erfolge – das waren der Hausbau, die Vorbereitung auf den Winter. Sementschuk hat gesagt, die Lebensmittel im Lager reichten für ein paar Jahre ... Kritik gab es auch. Doktor Wulfson wurde beschimpft, weil er schlecht mit den Schamanen gearbeitet habe.«

Analko spitzte die Ohren. »Wer arbeitet schlecht?«

»Du weißt doch, daß die Bolschewiken jeden Glauben ausrotten – eigenen und fremden, und der Doktor soll diesen Glauben bei dir und Atun ausrotten. Sementschuk hat sogar gedroht: Wenn er das nicht macht, wird er bestraft.«

»Wofür?«

»Daß er den Schamanismus nicht ausgerottet hat«, wiederholte Tajan niedergeschlagen.

Tajan hielt sich für fortschrittlich. Entsprechend verhielt er sich zu den Schamanen, obwohl er, ehrlich gesagt, Analko und Atun fürchtete. Zumal alle Eskimos Analko glaubten. Er sagte treffend das Wetter voraus, auch die Wiederkehr der Wildtiere, er heilte viele Krankheiten sowohl bei Menschen als auch bei Hunden, konnte, wie es hieß, jemandem auf große Entfernung den Tod senden, hörte auf das Sternengeflüster, verstand die Sprache der Tiere, wußte, welche Pflanzen heilkräftig sind und welche giftig. Die vorherigen Herren der Insel – Uschakow und Minejew – hatten sich mit Analkos Fähigkeiten vertraut gemacht und ihn in Ruhe gelassen. Nicht nur, daß sie ihm keine Vorhaltungen wegen des Schamanismus machten, sie erlaubten ihm sogar, vor aller Augen die Bräuche zu vollziehen – streng untersagt hatten sie ihm nur, seine Lehre zu verbreiten, und sie erklärten es damit, daß bei den Bolschewiken jeder Glaube vom Staat unabhängig sei.

»Meinen Glauben kann man nur mit mir zusammen ausrotten«, sagte Analko ruhig.

»Er kann aber auch töten, dieser neue Chef«, mischte sich plötzlich Atun ins Gespräch. »Siehst du denn nicht, daß er nicht nur dich, sondern unser ganzes Volk zugrunde richten will? Er hat uns im Herbst an der Walroßjagd gehindert, hat uns das Walroßfleisch von Kap Blossom weggenommen und gibt uns nichts von seinen Vorräten. Er will uns verhungern lassen.«

Noch nie hatte Aina ihren Zukünftigen so erregt, wenn nicht gar wütend gesehen.

Der Vater musterte seinen Sohn unzufrieden, schmauchte seine Pfeife und sagte bedächtig: »Er kennt einfach unser Leben nicht, begreift nicht, daß wir hungern. Ein Mensch kann doch nicht ruhig essen, wenn er spürt und weiß, daß neben ihm ein anderer hungert.«

Aina lauschte der ruhigen Stimme des alten Mannes und dachte an die zahlreichen Verbote und Regeln, die das Essen betrafen. Das Essen, die Nahrungsaufnahme, galt fast als heiliges Ritual und unterlag strengen Vorschriften. Heimliches Essen, so glaubte man, könne damit enden, daß sich Mund und Zunge mit schrecklichen Geschwüren bedecken und man unter unerträglichen Qualen stirbt. Wenn jemand eine Wohnstatt betritt, in der gegessen wird, bittet ihn niemand zu Tisch. Falls er essen will, greift er von selbst zu, ohne Aufforderung ... Wenn aber jemand Hunger leidet und sein Nachbar Vorräte hat, muß er ihn nicht erst aufmerksam machen, daß er Hilfe braucht. Bisweilen hat in hungrigen Wintertagen nur einer in der Siedlung eine Robbe erbeutet. Dann wird das Fleisch unter alle aufgeteilt, und manchmal bleibt für den erfolgreichen Jäger fast nichts mehr übrig. Niemand würde es wagen, einem anderen etwas zu verweigern, und daß sie angesichts der überreichlichen Lebensmittelvorräte auf der Polarstation hungern mußten, konnten sich die Eskimos nur mit einem Mißverständnis erklären. Sie vermuteten, der neue Chef Sementschuk habe die Bräuche eines Arktisbewohners vergessen oder kenne sie einfach nicht.

Tags zuvor war aus dem Norden die traurige Nachricht vom Tod zweier Menschen eingetroffen. Nachdem sie am alten Platz vergeblich nach den Walroßkörpern gesucht hatten, die Starzew in die Polarstation gebracht und als Futter für die Expeditionshunde in den Erdspeicher geschafft hatte, hatten sie den Überzug eines Fellbootes gegessen. Wenn ein Mensch neben Lebensmitteln verhungert, ist es besonders schlimm. Aina drückte unentwegt Atuns Hand. Zärtlichkeit und Mitleid erfüllten ihr Herz; der Bursche war sehr abgemagert und wirkte durch die ständige Unterernährung noch dunkler. Weil er nicht wie Tajan in einem Holzhaus wohnte, erhielt er nicht einmal eine Lebensmittelration, und sie einzufordern war ihm peinlich.

Die Tür in das glitzernde Dunkel der Polarnacht ging auf, und im Tschottagin erschien der Doktor. Sein längliches, schmales Gesicht spiegelte Betroffenheit und Neugier. Er begrüßte alle und setzte sich neben Analko. »Warum seid ihr so unfroh?« fragte er. »Wir haben doch einen Feiertag – den Jahrestag der Oktoberrevolution!«

»Ja, wir haben davon gehört«, erwiderte Analko. »Tajan hat erzählt, daß Lieder gesungen wurden. Alle haben gelobt, im Kampf zu sterben … Aber warum sollen alle sterben? Der Mensch wird doch geboren, um zu leben, um Kinder aufzuziehen, um das Fortbestehen der Menschheit auf Erden zu sichern. Wenn aber nach euerm Lied alle sterben – welchen Sinn hat dann ein solcher Kampf?«

Wulfson hörte sich aufmerksam Tajans wirre Übersetzung an, verstand aber alles. Er geriet in Erregung und erklärte leidenschaftlich, dieses Lied sei vor dem Sieg der Revolution gesungen worden, als ein erbitterter Kampf zwischen Arm und Reich im Gange war.

»Sag, Doktor, sind die Armen in Rußland jetzt alle satt?« erkundigte sich Analko vorsichtig.

»Alle sind satt«, entgegnete der Doktor überzeugt. »In unserem Land hungert niemand mehr.«

»Die Russen sind vielleicht satt«, warf Analko ein, »aber die Eskimos hier hungern. Verhungern sogar …«

»Wer ist verhungert?« fragte der Doktor beunruhigt.

»Im Norden, bei Kap Blossom, sind zwei verhungert«, sagte Tajan. »Utojuk ist dahin gefahren, er wollte die Fangeisen überprüfen, da hat er sie gefunden und bestattet …«

»Vielleicht sind sie an einer Krankheit gestorben und nicht an Hunger«, vermutete der Doktor.

»An Hunger«, bestätigte Analko. »Zuerst haben sie den Überzug eines Fellbootes gegessen. Die hungrigen Hunde sind ihnen weggelaufen. Sie merken es, wenn nichts mehr zu fressen da ist. Später aber, als die Menschen tot waren, sind sie zurückgekommen und haben die Leichen angenagt.«

»Schrecklich!« Wulfson schlug die Hände vors Gesicht.

Verwundert sahen Atun und Aina den Doktor an: Konnte ein Fremdstämmiger wirklich mitfühlen und mit ihnen leiden?

»Hätten wir auf Jagd gehen dürfen, als die Walrosse noch am Ufer waren, wäre das nicht passiert«, sagte Analko seufzend. Er wollte niemandem Vorwürfe machen, es kam ihm von selbst über die Lippen.

Wulfson blickte sich um. Mit einem Mal sah er die Dürftigkeit und Armut des Lebens hier mit anderen Augen. Im Polog, dem Familienschlafraum, brannte kein Tranlämpchen – womit hätten sie es füllen sollen? Und in der Feuerstelle glomm ein einziges Stückchen Kohle, das den überraschend geräumigen Tschottagin kaum erhellte. Hin und wieder fiel der Schein der Flamme auf die spitz gewordenen, hageren Gesichter der Eskimos. Die alte Inkali, die aus dem Polog gekommen war, hustete dumpf, und sogar Atuns Braut, die schöne Aina, wirkte wie erloschen, die Kamlejka schlotterte ihr am Leib. Jetzt erst bemerkte der Doktor, daß die Tasse, die man ihm gereicht hatte, fast nur klares Wasser enthielt.

Wulfson war drauf und dran, unverzüglich zum Chef zu laufen und zu berichten, was mit den Menschen vor sich ging, zu fordern, daß die Hungernden ernährt würden. Aber sollte er nicht lieber den Augenblick nutzen? Möglicherweise bot sich gerade jetzt die Gelegenheit, den Eskimos die Augen zu öffnen und Licht in ihr verdunkeltes Bewußtsein zu bringen.

»Hat denn der Schamane keine Macht, etwas für die Menschen zu tun?« wandte er sich an Analko.

»Für unser Volk ist der Schamane ein Mensch wie alle«, entgegnete der Herr der Jaranga schroff. »Er geht auf Jagd und erledigt alle Arbeit, die ein Mann erledigen muß. Aber er weiß viel und vermag viel. Vielleicht mit einer Ausnahme – er kann einen dummen Menschen nicht klug machen, einen bösen nicht gut. Das können nur die Äußeren Kräfte, die den Menschen Prüfungen unterwerfen. Nichts konnte ich gegen die Weisungen Sementschuks unternehmen, der uns um unsere Fleischvorräte gebracht hat. Ich hatte die stille Hoffnung, wenn er das tut, wüßte er etwas, was ich nicht weiß. Vielleicht wollte er uns von seinen Lebensmittelvorräten ernähren? Aber ein Eskimo verträgt die Nahrung des weißen Mannes nicht lange, höchstens Tajan, der so wie sie werden will.«

»Sie behandeln die Kranken, statt den Doktor zu holen.« Wulfson wollte das Thema wechseln. »Aber nur ein richtiger Doktor, der das gelernt hat, kann einen Menschen von seiner Krankheit heilen.«

»Kannst du einen Hungrigen ernähren?« fragte Analko überraschend scharf.

»Wenn ich …«, murmelte der Doktor betreten. »Aber wir reden von Kranken.«

»Wenn einer hungrig ist, wird er krank«, sagte Analko. »Ein Satter erkrankt selten. Ich habe gesehen, wie einer eurer Doktoren kuriert hat. Die gläsernen Stäbchen, die er Kranken unter die Achselhöhle steckte, brachten nur den Tod. So wurde Ierok, unser Ältester, umgebracht, der Uschakow geglaubt und eingewilligt hatte, das Land unserer Vorfahren zu verlassen und auf die Insel hier zu ziehen. Er hat den Russen sehr vertraut und auch uns überredet. Als er dann krank wurde, hat der Doktor ihm dauernd ein Glasstäbchen unter die Achseln gesteckt, es dann herausgezogen, tiefsinnig betrachtet und ihm jedesmal zwei weiße Kügelchen gegeben, die aussahen wie fester Schnee oder weißes Pulver. Ierok aber ist vor unseren Augen erloschen. Ich indessen wußte, was ihn krank gemacht hat. Das war die Sehnsucht nach der verlassenen Heimat. Hätten sie den alten Mann mit dem Flugzeug nach Urilyk gebracht und ihn die heimatlichen Hügel sehen lassen, die vertraute Küste, wer weiß, vielleicht weilte er heute noch unter uns. Ich habe ihm jede Nacht die alten Lieder gesungen, habe ihn an unsere Jugend erinnert, wenn aber der Morgen anbrach, kam der Doktor wieder mit dem gläsernen Stäbchen …«

Wie sollte Wulfson diesem von seinem Glauben überzeugten Mann beweisen, daß wissenschaftliche Kenntnisse geradewegs zur Wahrheit führen? Um wissenschaftliche Propaganda zu betreiben, brauchte man Zuhörer, die zumindest satt sein mußten.

4

Sementschuk spielte mit seiner Frau und Wakulenko Karten. Auf dem Tisch standen eine Flasche Wein und ein offenes Glas mit Konservenobst.

»Was gibt's?« fragte Sementschuk mißmutig, ohne den Gruß des Doktors zu erwidern.

»So kann es nicht weitergehen«, sagte Wulfson entschieden. »Wenn Sie nichts unternehmen, werde ich einen Weg finden, Moskau von Ihrer Eigenmächtigkeit zu informieren.«

»Von was für einer Eigenmächtigkeit?« fragte Wakulenko mit drohendem Unterton und hob die verschwommenen, von tiefen blauen Rändern umgebenen Augen zum Doktor. Das waren Spuren einer Schlägerei nach der Feier zum Jahrestag der Oktoberrevolution. Wakulenko war im Finstern verdroschen worden, und bis jetzt hatte sich niemand dazu bekannt, obwohl Sementschuk und Nadeshda Indiktorowna nicht wenig unternommen hatten, die Anstifter zu finden. Sogar der gefügige Parteiorganisator Karbowski hüllte sich in Schweigen, aber er mochte wirklich nichts wissen – hatte er sich doch, kaum daß er Lärm und Schreie hörte, in seinem Zimmer eingeschlossen und die Nase erst wieder herausgestreckt, als alles wieder still war.

»Es geht darum, daß die Eskimos, die sich Ihretwegen nicht mit Fleisch versorgen konnten, für den Winter ohne Nahrung und Wärme geblieben sind. Sie hungern, erkranken, und es gibt sogar schon Todesfälle.«

»Ein Mensch kann zwei Wochen ohne Nahrung überleben, zumal ein so zäher wie die Eskimos«, murmelte Wakulenko.

»Schämen Sie sich!« rief der Doktor. »Sie sind doch kultiviert! Haben Sie denn keine Spur von Mitgefühl mit diesen Unglücklichen? Unsere Mitbürger denen unser aller Sorge gehören muß, dem Hungertod auszuliefern – das ist ein Staatsverbrechen. Das ist Schädlingsarbeit, wenn wir die Sache beim Namen nennen!«

Mit diesem Ausbruch einer schrecklichen Beschuldigung verstummte der Doktor. Doch in Sementschuks Hirn hämmerte es: Schädlingsarbeit, Schädlingsarbeit! Das NKWD, das wußten alle, kannte mit Schädlingen kein Erbarmen. Auf Grund einer solchen Beschuldigung wurden Menschen schnell verurteilt und zu härtester Strafarbeit verschickt, meist aber wurden sie – als Volksfeinde abgestempelt – erschossen.

Das hatte Sementschuk von dem weichlichen Doktor nicht erwartet. Insgeheim war er sogar verunsichert. Gelangte so eine Information nach Moskau, dann war er nicht mehr lange Leiter der Polarstation. Der Gipfel der Macht war eben keine sichere Plattform, eher schon eine Spitze, von der einen Intelligenzler wie dieser Doktor Wulfson hinunterstoßen wollen. Im Land sucht man nach Feinden des Sozialismus, fordert zu Wachsamkeit auf. Praktisch kann man jedem, der auch nur die geringste Tätigkeit ausübt, irgend etwas vorwerfen.

Ja, er hatte die Eskimos im Herbst nicht jagen lassen und sie also gehindert, sich für den Winter mit Nahrung zu versorgen. Andererseits mußten sie doch die Station für den Winter einrichten, die Ausrüstung einlagern, das Haus bauen … Der Doktor sagt, er sei grob zu den Eskimos, schreie sie an, behandle sie von oben herab … aber ein Vorgesetzter muß nun mal kommandieren. Schließlich brüllt er nicht nur die Eskimos an, sondern auch die ihm untergeordneten Stationsangehörigen, sogar den Parteiorganisator Karbowski. Was aber die Gleichheit mit den Eskimos anbelangt, so erkennt er die theoretisch natürlich an … Aber was würde solch ein Gleichheits-Theoretiker zu einer stinkenden, nach ranzigem Robbenfett riechenden Hütte sagen, wo es im Fellplunder vor Läusen wimmelt, wo man beim Schein spärlichen Feuers aus angeschwemmtem Holz oder beim Licht einer steinernen Tranfunzel lebt und eine Frau umarmt, die vor Schmutz starrt, weil sie sich nie wäscht … Mag solch ein Gleichheits-Apostel doch mal auf dem Eis einem Seehund oder Eisbären auflauern und dann durchfroren in eine Jaranga kommen, wo man ihm bestenfalls halbrohes Fleisch vorsetzt, wenn nicht gar Kolpachen – als Hundenahrung eingelagertes Walroßfleisch.

Übrigens Kolpachen. Die Hunde erkennen nur diese Nahrung an, Konservenfleisch lehnen sie ab wie Gift. Das Walroßfleisch, das Starzew von Kap Blossom zur Station gebracht hatte, war allein für die Hunde bestimmt; wenn man es unter die Eskimos verteilte, würden die Expeditionshunde verrecken, und alle Pläne, die Insel zu erforschen, wären geplatzt.

»Genosse Wulfson!« erklärte Sementschuk streng. »Sie verleumden die Führung. Soeben haben wir uns beraten, wie wir den hungernden Eskimos helfen könnten.«

»Ja, ja«, unterstützte ihn Wakulenko. »Sie als Jude sind natürlich klüger als wir alle, und nur Sie haben gute Einfälle.«

»Wakulenko!« schrie ihn Sementschuk an. »Hören Sie mit Ihrem Antisemitismus auf! Heute abend geben wir an die Einheimischen Lebensmittel im Umfang einer Ration aus, wie sie unsere Mitarbeiter erhalten, und wer Kinder hat, bekommt noch Kondensmilch. Sind Sie zufrieden?«

»Geht's denn um mich?« murmelte Wulfson müde. »Hauptsache, wir lassen die Leute nicht verhungern.«

»Was ich noch sagen wollte«, fuhr Sementschuk fort, »die Eskimos sind ein träges Volk. Sie haben sich nicht mal die Mühe gemacht, Fangeisen für Pelztiere aufzustellen. Womit werden sie die Lebensmittel bezahlen? Wenn Sie es gut mit ihnen meinen, sagen Sie ihnen, auch sie sollen sich Gedanken machen. Im Norden gibt es Jagdhütten, warum fahren sie nicht dorthin?«

Aber Doktor Wulfson wußte nicht, warum die Eskimos, die sich bei der Siedlung der Station eingelebt hatten, nicht nach dem Norden und zum Kap Blossom fahren wollten. Vielleicht hielt sie der Gedanke ab, daß für sie in der Nähe der Russen wenigstens ein Hoffnungsschimmer blieb?

»Außerdem soll der Schamane Analko nur nicht denken, daß wir seine Anwesenheit hier bei der sowjetischen Siedlung dulden werden. Er wird ausgesiedelt werden. Sagen Sie ihm das.«

»Nein«, widersprach Wulfson entschieden. »Das müssen Sie ihm schon selber sagen. An Strafmaßnahmen werde ich nicht teilnehmen.«

»Du willst wohl sauber bleiben«, mischte sich wieder Wakulenko ein. »Ich bin nicht ich, das Pferd gehört mir nicht und überhaupt: Mein Name ist Hase, ich weiß von nichts … So sind sie alle von Ihrer Nationalität …«

»Wakulenko!«

Der Biologe verstummte.

Als der Doktor gegangen war, mischte Wakulenko auf dem Tisch die Karten und sagte finster: »Er wird uns noch alle reinlegen!«

»Was meinst du?« fragte Sementschuk beunruhigt.

»Er ist der Hauptzeuge von allem …«

»Was heißt – von allem?«

»Ist doch klar! Erstens: Du hast verhindert, daß sich die Eskimos mit Nahrung für den Winter versorgen, damit hast du sie zum Hungern und zum Tod verurteilt. Zwei sind schon gestorben, und ich habe gehört, ein Junge liegt im Koma. Das ist schon der dritte. Auch der alten Inkali geht es schlecht ... Sie werden alles aufrechnen. Zweitens: Sie werden deine Nationalitätenpolitik anprangern – du hast die Einheimischen nicht aufgeklärt, hast niemanden zum Jahrestag der Oktoberrevolution eingeladen, hältst sie der Hygiene fern, indem du ihnen verbietest, das Badehaus zu nutzen. Hast sie angebrüllt. Beschwerden abgewiesen ...«

»Was für Beschwerden?«

»Als die Lawak zu dir kam und sich über Starzew beschwerte, daß der ihre beiden minderjährigen Töchter vergewaltigt hat ... Da hast du sie weggejagt.«

»Starzew gehört ja fast zu ihnen«, bemerkte Sementschuk. »Mit dem können sie selber klarkommen.«

»Du hast in der Station nicht für strenge Disziplin gesorgt ...«

»Na, was die Diszipin anbelangt ...« Sementschuk grinste. »Meine Anordnungen werden widerspruchslos befolgt.«

»Mich hat man aber verdroschen, und du hast die Schuldigen nicht gefunden.«

»Keine Sorge, ich finde sie noch!« verkündete Sementschuk selbstsicher.

»Sie werden schon etliches zusammenbekommen«, sagte Wakulenko bereits leiser, aber mit giftigem Unterton. »Und jeder Punkt belegt: Schädlingsarbeit, bedeutet also Lager, vielleicht sogar Todesstrafe ...«

»Na hör mal!« schrie Sementschuk.

Beunruhigt durch Wakulenkos Worte, zwang sich Sementschuk an diesem Abend, zu den ausgemergelten, erloschen wirkenden Eskimos, die zum Vorratslager gekommen waren, gütig und sogar freundlich zu sein. Für jede Familie gab es drei Fleischkonserven, etwas Grütze, Mehl, Butter, Tee, Zucker und Tabak. Wer Kinder hatte, erhielt für jedes ein Glas Kondensmilch. Tajan trug alles in das dicke Speicherbuch ein.

Als Utojuk die Lebensmittel in einem Sack verstaut hatte, fragte er plötzlich: »Darf ich auch das da mitnehmen?«

Sementschuk blickte in Richtung seines Zeigefingers. Es war ein Koffergrammophon. »Was willst du damit?« fragte er verwundert.

»Musik hören«, erwiderte Utojuk lächelnd. »Ich höre so gern russische Lieder.«

»Jetzt steht uns der Sinn nicht nach Liedern!« sagte Sementschuk grob, erinnerte sich dann aber an Wakulenkos Worte und wurde unerwartet nachgiebig. »Na schön, nimm es. Aber schreib es auf, Tajan. Es ist wertvoll, du wirst viel Rauchwerk dafür abgeben müssen, Utojuk.«

»Gut, gut!« rief Utojuk erfreut. »Dafür habe ich russische Musik!« Froh ergriff er das Koffergrammophon und hätte um ein Haar den Ledersack mit den Konserven und den anderen Lebensmitteln im Lager stehengelassen.

Im großen Tschottagin von Analkos Jaranga erklangen einige Tage lang russische Lieder und Arien aus Verdis »Traviata« – es waren ganze drei Platten, und bald holperten und krächzten sie vom häufigen Abspielen.

5

Die Hunde waren so elend geworden, daß sie sich kaum noch auf den Beinen hielten und einknickten; trotzdem winselten sie erregt, als sie merkten, daß eine Fahrt über den Schnee bevorstand, die Schlittenkufen ihr knirschendes Lied singen sollten. Atun legte ihren mageren Körpern die harten, trockenen Zugstränge an, stellte – um nicht zu sagen: trug – jeden an seinen Platz und koppelte sie an.

Auf Anordnung des Leiters der Polarstation, Konstantin Dmitrijewitsch Sementschuk, verließ die Familie des Schamanen Analko die Siedlung in der Rodgers-Bucht und zog nach Nordwest, wo sich ein alter Jägerstützpunkt befand. Mit dem Schamanen fuhren auch Atun, seine Braut Aina, die alte Inkali und noch ein paar Mann. Sie bildeten eine Karawane aus acht Hundeschlitten mit Hausgerät, Jagdausrüstung, wie Eisen dröhnenden Walroßhäuten für die Dächer der Jarangas, zusammengerollten Pologs, Bettzeug und Geschirr.

Doktor Wulfson verfolgte die Reisevorbereitungen. Er hatte den Auftrag, dafür zu sorgen, daß sie rechtzeitig abfuhren.

Er stand ein wenig abseits, groß und hager in der langsam erglühenden Morgenröte, die noch nicht zum Tag geworden war. Im Norden des Firmaments loderte Polarlicht, nun etwas blaß, aber noch immer großartig – blauen Säulen gleich schienen sie das Himmelsgewölbe zu stützen, wo der Polarstern und in seinem Umkreis das Sternbild der Trauer leuchteten. Das Sternbild, das nicht die Seelen der an Altersschwäche Verstorbenen beherbergt, sondern die Seelen der in Schlachten gefallenen Helden. Vieles hatte der alte Analko dem Doktor schon erzählt, aber nun hatte es sich ergeben, daß ausgerechnet Wulfson die zweifelhafte Ehre zuteil wurde, den Schamanen und seine Familie aus der Siedlung hinauszuwerfen.

Ein paarmal bemerkte er den unverhohlen haßerfüllten Blick Atuns, dessen glühende schwarze Augen ihn zu durchdringen schienen. Das Verhältnis des Doktors zu diesem jungen Mann war sonderbar. Wahrscheinlich wußte er allein von der verwunderlichen, aus seiner Sicht unerklärlichen, wenn nicht gar widernatürlichen Beziehung des jungen Schamanen zur Frau des Stationschefs. Dem Doktor war klar, daß bei ihr von einem echten, tiefen Gefühl nicht die Rede sein konnte; Nadeshda Indiktorowna schlief, ohne es zu verheimlichen, mit dem Biologen Wakulenko und wäre wohl auch bereit gewesen, sich mit jedem beliebigen einzulassen, wenn die anderen Männer der Station nicht Angst vor ihrem Vorgesetzten gehabt hätten.

Wulfson hatte erreicht, daß die Abreisenden ein paar Lebensmittel mitnehmen konnten; diese wurden auf den letzten Schlitten geladen, auf dem sie auch einen Kocher und einen kleinen Kanister mit Kerosin verstaut hatten.

Atun ging einige Male am Doktor vorüber, und es kostete ihn Mühe, diesen Mann, von dem er nichts Gutes erwartete, weder zu schlagen noch ihm einen Fußtritt zu versetzen. Der hatte sich mit freundlichem Lächeln in die Jaranga eingeschlichen, als interessiere er sich für das Leben der Eskimos, hatte sie nach ihrem Glauben gefragt, hatte die alten Legenden aufgeschrieben und die Namen, aber immer dann, wenn von Atuns Teuerstem, Heiligstem die Rede war, bemerkte dieser auf dem hageren, spitzigen Gesicht einen Hauch von spöttischem Unglauben gegenüber kindlichem Gestammel oder den Phantastereien eines unverständigen Halbwüchsigen. Vor allem aber haßte Atun den Doktor, weil der vom Geheimnis seiner Beziehung zu Nadeshda Indiktorowna wußte und diese Verbindung insgeheim mißbilligte.

Bei den Gesprächen in der Jaranga, wo Atun meistens nur Zuhörer war, hatte Wulfson keinen Zeifel daran gelassen, daß seine Weltsicht, die er materialistisch und marxistisch-leninistisch nannte, die einzig wahre war, und keine Gelegenheit ausgelassen, die Rückständigkeit und Unwissenheit der Schamanen zu kritisieren, die die Köpfe der Menschen vernebeln und falsche Vorstellungen von der Umwelt, vom Aufbau des Alls verbreiten. Wulfsons Reden über eine Kugelform der Erde, über die Entstehungsgeschichte der Welt hielten vom Standpunkt des gesunden Menschenverstands einer Kritik ebensowenig stand wie sein Vertrauen zu dem gläsernen Stäbchen, das er jedem Kranken mit der Behauptung unter die Achsel schob, daß der glänzende schwarze Streifen im Glas eine genauere Vorstellung von dem Befinden des Menschen gebe als die eigene Auskunft des Betreffenden. Der Doktor verstand nicht, daß er mit seinem gläsernen Stäbchen und dem schneeweißen, angeblich heilkräftigen Pulver sogar in den Augen des dümmlichen Utojuk, der russische Musik so liebte, einfach lächerlich war ... Doch das Geheimis verband Doktor Wulfson mit Atun. Der junge Schamane konnte nichts dagegen tun: Sowie er den Doktor sah, mußte er an seine Begegnungen mit Nadeshda Indiktorowna denken, spürte seine dunkle Haut die Berührung ihrer zarten, feucht-klebrigen Haut.

Endlich waren die Reisevorbereitungen beendet, alle hatten ihre Plätze eingenommen, und Atun, der den vordersten Schlitten lenkte, trieb die kraftlosen, vom langen Stehen zusätzlich ermatteten Hunde an.

Langsam bewegte sich der Zug vorwärts. Die meisten Wegziehenden gingen neben den Schlitten, damit die hungrigen Hunde es leichter hatten. Sie schritten bedächtig aus, und die Sohlen ihrer mit Seehasenfell beschlagenen Robben-Torbassen sanken tief im Schnee ein.

Es dauerte eine ganze Weile, ehe die Masten der Funkstation am Horizont verschwunden waren und Atuns feine Nase den Rauch, der aus den Schornsteinen stieg, nicht mehr wahrnahm.

Die große Stille zwischen dem Sternenhimmel und der tief verschneiten Tundra wurde nur noch vom ständigen

Knirschen der Kufen und den gelegentlichen Rufen der Schlittenlenker unterbrochen.

Wulfson stand noch lange da und blickte dem Hundeschlittenzug, den Menschen nach, die ins Ungewisse zogen, vielleicht sogar in den Hungertod, und Mitleid überwältigte ihn. Mitleid und Haß auf sich selbst, weil er nicht den Mut gefunden hatte, sich der Verbannung von Analkos Familie zu widersetzen. Was aber hätte er tun können? Die Lage auf der Station hatte sich mittlerweile so entwickelt, daß niemand mehr auch nur mit einem Wort gegen den Chef aufbegehren durfte, und dumpfe Gereiztheit hatte einen Teil der Männer ergriffen. Doch diese Stimmung äußerte sich höchstens in stillem Murren, wüsten, von Schlägereien begleiteten Trinkgelagen und gegenseitiger Denunziation. Alle fürchteten Sementschuk, vor allem aber empfanden sie blinden Haß auf Wulfson und seine Frau.

Über der ganzen Siedlung der Polarstation hing eine Spannung, als sei ein Gewitter im Anzug, obwohl der Meteorologe versicherte, in der Arktis, in so hohen Breiten, gebe es so gut wie keine Gewitter.

Fünfter Teil

1

»Sag mal, Stepan«, fragte Sementschuk Starzew, »kommt es vor, daß einer, der mit Hunden durch die Tundra fährt, erfriert?«

»Bei den Eskimos kommt es nicht vor«, erklärte Starzew selbstsicher. Ihn schmeichelte, daß der Chef ihn zu sich in die Wohnung eingeladen hatte. Das widerfuhr nur Auserwählten, die das Vertrauen des Leiters, vor allem aber seiner Frau Nadeshda Indiktorowna genossen.

Sementschuk setzte ihm sogar eine halbe Flasche mit verdünntem Sprit vor, und Starzew bemühte sich, bedächtig zu trinken, seine Gier nach dem ersehnten Trank zu bezwingen.

»Und wie ist es mit Auswärtigen, mit unsereins?« fuhr Sementschuk fort.

»Das hat es auch noch nicht gegeben«, antwortete Starzew, nippte vorsichtig am Glas, um nicht gleich alles hinunterzukippen. »Einer von der Station fährt doch gewöhnlich mit Begleitung, einem erfahrenen Schlittenlenker, warm angezogen, mit genügend Proviant ... Und jetzt haben wir ja auch noch nicht solchen Frost ...«

»Und im Schneesturm, wenn sich einer verirrt?«

Starzew blickte dem Chef ergeben in die Augen. »Wenn ein Eskimo sich bei Schneesturm verirrt hat, hält er die Hunde an, baut sich eine Schneehütte und wartet da den Sturm ab«, erwiderte er.

Ihm fiel auf, daß er dem Leiter in gewisser Weise ähnlich sah: Beide waren sie nicht groß, hatten zarte Knochen und schwache Muskeln, sogar die Gesichtszüge waren verwandt.

»Ich rede ja nicht von Eskimos … Falls sich nun unsereins verirrt?«

»Wenn er keinen guten Begleiter hat, ist er verloren!« sagte Starzew entschieden und kippte den letzten Sprit hinunter.

Sementschuk schickte Starzew weg, zog sich an und verließ das Haus. Treibschnee fegte über den Boden, der Wind drang sogar durch die dicke Pelzjacke. Die einheimische Bevölkerung trug bei solcher Eiseskälte eine besondere, in Jahrhunderten erprobte warme Kleidung. Nichts aus Stoff. Statt der üblichen Unterwäsche dünnes, luftiges Zeug aus Renkalbfell, bestehend aus einem ziemlich weiten Unterhemd mit dem Fell nach innen und leichten Hosen, die dicht an den Beinen anlagen, darüber eine Kuchljanka aus derberem Renfell mit dem Haar nach außen sowie Fellhosen, die größtenteils aus gut zugerichteten Fellen von Renbeinen genäht waren. Auch das Schuhwerk bestand aus zwei Teilen: Pelzstrümpfen und hohen Torbassen aus dem Fell von Renbeinen, außerdem kam zwischen Ferse und Seehasenledersohle noch eine Lage Tundragras, das die Feuchtigkeit aufsaugte, die Füße warm und trocken hielt. Die Kuchljanka hatte zwar eine Kapuze, aber als Kopfbedeckung diente eine Pelzmütze, und die Hände steckten in festen Renfellhandschuhen. Das einzige Bekleidungsstück aus Stoff war – über die Kuchljanka gezogen – eine feste, dichte Kamlejka mit großer Bauchtasche, unten mit einem Rand aus farbigem Band verziert. Auf der Jagd trugen sie eine weiße Kamlejka, eine Art Tarnmantel, der die Jäger auf dem weißen Schneefeld unsichtbar machte.

Erfahrene Leute sagten, so bekleidet könne man sogar im Schnee schlafen. In dieser Fellkleidung breiteten sich zwar Läuse aus, aber man brauchte sie nur einige Tage Frost und Wind auszusetzen, und schon waren die Insekten spurlos verschwunden. So hatte es, wie es hieß, der erste Herr der Insel, Uschakow, gemacht. Die Fellkleidung, die die beiden ersten Leiter zurückgelassen hatten, hing vollständig im Vorratslager. Man müßte sie in den Frost hinaushängen lassen.

Beim Lager arbeitete Tajan. Er hatte die Pflichten des abgeschobenen Atun übertragen bekommen, doch darüber war der junge Eskimo nicht sehr glücklich. Er träumte davon, in einem warmen Raum zu arbeiten wie der Funker, der Meteorologe oder allenfalls der Koch Krochin.

Tajan grüßte den Chef höflich und schippte den Schnee noch eifriger zur Seite.

»Hör mal, Tajan, ich muß dich was fragen ...«

Tajan stellte die Schaufel beiseite.

»Ist jetzt gutes Wetter für Hundeschlitten?«

Tajan blickte sich um, sah nach Norden, wo die flachen Berge der Insel im Dunst des Schneetreibens verschwanden, und antwortete überzeugt: »Man kann fahren.«

»Würden der Doktor oder ich einen Begleiter brauchen?«

»Unbedingt«, entgegnete Tajan beflissen. »Ein Hund gehorcht nur dem Eskimo. Man muß viel lernen, so wie Wakulenko.«

Wakulenko war in der Tat ein leidenschaftlicher Schlittenlenker geworden, er nutzte jede freie Minute, um die Kunst des Umgangs mit Hundegespannen zu erlernen. Er hatte in der Umgebung der Expeditionsniederlassung Fangeisen aufgestellt und zu aller Verwunderung zwei Polarfüchse gefangen. Tajan hatte die Felle zugerichtet, das Fett abgeschabt, sie im eisigen Wind getrocknet, und Nadeshda Indiktorowna hatte vom Biologen ein wertvolles Geschenk erhalten.

»Fährt Wakulenko schlecht mit Hunden?«

»Schon besser, schon besser«, versicherte Tajan. »Ein paar Fahrten noch, und er wird ein ganz guter Hundelenker.«

»Ist Starzew ein guter Hundelenker? Ein zuverlässiger Begleiter?« fragte Sementschuk.

Tajan war hin und her gerissen. Er wußte nicht, was er dem Chef antworten sollte. Unter seinesgleichen hätte er ohne Zögern gesagt, daß Starzew als Hundelenker nichts tauge und ein unzuverlässiger Begleiter sei. Er kenne die Insel nicht und sei überhaupt faul und dumm. Doch Starzew verkehrte mit dem Chef und war vor allem russischer Nationalität, anders als Doktor Wulfson und seine Frau, die die übrigen Leute der Station offen links liegenließen, obwohl sie dem Äußeren nach eher Russen glichen als Starzew, der seit vielen Jahren in einer Jaranga lebte und oft ungewaschen und unrasiert herumlief, mit einem schmuddeligen rötlichen Bart, der einen großen Teil seines Gesichts bedeckte.

»Starzew ist sicherlich ein guter Hundelenker«, wich Tajan aus und setzte hinzu: »Aber auf einer weiten Fahrt sollte ihn lieber ein Eskimo begleiten.«

»Schön«, sagte Sementschuk mit einer überraschend gutmütigen Stimme und klopfte Tajan mit seiner in einem dicken Wollhandschuh steckenden Hand auf die Schulter.

Hin und wieder kamen Jäger vom Norden der Insel auf die Station. Sie brachten in Fangeisen geratene Polarfüchse, um dafür ein paar Lebensmittel einzutauschen. Sementschuk bat jedesmal Starzew, Neuigkeiten zu erkunden und alles zu berichten, was er über das Leben außerhalb der Polarstation erfuhr. Vor allem interessierte er sich für Analko und dessen Familie. Die Nachrichten waren jedoch nicht tröstlich – der Hunger dauerte an. Die sich verstärkenden Fröste hatten die Insel in ein riesiges Eisfeld eingeschlossen – sogar der Eisbär war weiter zum Festland hin abgewandert, wo die Strömung in der De-Long-Straße den Eispanzer aufbrach und an den offenen Stellen vereinzelt Winterrobben und Seehasen auftauchten.

Die Hauptverwaltung des Nördlichen Seewegs forderte Rechenschaft über die Situation auf der Polarstation, über die Gesundheit der Einheimischen; nach einigem Schwanken telegrafierte Sementschuk, daß die Einheimischen an einer Bauchtyphusepidemie litten, es auch schon einige Todesfälle gegeben habe, daß dank der Anstrengungen der Stationsleitung und der sachkundigen Arbeit des medizinischen Personals die Epidemie jedoch im Abklingen sei.

Auf dieses Telegramm hin wurde eine Namensliste der Verstorbenen angefordert. Sementschuk steckte das Telegramm ein und befahl dem Funker, von nun an alle dienstlichen und privaten Telegramme nur über ihn laufen zu lassen.

»Ist das etwa eine Zensur?« fragte Wulfson.

»Das ist Ordnung«, erwiderte der Leiter der Polarstation, um Gleichmut bemüht. »Vergessen Sie nicht, wir befinden uns nahe der Staatsgrenze zu einer imperialistischen Großmacht – den Vereinigten Staaten von Amerika.«

»Die Amerikaner haben wohl nichts Besseres zu tun, als unsern Funk abzuhören.« Der Doktor lächelte spöttisch. »Zumal Privatsachen.«

»Für den Feind ist jede Information wichtig, auch über die Stimmung eines jeden in der Polarstation«, bemerkte Sementschuk und setzte hinzu: »Meine Anordnung bleibt nicht nur in Kraft, ich beschränke außerdem die Zahl der Depeschen, insbesondere an die Verwaltung. Dahin gehen nur meine Telegramme!«

»Alles klar!« sagte der Doktor hintersinnig und sah Sementschuk durchdringend in die Augen.

»Statt bei anderen Mängel zu suchen, Genosse Wulfson, würde es Ihnen nicht schaden, einmal nach dem Norden zu fahren, denn dort sind die Kranken ohne ärztliche Hilfe.«

»Einverstanden«, antwortete Wulfson. »Aber ich brauche einen Begleiter, allein komme ich mit einem Hundegespann nicht zurecht.«

»Einen Begleiter finden wir für Sie«, versprach Sementschuk.

2

Die Siedlung befand sich etwas nördlich von Kap Blossom, in einiger Entfernung vom Liegeplatz der Walrosse, wo es jetzt leer und still war – die lange, geröllbedeckte Landzunge lag unter tiefem, steinhartem Schnee.

Neben einer noch von Uschakow, dem ersten Leiter der Polarstation, erbauten, jetzt schief gewordenen Holzhütte hatte Analkos Familie eine Jaranga errichtet. Obwohl wegen des Mangels an Robbenfett kein Tranlämpchen anheimelnd brannte, war es in dem Fell-Polog vom Atem der Menschen ziemlich warm, man konnte sogar die Oberkleidung ablegen.

Am Vortag war Aina am Ufer entlanggegangen und hatte aus dem fest gewordenen Schnee Baumrinde ausgegraben, die im Herbst an Land gespült worden war. Was sie gesammelt hatte, reichte, um im kalten Tschottagin ein Feuer zu entfachen und ihn mit warmem, beißendem

Rauch zu erfüllen. Über der Flammenzunge hing der alte, verrußte Teekessel, in dem langsam Stücke festen Schnees tauten. Die Bewohner des Lagers saßen um das Feuer und warteten auf heißes Wasser.

In einem fernen Winkel der Landzunge hatte Atun das halbabgenagte Gerippe eines offenbar bereits im Herbst an Altersschwäche gestorbenen Walrosses buchstäblich unterm Schnee erschnuppert. An den Knochen hingen noch Fetzen von schwarzem Fleisch. Aber selbst eine solche Nahrung wurde mit großer Gier und Lust verschlungen. Mit den scharfen Jägermessern schon blankgeschabt, wurden die Knochen später auch noch zerschlagen, in einem Steinmörser zerstampft und immer wieder ausgekocht, damit nicht ein Tropfen belebenden Nährstoffs verlorenging.

Zum Schlafen zogen sie sich möglichst schnell nackt aus, schlüpften im Polog unter die Pelzdecke und legten sich eng nebeneinander. Nur so konnten sie Wärme bewahren und die Nacht halbwegs angenehm verbringen.

Zuerst fühlte sich Ainas Körper unterm Fell wie ein Eiszapfen an, doch einen Augenblick darauf flammte er schon wie Feuer. Atun rückte unwillkürlich von ihr ab, doch Aina schob sich immer wieder an ihn, der Raum im Polog war beengt, und alles endete damit, daß Atun Aina umarmte, ihren bebenden Körper gleichsam in sich aufnahm; doch als die Vereinigung vollzogen war, dachte der junge Schamane mit einem verhaltenen Seufzer an einen anderen Körper, groß und üppig wie eine Sommerwolke. Aina preßte sich noch enger an ihn und flüsterte kaum hörbare Worte, fragte sogar: »Warum bist du so kalt geworden?« Darauf antwortete Atun unbeholfen: »Im Polog ist's doch so kalt, daß sich auf der Felldecke Reif gebildet hat ...« – »Dann drück dich doch fester an mich, ich will dich umarmen, dich wärmen. Spürst du, wie warm ich bin? Meine Wärme reicht für zwei ...« Und wirklich, woher nahm dieser kleine, vor Hunger ausgemergelte Körper nur soviel zärtliche Wärme?

Hier, in der fernen, ans äußerste Ende der Insel verschlagenen Jaranga ging Atun, von Gewissensbissen getrieben, immer wieder ans Ufer, wo Packeis die Grenze zwischen Erde und Wasser bildete, und flehte, der Himmel möge ihm Ruhe senden, ihn von einer Liebe befreien, deren Gift ihn so durchdrungen hatte, daß für das frühere reine Gefühl zu der zärtlichen Aina kein Raum mehr blieb.

Aber alles, was von dort kam, sogar die Teeverpakkung, das bläuliche Etikett auf dem Kondensmilchglas oder Gespräche über das Leben in den Holzhäusern der Polarstation, weckte sofort seine Erinnerung an die Begegnungen mit Nadeshda Indiktorowna, der warme Dampf des Schwitzbads vernebelte sein Bewußtsein, und der riesige, weiche, weiße Frauenkörper, mit seiner überwältigenden Zärtlichkeit nahm alle Gedanken des jungen Schamanen gefangen.

In dieser Nacht zog sich Atun nach seiner Vereinigung mit Aina nicht wie gewöhnlich von ihr zurück, sondern blieb, vom tiefen, süßen Schlaf vor Tagesanbruch überwältigt, in den Armen der jungen Frau liegen. Da hörte er fernes Hundebellen, die geschwächten Hunde im kalten Teil der Jaranga gerieten in Erregung, einer von ihnen kläffte zaghaft, ein anderer fiel ein, und schon verkündete lautes Gebell, daß ein Schlitten sich der Jaranga näherte.

Hastig streifte sich Atun seine Kleidung über und sprang in den Tschottagin, öffnete die Außentür, und frische Frostluft füllte seine im Polog von menschlichen Ausdünstungen erschlafften Lungen, nahm ihm fast den Atem.

Der Schlitten näherte sich bereits der einsamen Jaranga.

Vollmond erhellte die Tundra. Das Schneetreiben hatte sich gelegt, und Sternenlicht übergoß den ganzen übersehbaren, erschreckend weiten und grenzenlosen Raum. Die Stimme des Schlittenlenkers und das Hundegebell, das Knirschen der schlecht eispolierten Kufen – alle Töne verstärkten sich, verselbständigten sich, und jeder von ihnen wirkte unwahrscheinlich laut, fast widernatürlich.

Atun machte von fern die Stimme Starzews aus, und als der Schlitten herankam, erkannte er in der darauf zusammengekrümmt sitzenden Gestalt Doktor Wulfson, der eine Schaffelljacke trug und um den bereiften Pelz noch ein riesiges flauschiges Tuch geschlungen hatte.

Der Doktor grüßte mühsam mit kältesteifen Lippen und hastete in die Jaranga.

»Bin ich durchfroren! Maßlos!« stöhnte er.

»Geh in den Polog, dort ist's warm!« sagte der wach gewordene Analko und schlug vor dem durchfrorenen Doktor gastfreundlich das vordere Fell des Pologs zurück. Aina half ihm, die froststarre Kleidung abzulegen, zog ihn aus, bettete ihn auf das noch nicht erkaltete Lager und deckte ihn mit der Renkalbfelldecke zu.

»Wer hat ihn denn so für den Weg ausstaffiert?« fragte Atun Starzew böse.

»Na, wer schon?« Starzew lachte höhnisch. »Seine Frau. Sie ekeln sich vor unserer Kleidung. Tajan hat ihm seine Kuchljanka angeboten, aber sie sind erschrocken: Es könnten ja Läuse drin sein. Obwohl die Kuchljanka im kalten Vorraum hängt … Zum Glück haben wir prächtiges Wetter. Kein Windhauch. Nur am Paß war es etwas windig, aber nur eine halbe Stunde. So ist es da immer.«

Starzew selbst war wie ein Eskimo gekleidet und fühlte sich pudelwohl in seiner doppelten Kuchljanka, den Fellhosen und den Fell-Torbassen. Als der arme Doktor sich etwas erholt hatte, steckte er den Kopf in den Tschottagin und fragte: »Gibt es Kranke?«

»Wir haben eine Kranke«, antwortete Analko. »Inkali. Aber wir heilen sie. Im Augenblick fühlt sie sich gut. Sie schläft.«

»Und wo ist sie?« fragte der Doktor.

»Neben dir, an der Wand«, entgegnete Analko.

»Sie ist ja schon kalt!« rief der Doktor, als er den erstarrten Körper, den er zunächst nicht bemerkt hatte, berührte.

Analko tauchte in den Polog und hob den Fellvorhang mit beiden Händen hoch, um das karge Licht der Petroleumlampe Marke »Fledermaus« hineinzulassen, die sie anläßlich der Ankunft der Gäste in der Jaranga angezündet hatten. Petroleum hatten sie im Lager zur Genüge. In der Nähe des ausgegrabenen Walrosses hatte Atun noch ein Metallfaß mit Brennstoff entdeckt. Man konnte es zwar nicht im Polog verwenden, aber zum Füllen des Primuskochers und der Lampe taugte es allemal.

Ja, Inkali war tot. Sie lag zur Wand gedreht, die Augen fest geschlossen und die kleinen dünnen Beine angezogen, damit sie ganz unter der Felldecke Platz fand.

»Und Sie sagen, Sie hätten sie geheilt!« rief der Doktor vorwurfsvoll.

»Wir haben sie so behandelt, wie es für sie richtig war«, antwortete Analko ruhig. »Sie ist doch nicht an einer Krankheit gestorben ...«

»Woran dann?«

»Sie hat einfach das Ende ihres Lebens erreicht. Ja, die letzten Tage ging es ihr schlecht, sie hat stark gehustet und immer wieder das Bewußtsein verloren. Wenn aber ein Mensch lange unterwegs ist, einen weiten Lebensweg zurücklegt, wird er am Ende schwach, wie stark er zu

Beginn auch gewesen sein mag ... Du bist doch nur eine kurze Strecke im Schlitten gefahren, und trotzdem hat dich die Fahrt geschwächt ...«

»Ich bin einfach durchfroren, nicht schwach!« erklärte der Doktor und wollte sich der Verstorbenen nähern, aber Atun hielt ihn gebieterisch vom Leichnam fern.

»Du kannst ihr nicht mehr helfen«, sagte er, ohne sich darum zu kümmern, daß seine Worte Wulfson übersetzt wurden.

Er konnte seinen Widerwillen gegen diesen Mann nicht bezwingen – nicht einmal im Angesicht des Todes, der wahrscheinlich eingetreten war, während er mit Aina in heißen Umarmungen gelegen hatte.

Starzew hatte ja auch noch gesagt, das Volk, dem Doktor Wulfson angehörte, habe den vom Himmel auf die Erde gesandten Gottmenschen getötet. Nicht genug, daß seine Stammesgenossen den Glauben nicht annahmen – sie hätten den Ärmsten auch noch gezwungen, ein Holzkreuz, ähnlich dem geodätischen Zeichen, das die Expeditionen auf der Wrangel-Insel aufstellten, auf einen Berg zu tragen. Später, in der Sonnenglut, hätten sie diesen Gottmenschen mit großen Nägeln ans Kreuz geschlagen, er habe seinen Geist ausgehaucht, sei dann aber auferstanden und gen Himmel gefahren. Die Bolschewiken würden diese Legende freilich nicht anerkennen, wie sie überhaupt alles Göttliche und Geistige mißachteten ... Seltsame Leute waren das, noch seltsamer als diese Juden, zu denen der verhaßte Doktor Wulfson gehörte, der lauter als alle Bolschewiken das Göttliche und Geistige, den Glauben der Väter und Vorväter verleugnete ...

Wulfson beobachtete schweigend, wie die Verstorbene auf ihren letzten Weg vorbereitet wurde, wie man sie in zuvor bereitgelegte Totenkleidung hüllte, eine schneeweiße Fell-Kombination, in die der vertrocknete, schwarz gewordene, fast nur noch aus Knochen bestehende und von faltiger, ausgetrockneter Haut überzogene Körper hineinglitt und in der er sich fast verlor – nur aus dem prächtigen Besatz von Marderfell schaute mit fest geschlossenen Augen das friedliche Gesicht.

Dann luden sie den Leichnam auf einen Schlitten und fuhren ihn auf einen die flache steinige Landzunge überragenden Hügel, von dem sich ein Ausblick auf die ganze Insel und die mit Eisschollen bedeckte weiße Endlosigkeit des Eismeeres eröffnete. Doktor Wulfson folgte dem Beerdigungszug in einiger Entfernung und prägte sich alles ein.

Nun hatte der Schlitten den Gipfel erreicht, die Leute sammelten ein paar kleine Feldsteine und kennzeichneten mit ihnen die Ruhestätte der Toten auf Erden. Was dann folgte, war für den Doktor schrecklich und unerklärlich: Sie nahmen dem Leichnam die Fellkleidung ab, schnitten sie in kleine Stücke und steckten diese unter die schweren Steine. Neben den Körper der Verstorbenen aber legten sie persönliche Dinge der alten Inkali: ihre Nähutensilien, eine Nadeldose, ein scharfes Messer zum Fell-Zuschneiden, geschärfte Steinschaber zur Fell-Zubereitung, eine von dünnen Robbenfellriemen umwundene Porzellantasse, noch ein paar Schachteln, darunter eine leere vom amerikanischen Pfeifentabak »Prince Albert«.

Dann umkreisten sie die Verstorbene und machten Bewegungen, als wollten sie sich über ihr ausschütteln, wobei sie etwas vor sich hin sprachen, nach dessen Bedeutung der Doktor sie gern gefragt hätte. Aber er spürte, daß er die Grenze des Zulässigen ohnehin überschritten hatte. Atun warf ihm unverhohlen feindliche Blicke zu, und auch die übrigen blickten mißbilligend auf den ungeniert Zuschauenden.

Als sie den Ritus beendet hatten, kehrten sie in einer Reihe, einer in des anderen Fußstapfen tretend, zu ihrer einsamen Jaranga zurück, wo am Eingang bereits ein Feuer brannte. Über seiner Flamme schüttelten sich alle Teilnehmer am Beerdigungszug wieder aus und traten erst dann in den halbdunklen Tschottagin, den ein Stück brennender Baumrinde und die »Fledermaus«-Lampe nur schwach erhellten. Aina goß Tee ein, Starzew zog aus seiner Brusttasche ein Fläschchen mit verdünntem Sprit, und alle nippten davon.

Die Bewohner der einsamen Jaranga sprachen über alles, nur nicht über die Verstorbene. Nicht einmal ihre eigene ärmliche Lage erwähnten sie. Der ohnehin redselige Starzew verbreitete sich darüber, daß die Leute der Polarstation in ein paar Tagen Neujahr 1935 feiern würden.

»Wer ist denn als erster darauf gekommen, die Jahre zu zählen?« wollte Analko wissen, der seine berühmte Pfeife rauchte – sie war seit dem denkwürdigen Tag, da der wütende Chef der Polarstation, Konstantin Dmitrijewitsch Sementschuk, sie ins Feuer geschleudert hatte, an einer Seite leicht angekohlt.

»Sicherlich der Gottmensch, den die Juden gekreuzigt haben«, vermutete Starzew, seiner Sache nicht ganz sicher.

»Christus war übrigens selber ein Jude, wenn wir schon darüber reden«, teilte Doktor Wulfson mit.

»Warum haben sie denn einen der Ihren getötet?« fragte Analko verwundert.

»So war's nun mal«, bestätigte Starzew. »Die Jahre werden von Christi Geburt an gezählt, von Weihnachten an.«

»Dann wäre dieser Christus, wenn er auf Erden lebte, so viele Jahre alt, wie jetzt gefeiert werden?« fragte Analko.

»Höchstwahrscheinlich, obwohl ein Mensch so lange nicht leben kann …«

»Ein Mensch nicht, aber Gott«, sagte Analko überzeugt.

»Übermorgen haben wir Badetag«, erinnerte sich Starzew. »Jetzt heizt Tajan das Bad und bringt Eis für heißes und kaltes Wasser … Er hat mehr zu tun, seit du nicht mehr da bist.«

Atun spürte, wie sich sein Herz in der Brust sonderbar regte und eine Hitzewelle seinen ausgemergelten, hungrigen Körper erfaßte. Augenblicklich stellte er sich die dampfende, breite Holzbank vor, glitschig von warmem Seifenwasser, und darauf den Körper von Nadeshda Indiktorowna.

3

Den ganzen Weg zum Plateau hinauf ging Atun neben den Hunden, die den leeren Schlitten kaum noch ziehen konnten. Er strebte zum Heiligen Kap, um den Gedenkritus für die verstorbene alte Inkali zu vollziehen. Es wehte der übliche Bodenwind, doch die Kälte kam nicht von außen, sondern von innen, aus dem hungrigen, sich zusammenkrampfenden Magen, den Atun von Zeit zu Zeit zu täuschen suchte, indem er einen Schluck aus der an der Brust, an seinem warmen Körper verborgenen Flasche nahm. Wenn er von dem Wasser getrunken hatte, stopfte er die Flasche mit festem Schnee voll und steckte sie wieder ein, unwillkürlich erzitternd bei der Berührung mit ihrer eisigen Oberfläche. Die Haut auf dem Bauch wurde für eine Weile gefühllos.

Atun grub einen Bärenkopf aus dem Schnee und lud ihn auf den Schlitten. Er war zwar ausgetrocknet und verschrumpelt, aber wenn man ihn auskochte, konnte er für einige Tage als Nahrung dienen.

Vom Kap aus, den ziemlich ebenen Streifen zwischen dem Packeis und den Schneewehen am steinigen Uferhang entlang, bewegte sich das Gespann auf die Rodgers-Bucht zu. In den immer stärker werdenden Rauchgeruch, der von den Schornsteinen der Station kam, mischte sich bald noch ein anderer Geruch – von der Kantine, wo das Essen für die Angehörigen der Polarstation zubereitet wurde.

Zuerst tauchten wie gewöhnlich die Masten der Funkstation auf, dann die Rauchfahnen der Öfen und schließlich die im Schnee versunkenen Häuser der Polarstation. Ein wenig abseits rauchte, einem Dampfer gleich, der Schornstein von Apars Häuschen; Apar war ein Tschuktsche, der vor langer Zeit, noch in der Urilyk-Bucht, zum Eskimostamm gestoßen und mit der Tochter des Mannes verheiratet war, der die Eskimos auf die Insel geführt hatte – Ierok. Mit der zweiten Tochter war Starzew verheiratet. Sie waren also gewissermaßen Verwandte. Apar war gastfreundlich und sprach seit langem die Eskimosprache.

Apars Häuschen glich den Holzhäusern der Polarstation, allerdings war es klein und sah nur von außen wie ein Häuschen aus, drinnen aber hatten sie längst schon einen Polog aufgehängt und den Ofen in den kalten Teil versetzt.

Der Hausherr empfing den Gast vor der Tür und grüßte, wie es sich gehört; er half, die Hunde festzubinden, spannte den Schlitten aus und legte ihn aufs Hausdach – die hungrigen Hunde hätten die Riemenhalterung annagen können.

Bevor die Rede auf Neuigkeiten kam, reichte Nanechak Tee, schob Atun eine Blechdose mit zerkleinertem

Stückzucker zu und brachte aus dem Frost ein Stück alten, grün gewordenen Kolpachen. Sie wußte, daß in der einsamen Jaranga Hunger herrschte, daher brachte sie das letzte, was im Haus war.

»Für die Hunde koche ich alte Walfischknochen aus«, erklärte Apar.

Vor drei Jahren hatten sie hier, am Ufer der Rodgers-Bucht, einen Wal erlegt. Das riesige Gerippe ragte noch lange aus dem Flachwasser, lockte Polarfüchse an, mitunter auch Eisbären. Alles, was aus dem Wasser und im Winter aus dem Eis ragte, war längst abgenagt, und um auch nur halbwegs Brauchbares zu finden, mußten sie tief unter dem Eis Knochen heraushacken – daran hingen noch Fleischreste. Unten auf dem Grund konnte man sogar noch Spuren von Fett gewinnen, behauptete Apar.

»Vater hat ein Netz aus dünnen Robbenriemen geflochten«, sagte Atun. »Damit versuchen wir, Seehunde zu fangen.«

»Gestern hat Utojuk einen Seehund mit einem Netz herausgezogen«, sagte Apar. »Er war zwar schon von Garnelen angefressen, aber es hat sich doch gelohnt. Ich habe auch ein Netz aufgestellt, aber noch nichts gefangen.«

»Solange die Sonne nicht überm Horizont auftaucht, werden sich die Seehunde unterm Eis verbergen«, seufzte Atun und hielt Nanechak seine Tasse hin.

»Heute haben die Leute der Station Badetag«, sagte sie. »Uns lassen sie nicht mehr ins Bad. Dabei haben sie uns immer wieder zugeredet, wir sollen uns waschen. Die jetzt gekommen sind, ähneln gar nicht Russen.«

»Nichtrussen gibt es unter ihnen nur zwei: Doktor Wulfson und seine Frau«, erläuterte Atun.

»Äußerlich unterscheiden sie sich aber nicht«, wandte Nanechak ein.

»Trotzdem ist der Unterschied zwischen ihnen großer

als der zwischen Eskimos und Tschuktschen, denk ich mir«, sagte Atun. »Auch alte Kränkungen können sie schwer vergessen. Diese Juden, natürlich nicht der Doktor und seine Frau, sondern ihre Vorfahren, haben angeblich den russischen Gottmenschen zu Tode gequält, haben ihn auf dem Gipfel eines Berges an ein geodätisches Zeichen genagelt. Seither sind über tausend Jahre vergangen, aber sie erinnern sich bis zum heutigen Tag daran und werfen es einander vor.«

»Die Bolschewiken halten wohl nichts von der Religion«, entsann sich Apar.

»Vielleicht haben das auch gar nicht die Bolschewiken getan«, sagte Atun nachdenklich. »Sie sind doch erst siebzehn Jahre an der Macht, haben das neulich gefeiert, haben Lieder gesungen und geschworen, wie ein Mann zu sterben, damit der weiße Mann der oberste Chef auf Erden ist.«

»Jetzt wollen sie das neue Jahr feiern«, teilte Nanechak mit.

»Sie haben aber viele Feiertage.« Atun seufzte aus irgendeinem Grund und erhob sich. »Ich seh mir mal an, wie die andern leben.«

Aus dem ihm bekannten Schornstein stieg dichter Rauch. Unwillkürlich trugen die Beine Atun zum Trampelpfad, der vom Speiseraum zum Badehaus führte. Aus der weit offenen Tür kam plötzlich ein in Dampf gehüllter Mann gesprungen und ließ sich mit lautem Kampfgeschrei in den Schnee fallen. Nach ihm kamen noch zwei. Sie brüllten, lachten, bewarfen sich mit Schnee, wälzten sich im Schnee, liefen dann zurück ins Badehaus und verschwanden hinter der dicken, von der Feuchtigkeit aufgequollenen knirschenden Tür.

Im Feuerungsraum saß auf einer Bank Tajan und rauchte trübsinnig. Sein gewöhnlich sauber gewaschenes

Gesicht war mit Kohle beschmiert, und auch seine Kleidung war nicht gerade ordentlich … Ja, das Badehaus heizen und Eisstücke, Klumpen festen Schnees herbeitragen, um Wasser zu gewinnen, war etwas anderes, als im Vorratslager zu notieren, wer wieviel Zucker, Tee, Mehl und Kondensmilch genommen hatte …

»Du hier!« rief Tajan erfreut. »Wie geht es euch da in der Siedlung?«

»Wir leben«, erwiderte Atun knapp. »Wir haben die alte Inkali begraben.«

»Ja, Starzew hat es erzählt.« Tajan nickte.

»Und wie steht es bei euch hier?«

Tajan schwieg. Ihm gefiel das jetzige Leben in der Station nicht, vor allem nicht seine Arbeit, die endlosen Raufereien und Zankereien, das Geschimpfe des neuen Chefs. Da er sich aber bereits einer etwas anderen Schicht zugehörig fühlte als die einfachen Eskimo-Jäger, antwortete er munter: »Wir leben, erfüllen den Plan der wissenschaftlichen und anderen Arbeiten …«

»Tajan!« schrie jemand aus der Tiefe des Badehauses. »Schür das Feuer, die Hitze läßt nach.«

Tajan öffnete die gußeiserne Ofenklappe und schürte mit dem Feuerhaken die glühende Schicht zusammengebackener Kohle. Es war zu sehen, daß der junge Mann im Umgang mit der brennenden Steinkohle nicht sehr geschickt war. Plötzlich bot Atun an: »Weißt du was? Ich bleibe für dich hier.«

»Wirklich?« rief Tajan erfreut. »Soll ich nicht den Leiter bitten, daß er dich wieder nimmt?«

»Lieber nicht«, antwortete Atun dumpf. »Ich möchte dir einfach helfen und mich daran erinnern, wie ich es früher gemacht habe.«

Als Tajan gegangen war, überprüfte Atun, was für Kohle zum Heizen bereitlag, wie viele Eisstücke und

Schneeklumpen und ob sie reichen würden, suchte dann größere Brocken Steinkohle heraus und legte sie sorgfältig auf die Glut. Die Kohle brannte sofort an, begann sogar zu zischen, und Atun wußte: das war ein gutes Zeichen, verhieß echte, langandauernde Hitze.

Sein Herz erstarrte in Erwartung. Ihm schien, heute wüschen sich die Männer ungewöhnlich lange, sie sprangen noch ein paarmal in den Schnee hinaus, schlugen sich mit Birkenruten, übergossen sich mit kaltem Wasser, schöpften im Vorraum mit einer großen Blechkelle eiskalten Kwaß aus einem Holzfaß, tranken gierig, stöhnten vor Vergnügen und stürzten wieder in die Hitze, in die heiße, dampfende Feuchte.

Ja, dachte Atun, indem er das Feuer beobachtete, das hält keine Laus aus, und die Russen brauchen sich keine Sorgen wegen dieser aufdringlichen Insekten zu machen, die sich nun aus unerfindlichem Grund auf dem hungrigen Körper besonders reichlich vermehrten, ebenso wie im kalten Bett, im ausgekühlten, nicht beheizten Polog, in der Fellkleidung an dem mageren, hungrigen Körper.

Endlich waren die Männer mit dem Waschen fertig. Solange sie sich anzogen, blieb Atun im Feuerungsraum sitzen, weil er ihnen nicht unter die Augen geraten und unnütze Fragen vermeiden wollte. Er hatte sich von allen abgewandt und schürte eifrig die brennende Kohle.

Dann kamen die Frauen. Auch sie wuschen sich lärmend, blieben aber nicht so lange im Dampf, liefen auch nicht laut schreiend und wüst fluchend wie ihre Männer in den Schnee.

Endlich war Nadeshda Indiktorowna an der Reihe. Atun brachte sich im Vorraum in Ordnung, wusch die feuchten, am Holz klebenden Blätter von den Birkenruten ab, säuberte von ihnen den Fußboden, die Wände und die Bänke, überschüttete den Innenraum des Bades mit klarem heißem Wasser und sorgte für Dampf, um es gut zu erhitzen.

Hin und wieder blickte Atun aus dem Bad, um die aus ihrem Haus kommende Nadeshda Indiktorowna zu sehen.

Wie er erwartet hatte, erschien sie in einem langen, bis zu den Fersen reichenden Pelzmantel, und darunter sah Atun bereits den von ihren schweren Schritten wogenden üppigen weißen Körper, die wie mit Eiderdaunen gefüllten großen Brüste … Aber neben ihr trippelte der Biologe Wakulenko. Er lief etwas voraus, erzählte und gestikulierte.

Schnell schlüpfte Atun wieder in den Feuerungsraum. Nur sein Gehör, von erhitzter Einbildungskraft unterstützt, ließ ihn alles miterleben, was sich dann zutrug: wie Nadeshda Indiktorowna den Pelzmantel abwarf, die Filzstiefel auszog, wie sie selbst – vielleicht war es aber auch Wakulenko – ihren Körper klopfte … Atun hörte die weichen Klapse, das unterdrückte, von wachsender Begierde aufglucksende Frauenlachen, den schweren Atem des Biologen, den Aufschrei Nadeshda Indiktorownas, als sie den Schwitzraum betrat, das Zischen des Wassers, das mit einer langgestielten Kelle auf die glühenden Steine geschüttet wurde … All das brachte Atun fast um den Verstand, er war völlig verwirrt und wußte nicht, was tun.

Etwa zwanzig Minuten später kam Wakulenko aus dem Bad. Er schlenderte zum Speiseraum, und Atun, der die Feuerungsstelle verlassen hatte, blickte ihm mit kaum verhohlener Wut nach.

»He, wer ist da?« vernahm er eine Frauenstimme aus dem Bad. »Tajan! Komm!«

Sie rief Tajan? Dann hatte also auch Tajan mit ihr … Atun trat ins Bad.

Nadeshda Indiktorowna lag ausgestreckt auf einer breiten Holzbank. An ihrem Gesichtsausdruck und ihrer Stimme erkannte Atun, daß Wakulenko diesmal ihre Erwartungen nicht enttäuscht hatte.

»Du?« rief Nadeshda Indiktorowna verwundert. »Warum bist du hier? Wo ist Tajan?«

Atun war alles klar.

»Na, wenn du schon hier bist, bring einen Brocken Schnee. Verstehst du, Schnee, weißen.« Atun erinnerte sich, wie Nadeshda Indiktorowna ihren üppigen Körper, das Gesicht und vor allem Wangen und Hals mit Schnee abgerieben hatte.

Schnee lag in Würfeln am Eingang zum Badehaus.

Neben dem Schneehaufen stand Doktor Wulfson. Er hatte offensichtlich nicht erwartet, Atun hier zu sehen. »Was machst du denn hier?« fragte er leise. »Verschwinde sofort! Wenn dich der Leiter sieht, bringt er dich um! Verschwinde augenblicklich!« Er schob Atun regelrecht vom Bad weg, drückte mit seinem ganzen schwächlichen Körper gegen ihn.

Wartete er vielleicht auf seine Gelegenheit, sich auf den üppigen, warmen, von der Feuchtigkeit klebrigen Körper Nadeshda Indiktorownas zu legen? Wer weiß, wie sie sind, diese Russen. Aber Doktor Wulfson ist doch gar kein Russe … Auch Atun ist kein Russe, und Tajan ist auch keiner …

Der Doktor aber war unerbittlich. Als er Atuns Schwanken gewahrte, sagte er, jedes Wort einzeln betonend: »Wenn du nicht von selber gehst, rufe ich den Vorgesetzten, Konstantin Dmitrijewitsch Sementschuk!«

Atun warf den Schneebrocken vor die Schwelle und ging, die Zähne zusammengebissen und voller Haß auf diesen Nichtrussen, der den Russen so ähnlich sah, langsam zu seinem Gespann.

4

»Warum hast du ihn denn nicht verloren?« fragte Wakulenko Starzew vorwurfsvoll mit trunkener Stimme. »Dort auf dem Plateau, in den Bergen … In seinem Schafpelz hätte er kaum die Siedlung erreicht.«

»Wir hatten doch klares Wetter«, rechtfertigte sich der merklich beschwipste Starzew. »Sicht bis zur Küste. Der Mond schien, die Sterne. Wie konnte ich ihn da verlieren?«

»Der Chef hatte so auf dich gebaut«, sagte Wakulenko bedauernd und vorwurfsvoll und schielte zu Sementschuk hin, der, vom Bad ermattet, auf einem Sofa lag.

»Du wirst noch mal fahren müssen«, fuhr Wakulenko fort. »Es heißt, jemand in der Somnitelnaja-Bucht ist erkrankt. Was meinst du, Starzew?«

»Fahren kann ich ja«, seufzte Starzew.

»Diesmal mußt du aber den Doktor verlieren«, sagte Wakulenko belehrend.

»Dann erfriert er doch«, rief Starzew entsetzt und schniefte.

»Vielleicht erfriert er auch nicht«, sagte Wakulenko einlenkend. »Wir müssen es mal probieren. Vielleicht kann ein Jude in arktischem Klima überleben?«

»So kann weder ein Jude überleben noch ein Russe«, bezweifelte Starzew. »Sogar ein Eskimo hält es in Schafpelz und Filzstiefeln bei solchem Frost nicht lange aus.«

»Vom wissenschaftlichen Standpunkt aus wäre das aber interessant, nicht?« wandte sich Wakulenko an den Leiter und sagte drohend: »Du bist entweder tatsächlich ein Dummkopf, Stepan, oder du verstellst dich. Aber vergiß nicht: Wenn der Doktor den Zuständigen auf dem Festland meldet, wie du dich mit Lawaks minderjährigen Töchtern amüsiert hast, wirst du lange im Knast sitzen ... Kapiert?«

Erschrocken fuhr Starzew zusammen und brummte etwas vor sich hin.

Offen gesagt, stand es in der Polarstation schlecht um die Arbeit. Die Disziplin ließ viel zu wünschen übrig. Das ging so weit, daß die Meteorologen sich betranken und die Meßgeräte nicht rechtzeitig ablasen und der Funker Termine für die wichtige Verbindung mit dem Festland, mit der Hauptverwaltung des Nördlichen Seewegs, verpaßte. Sementschuk mußte verzweifelt lügen und alles auf die Naturkräfte schieben, auf starken Schneesturm, katastrophalen Frost und eine Invasion von Eisbären. Einmal mußte er sogar vorgeben, wilde Tiere hätten den Mast der Funkstation umgeworfen, worauf ein Bericht angefordert wurde, wie das vor sich gegangen sei und wie viele Tiere an dem Überfall auf die Station beteiligt gewesen seien.

Am schlimmsten war es mit der einheimischen Bevölkerung. Die Eskimos starben dahin wie die Fliegen. Offenbar hatten Krankheiten schon vorher in ihnen gesteckt, ausgebrochen waren sie aber in den Tagen des Hungers. Für sie erwies sich sogar eine gewöhnliche Erkältung als tödlich. Besonders bei Kindern.

Sementschuk wußte, daß Doktor Wulfson alles notierte, um es der Moskauer Obrigkeit zu melden. Er hatte das selbst laut im Speiseraum gesagt.

Damals hatte Sementschuk dazu geschwiegen.

Geschwiegen hatten auch alle übrigen Mitarbeiter der Station; nur der treue Wakulenko hatte versucht, etwas einzuwenden, aber der Leiter hatte ihm so einen Blick zugeworfen, daß der Biologe den Mund hielt.

Das Jahr 1934 ging zu Ende, das siebzehnte Jahr des

Staates der Arbeiter und Bauern, der bereits von der ganzen Welt anerkannt war und sich seines Kollektivismus rühmte. Überall, so hieß es in der sowjetischen Presse, blühten die Kolchosen auf, doch der wichtigste Beweis für den Sieg des neuen Bewußtseins, des neuen, vom Marxismus-Leninismus geleiteten Menschen war die »Tscheljuskin«-Epopöe. Alle Flieger, die an der Rettung der unglücklichen Opfer der Schiffskatastrophe beteiligt waren, erhielten den neugeschaffenen Titel eines Helden der Sowjetunion.

Und alle Erfolge des jungen Staates UdSSR wurden der weisen und unermüdlichen Tätigkeit des großen Führers, des treuen Leninisten Josef Wissarionowitsch Stalin zugeschrieben.

Sechster Teil

1

Sementschuk ließ den Doktor rufen und teilte ihm mit, daß nach einer Meldung, die er von Jägern erhalten hatte, in der Somnitelnaja-Bucht etliche Leute erkrankt seien und ärztliche Hilfe benötigten. »Fahren Sie hin«, sagte Sementschuk und versprach: »Sie erhalten einen eigenen Schlitten.«

»Ich kann aber keine Hunde lenken«, sagte der Doktor unsicher.

»Das ist doch gar nicht schwer.« Sementschuk machte eine lässige Handbewegung. »Wakulenko hat es gelernt. Obendrein fahren Sie nicht allein, sondern mit einem erfahrenen Begleiter, mit Starzew. Sie fahren einfach hinter ihm her, das ist alles!«

In einem eigenen Schlitten zu fahren war natürlich bequemer, als sich zu zweit in einen gemeinsamen zu drängen, wo es sogar für einen allein eng ist. Man kann mehr aufladen, einen Schlafsack und Futter für die Hunde mitnehmen.

»Du mußt dich richtig anziehn«, sagte Gita Borissowna. »Tajan hat gesagt, im Vorratslager gebe es Spezialkleidung für solche Fahrten.«

Doch als der Doktor nach Pelzkleidung fragte, erwiderte Sementschuk: »Daran hätten Sie früher denken müssen! Es gibt Pelzwerk, Beinfell von Rentieren, Zeit war genug, um sich daraus Pelzbekleidung zu nähen!«

»Im Lager gibt es schon fertige«, erinnerte Wulfson.

»Die ist aber für den Leiter bestimmt«, antwortete

Sementschuk. »Ich kann sie jeden Augenblick benötigen.«

»Dann fahre ich nicht«, sagte Wulfson, der sich noch gut erinnerte, wie ihm die Kälte durch den bloßen Schafpelz zugesetzt hatte. Auf der Fahrt von der Nordküste zur Siedlung der Station war er so erstarrt, daß er nicht einmal vom Schlitten steigen konnte und Starzew ihn wie einen Kranken oder ein kleines Kind ins Haus tragen mußte. Drinnen hatte sich sein Körper langsam wieder erwärmt, doch unter starken Schmerzen für die erkalteten Gelenke, Muskeln und Gefäße.

»Das müßte ich als Sabotage werten und unter diesem Gesichtspunkt unverzüglich nach Moskau melden«, drohte Sementschuk.

Der Doktor erzählte alles seiner Frau, und Gita Borissowna riet ihm, von den Eskimos Kleidung zu nehmen.

Tajan überließ ihm bereitwillig warme Unterkleider. »Keine Sorge, Doktor«, versicherte er. »Läuse sind weder im Hemd noch in der Hose. Ich hatte die Sachen im Frost, alle Insekten sind tot.«

Als Oberbekleidung fanden sich auch eine Kuchljanka, eine sackartige Kamlejka mit breiter Bauchtasche, dazu Beinfell-Torbassen und Pelzstrümpfe.

Die Torbassen gab ihm Apar, und seine Frau Nanechak zeigte, wie man solche Stiefel richtig anzieht, wie man eine Schicht Gras zwischen die Robbenfellsohle und die Pelzstrümpfe stopft. Das Gras müsse man aber wechseln und trocknen.

»Während die eine Portion trocknet, geht man mit der anderen«, sagte Nanechak und fügte hinzu: »Ich habe Grigori Uschakow beigebracht, wie man Torbassen richtig trägt, und er hat sich nie die Füße erfroren.«

Endlich waren die Vorbereitungen beendet. Die Hunde, die sie bekamen, waren ziemlich schlecht, die besseren wurden, wie sich herausstellte, für den Leiter und für den Biologen Wakulenko zurückgehalten, der dieser Tage die für Polarfüchse aufgestellten Fangeisen überprüfen wollte.

»Diese Hunde sind auch nicht schlecht«, tröstete Starzew den Doktor. »Zumindest besser als die der Eskimos, sie werden immerhin gefüttert, wenn auch nur sparsam. In meiner Spur werden sie gut laufen.«

Bei all diesen Vorbereitungen hatte Wulfson das Zeitgefühl völlig verloren und war sehr verwundert, als seine Frau ihn weckte. »Es ist Zeit«, sagte sie. »Wir haben schon Morgen.«

Im Zimmer duftete es nach frisch gekochtem Kaffee. Durch das vereiste Fenster war nichts zu sehen, doch da von draußen kein Laut hereindrang, war zu vermuten, daß zumindest kein Schneesturm wütete. Es würde auch kaum schneien, weil die Temperatur in den letzten Tagen sehr tief und die Luft von glitzernden Rauhreifkristallen erfüllt gewesen war, die man aber nur vor dem Hintergrund erleuchteter Fenster sah. Am Himmel, den ein bleicher Streifen morgendlichen Polarlichts überzog, strahlten frostige Sterne.

Gita Borissowna stand in einem Pelzwams auf den Vorstufen, und der Doktor bat sie ein paarmal, doch in den warmen Raum zurückzugehen, damit sie nicht fror.

»Ich halte es schon aus«, sagte Gita Borissowna. »Mir ist nicht kalt.«

Niemand sonst gab den Abfahrenden das Geleit. Wulfson wunderte das nicht. Die Eskimos kamen und verschwanden ohne besondere Zeremonien. Auch diesmal schliefen alle Angehörigen Starzews ruhig weiter, nur seine Frau Sanechak blickte verschlafen aus der Tür und verzog sich wieder ohne ein Wort für ihren abfahrenden Mann.

»Na, dann gute Reise«, sagte Gita Borissowna, als ihr Mann ungeschickt auf dem Schlitten Platz genommen hatte.

Starzew schrie auf die Hunde ein, sein Schlitten fuhr mit knirschenden Kufen an, und ihm folgten die Hunde des zweiten Gespanns. Der Doktor riß noch schnell den Ostol – den Bremspflock – aus dem festen Schnee, und schon bewegte sich seltsamerweise auch sein Schlitten vom Fleck. Ein paarmal blickte sich der Doktor noch um und sah die erstarrte Gestalt seiner Frau, bis sie im grausilbrigen Licht der Sterne und des Schneeschimmers verschwand.

Die Hunde liefen gleichmäßig, ohne stehenzubleiben oder die Geschwindigkeit zu verringern. Vor Steigungen sprang der Doktor, Starzews Beispiel folgend, vom Schlitten und stapfte, sich am Baran – dem Holzbügel über dem Schlitten – festhaltend, nebenher und spürte, wie sein Blut schneller durch die Adern rann, sein Körper sich erwärmte und er sogar in Stimmung kam.

Etwa zwei Stunden später, als der rote Streifen der Morgenröte das bleiche Polarlicht verdrängt und den halben Himmel überzogen hatte, hielt Starzew seinen Schlitten an. Er stieß seinen Ostol fest in den Schnee, ging zum Doktor, half ihm, das Hundegespann sicher anzupflocken, und zeigte ihm, wie man den Schlitten so kippte, daß die Kufen nach oben wiesen.

»Wir wollen sie polieren!«

Das Kufenpolieren ist wohl eine der unangenehmsten Prozeduren bei der Fahrt mit Hundegespannen. Man befeuchtet einen Fetzen Bärenfell mit Wasser aus einer am nackten Bauch getragenen Flasche und zieht ihn so über die Holzkufen, daß darauf eine gleichmäßige Eisschicht entsteht. Starzew half dem Doktor, ohne seine Überlegenheit besonders herauszukehren. Geduldig erklärte er, daß die Eisschicht ganz gleichmäßig sein müsse, man daher beim Auftragen nicht zu schnell und nicht zu langsam die Kufen entlanglaufen dürfe. Zuerst bilde sich trübes, weißliches Eis, doch zusehends werde es durchsichtig, und so müsse eine gut polierte Kufe aussehen.

Nach dem Polieren füllten die Gespannführer die Flaschen mit festem Schnee. Als der Doktor das bereifte Gefäß im Inneren seiner Kuchljanka versenkte, konnte er einen leichten Aufschrei nicht unterdrücken.

»Ganz schön kalt, was, Doktor?« Starzew lachte. »Macht nichts, das geht schnell vorüber, bald ist der Schnee getaut, dann gluckert da Wasser.«

Ihr Weg führte zu dem Lager im Nordwesten, wo Tagju überwinterte und am äußersten Rand der Insel Fangeisen aufgestellt hatte. Als Wohnung diente ihm ein seltsamer Bau: weder Jaranga noch Erdhütte, noch Häuschen, sondern etwas dazwischen. Er hatte sogar einen Polog aufgehängt, aber nur vorne. Die übrigen drei Wände bestanden aus Treibholz, in einer Wand schimmerte unter einer dicken blauen Eisschicht ein winziges Fenster.

Tagju war gar nicht so krank. Wie alle hungernden Eskimos war er stark abgemagert und geschwächt, wirkte aber ebenso wie seine Frau noch recht munter.

Sein Geist war vom Hunger geschwächt, und er neigte offenkundig dazu, lieber auf den Schamanen zu hören. Der Doktor aber zog aus seinem Koffer das berüchtigte gläserne Stäbchen, bei dessen Anblick der ebenfalls anwesende Atun spöttisch bemerkte: »Na also, jetzt hat er seine stärkste Medizin herausgeholt.«

Wulfson blickte den jungen Schamanen böse an und bat ihn, den Raum zu verlassen. »Sie stören mich«, sagte er streng.

Atun flammte auf. Doch das merkte niemand, denn

seine Haut war sehr dunkel; er selbst aber spürte, wie ihm der Schweiß ausbrach und heißes Blut aus der Tiefe seines Herzens in alle Gefäße schoß.

Im kalten Teil der Jaranga setzte Starzew den Männern verdünnten Sprit vor, sie tranken ihn aber ohne die übliche Munterkeit. Der Alkohol verstärkte lediglich das Hungergefühl. Sie nagten an weißlichen, in Wasser ausgekochten gegerbten Robbenfellriemen und blickten gleichmütig in die bleiche Flamme, die über dem Feuer züngelte.

Als Wulfson aus dem Polog trat, konnte der lächelnde, zufriedene Atun kaum noch an sich halten. Ihm schien, alles Übel, das mit der Ankunft der neuen Besatzung der Polarstation über dieses Land gekommen war, konzentriere sich einzig in diesem mickrigen weißen Mann, der mit seiner Blässe an eine hungrige Laus erinnerte. Der Doktor hatte den Vater verspottet, ihn lächerlich gemacht, vor seinen Landsleuten erniedrigt, hatte ihn Betrüger und Scharlatan genannt, der die Leute vom rechten Leben, von der richtigen Weltsicht, ja sogar von der richtigen Heilung abbringe. Einmal hatte der Doktor sogar gefragt, wieviel die Eskimos für die Heilung zahlen müßten ... Und er selber ... Seine ganze Ausrüstung bestand aus einem gläsernen Stäbchen und bitterem weißem Pulver ... Einmal hatte er sogar Apars Sohn ein Dutzend Saugnäpfe auf den Rücken gesetzt, dem Jungen die Haut verunstaltet und unerträgliche Qualen zugefügt, die ihn trotzdem nicht von der Krankheit erlösten. Soweit Atun Starzews wirrer Übersetzung entnehmen konnte, besaß der Doktor einen Satz spezieller Messer, mit denen er nach Anbruch der warmen Tage die Bäuche erkrankter Eskimos aufschneiden wollte, um die von der Krankheit betroffenen inneren Organe herauszunehmen. Wie ein Mensch ohne lebensnotwendige Organe existieren soll, selbst wenn die krank sind, war für Atun unvorstellbar. Von einem nur war er überzeugt: Seinen Landsleuten drohte ein schreckliches Unglück – die lichte Zukunft der Bolschewiken.

Was war das nur für eine Zukunft? So zu leben wie die von fern hergekommenen Leute der Polarstation? Lager voller Eßwaren und anderer Vorräte, leichte Arbeit, jede Woche Waschen im heißen Schwitzbad, Lesen und Schreiben lernen? Einige Eskimos hatten an so einem Leben Gefallen gefunden. Tajan beispielsweise konnte nur in einem Holzhaus wohnen. Auch Apar hatte versucht, ein richtiges Holzhaus zu bauen. Aber diese Versuche riefen nur den Spott der eigenen Leute hervor, giftige Bemerkungen … Nein, ganz hatte man sie nicht ausgegrenzt, aber ihnen haftete gleichsam ein Makel an, wie es bisweilen sogar einem normalen Menschen widerfährt. Um sich davon zu befreien, muß man sich einem besonderen Reinigungsritual unterwerfen, doch das lehnte Tajan ab: Schamanen, so erklärte er, glaube er nicht mehr.

Wenn man es recht bedachte, verhieß so ein Leben nichts Gutes. Die Eskimos würden es verlernen, Wild aufzuspüren, auf Jagd zu gehen, würden sich der eigenen Nahrung entwöhnen … Ewig würden die russischen Bolschewiken auf der Insel nicht bleiben, vermutete Atun. Sie suchten hier irgend etwas. Hätten sie sich entschieden, wirklich auf der Insel zu bleiben, dann würden sie nicht alle drei Jahre wechseln. Der erste Herr der Insel, Uschakow, hatte gesagt, die Amerikaner wollten sich die Insel aneignen. Doch wie sich herausstellte, war die Insel nicht ständig bewohnt gewesen, also hatte das Land auch niemandem gehört. Denn nur ein Volk, das von jeher an einem Ort lebt, sei es eine Insel oder Festland, ist Besitzer des Landes. So wie die Sippe Analkos.

Sie stammt vom Kap Kiwak, und niemandem würde es in den Sinn kommen, ihr das streitig zu machen …

Warum eigentlich bewachte der Doktor Nadeshda Indiktorowna so vor Atun?

Der Gedanke an sie durchbohrte Atuns Herz wie ein glühender Pfeil, er atmete heftig. Der Wunsch, diesen Mann, der Nichtrusse war, totzuschlagen, niederzumachen, wurde so stark, daß der junge Schamane die Jaranga verließ.

2

Der Weg in die Somnitelnaja-Bucht führte durch hügelige Tundra, die von festem Schnee bedeckt war. Als die Schlitten die Küste weit unter sich gelassen hatten, kam Wind auf, und bald wirbelte ein Schneesturm um des Doktors Gesicht, schossen ihm spitze, stechende Schneekristalle in die Kehle. Er hustete, wandte das Gesicht ab und versuchte dem Schlittenführer zuzurufen, er möge anhalten; doch je weiter er den Mund aufriß, desto weniger Luft bekam er in seine Lungen.

Starzew verschwand zeitweise in dem wirbelnden weißlichen Dunkel, tauchte wieder auf.

Wulfson schrie laut auf seine Hunde ein, sie stürmten vorwärts und holten den vor ihnen fahrenden Schlitten ein, überholten ihn sogar ein wenig. Der Doktor kannte den wetteifernden Charakter der Hunde noch nicht – unbedingt mußten sie den voranfahrenden Schlitten überholen.

»Na, es stürmt wohl?« fragte Starzew fröhlich und bremste sein Gespann. Sein Verhalten wurde auf einmal sonderbar, er entfaltete zuvorkommende Geschäftigkeit und aufgeregte Hast, sprudelte die Worte nur so hervor.

»Fahr nicht zu weit vor, bitte«, sagte Wulfson. »Sonst verlieren Sie mich noch.«

Der Schneesturm war in der Tat heftiger geworden, er fegte über den Boden, ließ mitunter die Hunde und den voranfahrenden Schlitten aus dem Blickfeld geraten. Sie hielten wieder einmal an, um die Kufen zu polieren.

Wulfson hatte sich schon an diese nicht sehr angenehme Arbeit gewöhnt. Das Kufenpolieren an sich war nicht besonders schwierig, wenn man eine bestimmte Fertigkeit erlangt hatte, aber die mit Schnee gefüllte Flasche an den nackten Körper stecken ...

Starzew ging um seinen Schlitten herum und sagte dann heiser: »Tja, Doktor, an meinem Schlitten hat sich der Bügel gelockert, ich muß das reparieren ... Fahr so lange vor. Ich hole dich schon wieder ein.«

»Ich weiß doch nicht, wohin ...«

»Da ist der Kompaß. Halt Kurs in diese Richtung.« Starzew zeigte nach Südosten. »Fahr langsam, treib die Hunde nicht an, ich hole dich ein.« Starzews Stimme klang ungewöhnlich freundlich.

»Und wenn wir uns verlieren?« sagte der Doktor unsicher. »Wenn ich mich verirre?«

»Wie kannst du dich hier verirren?« sagte Starzew spöttisch. »Es ist doch eine Insel. Außerdem hast du einen Kompaß und eine Winchester. Falls nötig, schießt du, ich höre es schon.«

»Nein, ich warte lieber auf dich«, sagte Wulfson nach kurzem Nachdenken und setzte sich im Schlitten bequemer.

»Wie du willst.« Starzew spuckte aus. »Aber wenn du da sitzen bleibst, erfrierst du.«

Und wirklich, nachdem Wulfson an die zwanzig Minuten zugesehen hatte, wie Starzew den Baran bedächtig aus dem Riemen löste, ihn dann lange betrachtete, Maß nahm, mit dem Messer etwas abhobelte, spürte er, wie die Kälte in seine Zehenspitzen, in seine Füße drang, als ob sich spitze, kalte Nadeln in die Haut bohrten und zu den Knochen vorstießen. Der Doktor versuchte, die Zehen zu bewegen, aber das half nicht viel. Auch seine Hände erstarrten in den unversehens kalt gewordenen Renfell-Fäustlingen.

Der Wind schien nicht stärker geworden zu sein – mitunter tauchte er Schneezungen und Wächten in aufgewirbelten Schneenebel, dann wieder legte er sich, und es bot sich kilometerweite Fernsicht. Wäre nicht Polarnacht gewesen, dann hätte man von hier sogar die Somnitelnaja-Bucht erkennen können und das mit Packeis bedeckte Meer – die De-Long-Straße, die das Festland von der Wrangel-Insel trennte.

»Bist du bald fertig?« fragte der Doktor.

»Ich habe noch zu tun«, antwortete Starzew und packte mit den Zähnen einen widerspenstigen Riemenknoten.

»Na schön«, sagte Wulfson, für sich selbst überraschend. »Ich fahre langsam los, aber halt dich nicht zu lange auf!«

»Fahr zu, fahr«, rief Starzew erfreut. »Keine Bange, ich hole dich ein.«

Der Doktor trieb die halbverschneiten Hunde an. Zu seiner Verwunderung und Freude lief das Gespann recht flink. Allerdings half den Hunden der Rückenwind. Wulfson hielt genau den Kurs ein. Nachdem er eine Weile, sich am Bügel festhaltend, neben dem Schlitten hergelaufen war, merkte er, wie das Blut wieder Wärme durch seinen Körper jagte; sogar die halb gefühllos gewordenen großen Zehen erwärmten sich wieder. Er setzte sich auf den Schlitten, und die Hunde, da sie die Last spürten, wurden gleich langsamer, verfielen in einen kräfteschonenden Schritt.

In einer Fell-Kuchljanka zu fahren ist gar nicht so übel, dachte der Doktor, während er sich möglichst bequem zurechtsetzte. Seine Besorgnis hatte sich verflüchtigt, ein unerwartetes, erleichterndes Gefühl der Ruhe, ja der Schwerelosigkeit in dem verschwimmenden, unfaßbaren Raum zwischen der verschneiten Tundra, dem wirbelnden Schnee und den am dunklen Himmel durch den Treibschnee glitzernden Sternen war über ihn gekommen.

Plötzlich spitzte das Leittier die Ohren. Auch die übrigen Hunde stellten die Ohren auf. War es Einbildung, oder hatte tatsächlich etwas Langes, Schnelles ihren Weg gekreuzt ... Vielleicht Starzew? Der Doktor bremste den Schlitten, indem er den Ostol ungeschickt zwischen die Schlittenstreben stieß. Die Hunde blieben stehen und legten sich sofort in den Schnee.

Der Zeit nach hatten sie noch keine große Strecke zurückgelegt. Er wollte lieber hier auf seinen Begleiter warten, als das Risiko eingehen, sich weit zu entfernen. Zudem hatte sich die Sicht verschlechtert, der Wind war offensichtlich stärker geworden, und auch der Sternenhimmel wurde vom aufgekommenen Schneesturm verdeckt. Wulfson schlug den Ostol fester in den durch die eisigen Winde hart gewordenen Schnee, setzte sich bequemer und zog Zigaretten heraus.

Am siebenundzwanzigsten Dezember abends heulten an der Küste der Somnitelnaja-Bucht die Hunde auf.

Aus der äußersten Jaranga trat Kmo, kniff die Augen zusammen und erkannte Starzew. Der für gewöhnlich lustige, unverdrossene Schwiegersohn der Eskimos wirkte sehr bedrückt. Auch Jetuwgi und Palja kamen aus ihren Jarangas und halfen dem Ankömmling, wie es Brauch ist. Sie spannten die Hunde aus, ketteten sie an, damit sie sich nicht mit den hiesigen Hunden rauften, und stießen den Schlitten auf das Dach einer Jaranga.

Starzew klopfte lange mit einem Stück Rengeweih den Schnee aus seiner Kleidung. Er bearbeitete das Unterteil der Kuchljanka, die Torbassen, nahm die Pelzmütze ab, klopfte sie extra ab, schüttelte sie etliche Male aus und kroch erst dann in den Polog, der von einer einzigen Tranlampe beleuchtet wurde. Der Tee war schon fertig, auf ein Stück Wachstuch, das auf dem von Walroßhaut bedeckten Fußboden lag, hatten die Frauen Tassen gestellt. Starzew holte Zucker, Hartbrot, eine Dose Kondensmilch aus seinem Reisesack und goß Sprit in die Tassen.

Nachdem er eine Tasse mit Feuerwasser geleert hatte, sagte er dumpf: »Ich habe den Doktor verloren.«

»Wieso – verloren?« fragte Kmo verwundert.

»Erst fuhr er immer hinter mir her«, begann Starzew zu erklären. »Als ich dann den Baran an meinem Schlitten reparieren mußte, hat er mich überholt und ist verschwunden.«

»Er kann nicht mit Hunden fahren«, gab Jetuwgi zu bedenken.

»Nein«, bestätigte Starzew, »aber er ist gefahren.«

»Dann müssen wir ihn suchen!« rief Kmo erregt.

»Ihn jetzt zu suchen hat keinen Sinn«, murmelte Starzew. Er hatte zwar nicht mehr getrunken als die Eskimos, war aber schwer berauscht, zog die Kuchljanka aus und wälzte sich an die Wand. »Ich will schlafen. Morgen fahren wir los.«

Das Schnarchen des Russen erfüllte schnell den Fell-Polog. Kmo aber sagte entschieden: »Ich fahre! Allein ist der Doktor verloren. Bei dem Schneesturm und in dieser Kälte!«

Er trat aus der Jaranga, hatte aber noch nicht den

Schlitten vom Dach gezogen, als der plötzlich wieder wach gewordene Starzew erschien.

»He, Kmo!« schrie er. »Ohne mich findest du ihn nicht ... Warte, wir fahren zusammen!«

Kmo ging in die Jaranga zurück.

Starzew zog noch eine Flasche heraus.

Bald waren die Eskimos ziemlich berauscht, doch Kmo versicherte immer noch, man müsse die Suche aufnehmen.

»Was braucht ihr den Doktor?« lallte Starzew. »Ihr habt bisher ohne ihn gelebt und werdet noch hundert Jahre so leben ... Er liebt euern Schamanen Analko nicht, nein, er mag ihn nicht ... Er will ihn umerziehen, will aus ihm einen Bolschewiken machen ...«

Als sie die Flasche geleert hatten, versank Starzew wirklich in tiefen Schlaf.

Kmo aber fand noch die Kraft, die Hunde anzuspannen und wegzufahren. Zuerst folgte er der Spur von Starzews Gespann, aber bald waren die Kufenspuren restlos verweht, und der Schneesturm zwang den Eskimo zur Umkehr.

3

Wenn von draußen nur der Wind zu hören ist und man im Polog liegt und lauscht, kann man vernehmen, was man will: das Gespräch von Tieren, menschliche Stimmen, den Gesang von Frauen und Männern, Vogelgezwitscher und sogar die quäkende Stimme eines Radios. Vor allem aber nimmt man beim Geheul des Windes die eigenen Gedanken wahr, eigene, nichtausgesprochene Worte, die einander mit Sturmgeschwindigkeit überholen.

Warum war Atun weggefahren, ohne etwas zu sagen? Es war Zeit, mit ihm Wichtiges zu bereden. Er sollte Aina zu seiner Frau erklären. Sie war wohl schon schwanger. Also würde es Nachkommen geben. Das stimmte froh … Doch es wurden wenig neue Menschen auf der Insel geboren, sehr wenig. Und diese Erde würde ihnen fremd bleiben, solange darauf nicht eine neue Generation heranwuchs. Alle anderen würden sich immer an die Urilyk-Bucht zurücksehnen, Kap Kiwak und Kap Sekljuk. Sogar die heiligen Gegenstände, die sie von dort mitgebracht und am Heiligen – Proletarischen – Kap vergraben hatten, schienen sich hier nicht recht wohl zu fühlen.

Nicht einmal die eigene Schamanenkraft war hier die gleiche wie auf der heimatlichen Erde. Irgend etwas störte, unbekannte Hindernisse stellten sich den Gedanken, den Eingebungen entgegen, die Kräfte wurden abgelenkt, schwächten sich ab, und oft genug erreichten sie nicht das vorgesehene Ziel.

Der Widerstreit verschiedener Kräfte und verschiedener Gedanken im Kraftfeld der Einflüsse entmutigte Analko, und insgeheim wunderte er sich: Woher kamen in dieser Einöde, wo außer einer Handvoll Amerikaner zuvor angeblich niemand gelebt hatte, die Spuren anderer Geister, ein Weiterwirken unbekannter Kräfte? Sie störten ihn, hinderten ihn, seinen Willen auf den Raum auszudehnen, den Raum zu durchdringen, den die Ufer der Insel markierten. Mehr erwartete Analko ohnehin nicht. Die Menschen, um die er sich zu sorgen hatte, lebten auf diesem kleinen Festland in weit voneinander entfernten Siedlungen.

Der Sohn machte ihm Freude und bereitete ihm Kummer. Freude machte ihm seine unstrittige Begabung – Fähigkeiten, die sich bis zu einem Maß entwickeln konnten, wo ein Mann zum richtigen, küstenweit anerkannten

Schamanen wird. Der Ruhm und die Ausstrahlung von Analko waren auf die südwestliche Küste der Tschuktschen-Halbinsel begrenzt gewesen und endeten bei Kap Imtyk, hinter dem die Siedlung eines anderen Eskimostammes, der Sirynik, lag. Jetzt hatte sich sein Wirkungskreis eingeengt, endete an den Ufern dieser Insel.

Die Gedanken vermengten sich, wirbelten durcheinander wie Schneeflocken und legten sich schwer auf das vom Grübeln zerquälte Hirn. Wie soll man leben? Wie weiterexistieren, wenn auch im nächsten Jahr so ein Hunger herrscht? Das war gut möglich, denn Chef würde immer noch Sementschuk sein. Gewöhnlich blieben die Besatzungen auf der Polarstation drei Jahre. Also hatten die Eskimos drei Jahre Ungewißheit vor sich … Wer aber konnte dafür bürgen, daß nach Sementschuk ein gerechter und verständiger Mann kam?

Vielleicht sollten sie aufs Festland zurückkehren, an die verlassenen Feuerstellen, wo die alte Asche noch nicht restlos verweht, der Ruß noch nicht von den Herdsteinen gewaschen war und Findlinge, die einstmals die Walroßhaut von Jaranga-Dächern beschwert hatten, im sommerlichen Gras noch die Umrisse der Wohnstätten verrieten?

Die bewegende Erinnerung, das überraschend aufgetauchte Bild der in der Urilyk-Bucht verlassenen alten Siedlung erregte den alten Schamanen.

Um sich zu beruhigen, steckte er den Kopf in den kalten Teil der Jaranga. Sturmgeheul erfüllte den kleinen Raum, der von einigen hungrigen, abgemagerten Hunden eingenommen wurde. Die sich vom Gerüst abhebende Walroßhaut flatterte, und durch unsichtbare Öffnungen flog feinster Schneestaub herein, der die Hunde, die an den Wänden hängende Jagdausrüstung und Fellkleidung überpuderte.

In den Tschottagin huschte Aina.

Ihr schlanker, geschmeidiger Körper erinnerte sogar in der aus Fell gearbeiteten Haus-Kuchljanka an eine schreckhafte, vorsichtige, aber kraftvolle Robbe …

Unhörbar, ohne auch nur einen Hund zu berühren, ging sie zu den Herdsteinen und riß ein feucht gewordenes Streichholz an. Feuer leuchtete auf, und schon leckte die Flamme an den bereitgelegten trockenen Spänen und an einem Stück Rinde. Bald mußte Analko husten und zog hastig seine berühmte Pfeife heraus, um den beißenden Rauch der Feuerstelle mit Tabakqualm zu vertreiben.

Aina ging ihrer üblichen Hausarbeit nach, und während Analko sie betrachtete, gesellte sich zu seinen angenehmen Erinnerungen an das verlassene Urilyk noch ein angenehmer Gedanke: daß in Ainas Leib neues Leben heranwuchs, daß ein neuer Mensch auf der Insel erscheinen und vielleicht gerade er ein Geschlecht echter Inselbewohner begründen würde, für das die alte, von ihren Vorfahren verlassene Heimat nur noch als rätselhafte, erregende Erinnerung weiterlebt.

Zum Frühstück gab es wie an den Vortagen ein angetautes Stück gesäuerten Grünzeugs, Streifen von ausgekochten Robbenfellriemen und Tee. Tee verwendeten sie sparsam, und Zucker verwahrte jeder in einem eigenen Beutel. Mit Tabakkrümeln beklebt und gelb geworden, schmeckte ein Würfel erst ranzig, löste sich dann aber auf und verbesserte den Teegeschmack mit seiner Süße.

Windstöße fanden ihren Weg auch in die Wohnstatt und bedrohten die schwache Flamme; und jedesmal, wenn das schwache Feuer aufflackerte, erbebte Aina am ganzen Körper, hätte sich sogar am liebsten über die Glutstücke geworfen, um zu verhindern, daß die lebenspendende Flamme erlosch.

Die Hunde sahen gleichmütig zu, wie Analko laut den Tee schlürfte, schniefte und von Zeit zu Zeit nach seiner Pfeife griff. Ohne Tabak und dessen Eigenschaft, den Hunger zu dämpfen, wäre es ihm noch schlechter ergangen.

Die Hunde spitzten die Ohren, und in den Tschottagin stürzten schneeüberpudert Kmo und Starzew.

»Ihr?« rief Analko verwundert und spürte, wie ihn Unruhe ergriff.

»Ja, wir«, erwiderte Kmo und schüttelte möglichst weit weg von der Herdstelle die Sachen ab. »Wir haben die Jaranga kaum gefunden ... Was für ein Schneesturm!«

Bei solchem Wetter trauten sich sogar Eskimos kaum hinaus, sondern zogen es vor, den Sturm in der Jaranga abzuwarten; wenn er sie aber unterwegs überraschte, verbargen sie sich in einer Schneehöhle, wärmten sich zwischen den schlafenden Hunden.

»Er hat den Doktor verloren.« Kmo wies auf den sich abschüttelnden Starzew.

»Wieso verloren?« Analko begriff nicht.

»Er ist an mir vorbeigefahren und dann verschwunden«, wiederholte Starzew und warf die Kapuze zurück. »Ich habe meinen Schlitten repariert, er aber wurde ungeduldig, konnte es plötzlich nicht abwarten.«

»Du hättest ihn zurückhalten müssen!« sagte Analko. »Er wird doch erfrieren!«

»Er wird erfrieren!« pflichtete Kmo bei und nahm aus Ainas Hand eine Tasse mit heißem Tee. »Wir wärmen uns auf, dann gehen wir ihn suchen.«

»Bei solchem Wetter hat es keinen Sinn zu suchen«, murmelte Starzew. »Man sieht doch nichts.«

»Die Hunde können ihn wittern, wir könnten auch einen Schuß hören«, sagte Kmo und fragte: »Wo ist denn Atun?«

»Er ist zur Rodgers-Bucht gefahren«, sagte Analko.

Kmo sah sich in der Jaranga um, seufzte, kämpfte offensichtlich mit dem Wunsch, in der ziemlich sicheren Zuflucht zu bleiben, und blickte zu seinem Weggefährten. Starzew saß ermattet da, kraftlos. Schuld daran war bestimmt, daß er zuviel Feuerwasser getrunken hatte. Hätte er großzügiger mit anderen geteilt, ginge es ihm jetzt nicht so schlecht.

Die Weggefährten traten hinaus ins Dunkel. Analko hielt sich an den Spannriemen der Jaranga fest, damit der Wind ihn nicht davontrug, und lauschte, wie die Gespanne sich entfernten.

Siebter Teil

1

Tajan wußte, daß im Lager unter allerlei Plunder eine Art Holzstamm mit vielen eingebohrten Löchern und eine Anzahl glatt gehobelter Stöckchen-Zweige mit Resten von angeklebtem grünem Papier lagen. Diesen künstlichen Tannenbaum hatte noch der erste Herr der Insel, Uschakow, erfunden, als sie hier den ersten Jahreswechsel erlebten.

Tajan brachte den Stamm nach draußen und steckte ihn in festen Schnee. Dann befestigte er die Stöckchen-Zweige – unten die langen und oben kürzere.

Nadeshda Indiktorowna blickte aus ihrem Haus und rief erstaunt: »Eine Tanne!«

Der Chef der Polarstation kam, trat neben den Baum, betastete Zweige und Stamm und ordnete an, diese künstliche Tanne in den Speiseraum zu stellen.

Die Frauen schnitten Papier zurecht, färbten es grün, klebten es an die Zweige, und schon stand in einer Ecke des großen Raums ein grüner Baum. Tajan ging stolz um ihn herum und erinnerte alle daran, daß damals, als das erste Tannenfest auf der Insel gefeiert wurde, Uschakow persönlich Väterchen Frost gewesen war und jedem ein Geschenk überreicht hatte. Tajan hatte eine Tüte mit Schokoladenkonfekt und Gebäck erhalten.

Krochin buk einen großen Kuchen, im Stall schlachtete der Parteiorganisator Karbowski ein Schwein und sengte die Haut mit einer Lötlampe ab. Der Geruch wurde vom Wind weithin getragen, und die Eskimohunde, die sich vor Hunger zum erstenmal an unbekannten Innereien sattgefressen hatten, liefen aufs Packeis, um die ungewohnte Nahrung wieder auszuwürgen.

Über diesen Vorbereitungen lag jedoch eine gewisse Besorgnis. Vielleicht kam das vom Schneesturm, der nicht nachließ, auch wenn sich nachts gelegentlich Stille auf die Insel, auf Häuser und Jarangas senkte. Dann schmückte sich der Himmel mit ungewöhnlich großen Sternen, und prächtiges Polarlicht überflutete das ganze Firmament. Doch gegen Morgen, beim Erwachen, vernahmen die Leute der Polarstation wieder, wie der ihnen bereits verhaßte Wind gegen Dächer und Walroßhäute schlug, wie er den Schnee raschelnd vor sich her trieb und in den Halteseilen des Funkmastes heulte.

Am einunddreißigsten Dezember gegen Abend beruhigte sich der Sturm.

Gita Borissowna, die auf jedes Rascheln vor dem Haus, auf jeden Laut lauschte, weil sie das Hundegebell des zurückkehrenden Gespanns nicht erwarten konnte, hatte zuletzt nur noch ein ständiges Rauschen in den Ohren. Sie versuchte, sich durch Arbeit abzulenken, sah Papiere durch, machte Pulver gegen Husten zurecht, aber die Hände sanken ihr von selbst herab, und die Gedanken an ihren Mann ließen ihr keine Ruhe. Er hatte versprochen, spätestens an diesem Abend zu kommen. Hatte gesagt: »Ich kämpfe mich durch Wind und Wetter, aber Neujahr feiern wir zusammen, meine Liebe ...«

Hundebellen und ein unerwartet lautes Gespräch rissen sie aus ihren Gedanken. Schnell zog sie ihren Pelz über, stürzte in den Flur, lief ihn entlang und öffnete die Tür nach draußen, in das sternenbesetzte Dunkel, das Gefunkel von glitzerndem Licht.

Starzew war vors Haus des Leiters gefahren.

»Gehn Sie nach Hause!« vernahm sie plötzlich Sementschuks Stimme. Das verwunderte sie, und sie fragte mit wachsender Erregung: »Warum denn das? Ich will meinen Mann begrüßen … Wo ist Nikolai Lwowitsch? Wo ist mein Mann?«

Starzew nahm die Pelzmütze ab und kratzte sich heftig die spärlichen weißlichen Haare. »Nikolai Lwowitsch ist dort geblieben.« Er machte eine vage Handbewegung.

»Wo dort?« schrie Gita Borissowna. »Sagen Sie, wo er ist! Warum ist er nicht mitgekommen?«

»Er ist dageblieben«, murmelte Starzew und wich vor der auf ihn losgehenden Frau zurück. »Er wird bald kommen …«

»Was ist mit ihm? Wirst du endlich sagen, was du mit ihm gemacht hast, du Scheusal?«

»Gita Borissowna!« Sementschuk riß ihre Hände von Starzews Kuchljanka. »Gehn Sie nach Hause! Wir klären alles und sagen Ihnen Bescheid. Beruhigen Sie sich!«

»Nein!« schrie Gita Borissowna durch die ganze Siedlung. »Sie werden mir jetzt, in diesem Augenblick sagen, was Sie mit meinem Mann gemacht haben! Sie haben ihn ermordet! Ermordet! Ermordet!«

»Gita Borissowna!« Sementschuks strenge Stimme hatte sich plötzlich verändert. »Ich bitte Sie noch einmal: Gehn Sie nach Hause … Wir klären gleich alles. Führt die Frau weg, Genossen.«

Die Frauen, die sich in der Nähe befanden, und Karbowski führten die widerstrebende, aber kraftlos gewordene Gita Borissowna weg. Sementschuk packte wütend Starzew am Kragen und stieß ihn ins Haus.

Starzew stolperte in die Wohnung seines Vorgesetzten, ließ sich auf einen Stuhl fallen und begann plötzlich zu weinen.

»Ich habe mit ihm nichts gemacht. Gar nichts … Er ist an mir vorbeigefahren, während ich meinen Schlitten reparierte, und verschwunden. Im Schneesturm untergetaucht. Ich habe ihn gemeinsam mit Eskimos gesucht ... Wir haben ihn nicht gefunden ... Wie von der Erde verschluckt ...«

Sementschuk holte eine Flasche und goß mit zitternder Hand ein Glas voll. »Da, trink und beruhige dich. Erzähl alles. Verheimliche nichts!«

Schluchzend und laut schniefend begann Starzew zu berichten, mit kargen Worten und immer wieder versichernd, er habe den Doktor nicht getötet und wisse nicht, wo er geblieben sei.

»Denkst du, er ist noch am Leben?« fragte Sementschuk, als Starzew verstummte, um einen Schluck aus dem Glas zu nehmen.

»Das glaube ich nicht. Wie viele Tage sind schon vergangen. Wir sind die benachbarten Siedlungen abgefahren. Ich dachte, vielleicht hat er in einer Jaranga Unterschlupf gefunden, aber er war nirgends, ist endgültig verschwunden. Endgültig!«

»Er kann doch auf einer Insel nicht endgültig verschwunden sein, du Dummkopf!« sagte Sementschuk grob. »Früher oder später wird sein Leichnam sicher gefunden.«

»Und wenn kein Leichnam?« flüsterte Starzew.

»Dann ... Wir sollten uns mit der Suche nicht übereilen«, bemerkte Sementschuk und sah zum Fenster.

In der zugefrorenen Fensterscheibe glitzerten die Laternenlichter. Die Tür ging auf, und davor stand – abfahrtbereit – Tagju.

»Chef! Wir müssen fahren! Suchen! Vielleicht ist er nicht erfroren. Er hat eine gute Kuchljanka, Tajan hat es mir gesagt. Bestimmt ist er noch am Leben.«

»Lassen Sie mich los! Hände weg!« Das war Gita Borissowna. Sie stürzte in die Wohnung, zerzaust und mit einem vor Kummer irren Blick. »Wieso sitzen Sie hier? Wieso fahren Sie nicht?« schrie sie.

»Das geht Sie nichts an!« brüllte Sementschuk. »Ich bin hier der Leiter und weiß, was wann zu tun ist! Verschwinden Sie, stören Sie nicht! Wenn Sie nicht gehorchen, lasse ich Sie einsperren! Wer ist schließlich hier der Chef?«

Gita Borissowna wurde weggeführt.

Sementschuk jagte alle aus seiner Wohnung. Nur Starzew blieb noch da und im anderen Raum, dem Schlafzimmer, Nadeshda Indiktorowna.

»Bei Gott!« Starzew versuchte sich sogar zu bekreuzigen. »Ich habe den Doktor mit keinem Finger angerührt.«

»Sieh dich vor, Starzew!« zischte Sementschuk drohend. »Wenn der Doktor lebend auftaucht, hast du nichts zu lachen!« Mit diesen Worten stieß er Starzew aus der Wohnung und ließ Wakulenko rufen.

Der Biologe war nüchtern, aber stark beunruhigt. Nervös ging er in dem engen Raum auf und ab und wiederholte immerzu: »Alle wird man zur Verantwortung ziehen! Alle! Das ist das Ende! Von allem das Ende! Das Leben ist zu Ende!«

»Halt doch den Mund!« schrie Nadeshda Indiktorowna aus ihrem Zimmer unerwartet heftig. »Auch ohne dich ist's zum Kotzen, da jammerst du noch wie ein Weib!«

Es klopfte laut an die Tür. Herein traten Kmo, Apar und Tajan. »Wir müssen fahren!« sagte Apar. »Vielleicht lebt der Doktor noch. Um ihn sind warme, lebendige Hunde ... Ich bin sicher, der Doktor ist am Leben.«

»Was wollen Sie alle hier?« schrie Sementschuk sie an. »Verlassen Sie sofort den Raum!«

»Wenn Sie nicht mitkommen wollen, fahren wir allein«, sagte Apar ruhig.

»Habe ich nicht gesagt – verlassen Sie den Raum!« brüllte Sementschuk, und in seine Mundwinkel trat weißer Schaum.

Aber Apars Worte hatten ihn sichtlich beeindruckt, denn er schrie noch hinterher: »Keiner fährt ohne mich!«

Gegen Mitternacht kamen der Parteiorganisator Karbowski und der Koch Krochin zum Leiter. »Was wird mit dem Festtagsessen?« fragte der Koch.

Als Antwort drehte Sementschuk nur den Finger an der Schläfe.

Draußen wurde es immer lauter. Hunde bellten und winselten, Leute schrien, und in diesem Lärm, diesem Durcheinander bemerkte niemand, wie es zwölf schlug und auf dem ganzen Planeten, in der Sowjetunion ein neues Jahr begann, das Jahr neunzehnhundertfünfunddreißig.

Sie wollten Starzew holen, der aber war krank: Angeblich hatte er sich einen Fuß erfroren.

Endlich waren die Vorbereitungen beendet, die Schlitten fuhren einer hinter dem anderen los und wandten sich dann in verschiedene Richtungen, um nach Doktor Wulfson zu suchen.

2

Auf Paljas Schlitten fuhr Kuzewalow von der Stationsbesatzung. Sooft es der Eskimo befahl, sprang er vom Schlitten und lief, sich am Bügel festhaltend, nebenher.

Der Streifen Morgenröte hatte sich fast in bleichen Dämmerschein verwandelt, aber die Sterne leuchteten noch immer klar und ungerührt am Himmel, und es sah aus, als würde nie mehr ein solches Licht hierher dringen, das ihren kalten Glanz verdunkeln könnte, als würde nie mehr ein so warmer Wind aufkommen, daß er in der Lage wäre, diese endlosen Schneemassen aufzutauen.

Die anderen Schlitten waren ziemlich schnell in verschiedenen Richtungen verschwunden, aber noch lange hörte man die Schreie der Gespannführer, das Bellen der Hunde und die lauten Flüche der Russen. Endlich waren die Stimmen von Menschen und Hunden verstummt, und tiefe, bedrückende Stille senkte sich herab, nur unterbrochen von dem schweren Atmen der Hunde, dem Knirschen der Kufen und dem lauten Klopfen des eigenen Herzens.

Kuzewalow saß hinter dem Gespannführer und hielt sich an dessen Kuchljanka fest. »Woher weißt du denn, wohin wir fahren müssen?« fragte er.

»Hier waren wir noch nicht«, antwortete der Eskimo. »Und dann liegt es auf dem Weg von Blossom nach Somnitelnaja. Ich denke mir: Der Doktor und Starzew mußten ungefähr diesen Weg nehmen ... Wenn es aber stimmt, was Starzew sagt, daß Wulfson ihn überholt hat, dann können die Hunde nicht weit weg sein. Sicherlich ist er ein Stück weitergefahren und hat dann haltgemacht, um auf ihn zu warten.« Paljas Überlegungen erschienen Kuzewalow logisch.

»Als wir suchten, war Schneesturm«, fuhr Palja fort. »Vielleicht waren der Schlitten und der Doktor vom Schnee zugeweht. Wulfson könnte so klug sein und sich im Schnee eingegraben haben, er hat sich doch für unsere Lebensweise interessiert und immer viel in sein Heft geschrieben ... Wahrscheinlich hat er auch das notiert. Nachdem sich der Sturm gelegt hat, ist er aufgestanden, hat sich abgeschüttelt, vielleicht hat er sogar mit seiner Winchesterbüchse geschossen. Wir wollen mal anhalten und lauschen.«

Palja bremste den Schlitten und stieß den Ostol

zwischen die Schlittenstreben. Die Hunde legten sich hin.

Der Eskimo nahm die Pelzmütze ab und entfernte sich ein paar Schritte vom Schlitten. Eine Weile lauschte er aufmerksam und drehte den Kopf langsam in alle Richtungen. Dann machte er eine Hand frei, schnürte die Fellhosen auf und pinkelte ausgiebig in den festen, zusammengepreßten Schnee.

»Nichts zu hören«, seufzte Palja.

Der gelbe Fleck war noch lange zu sehen, nachdem sie von da weggefahren waren.

Ungefähr drei Stunden später, als Kuzewalow den Gespannführer schon bitten wollte umzukehren, erblickten sie vorn im Schnee etwas Schwarzes. Die erregten Hunde stürmten los. Palja und Kuzewalow schafften es gerade noch, auf den Schlitten zu springen.

Aus dem Schnee ragte der Baran eines Schlittens, die Schneedecke wölbte sich zu kleinen Hügeln. Kuzewalow und Palja brachten das Gespann zum Stehen und rannten darauf zu. Sie wühlten alles ringsum auf, aber den Doktor entdeckten sie nicht. Von den Hunden war nur noch die Hälfte am Leben. Mit dem gefundenen Schlitten im Schlepp kehrten Kuzewalow und Palja in die Station zurück.

Auch die anderen Suchmannschaften fanden sich nacheinander beim Haus des Stationsleiters ein, brachten aber keine tröstlichen Nachrichten mit. Jeden Schlitten empfing die vor Leid und Tränen wie versteinerte Gita Borissowna. Manchmal lief sie sogar einem Schlitten entgegen, doch sobald sie sah, daß ihr Mann wieder nicht unter den Zurückkehrenden war, ging sie schweigend nach Hause.

Sementschuk betrachtete in seinem Zimmer noch einmal die Karte der Insel und vermerkte mit einem Bleistift die Orte, wo die Schlitten gewesen waren.

Ein paarmal ließ er Starzew rufen und beriet sich mit ihm. Dann durfte sogar seine Frau, Nadeshda Indiktorowna, nicht zugegen sein.

Am dritten Januar kam Kmo zu Sementschuk und schlug vor: »Wir müssen den Schamanen rufen.«

»Warum das?« fragte der Chef böse.

»Er wird zeigen, wo wir suchen müssen.«

»Weiß er es denn?«

»Er wird es erfahren«, antwortete Kmo überzeugt.

»War er etwa dort? Vielleicht hat er selber den Doktor getötet?«

»Noch weiß niemand, ob der Doktor lebt oder tot ist«, sagte Kmo ruhig und setzte hinzu: »Daher sollte man so nicht reden. Analko hat den Doktor und Starzew nicht begleitet, aber er kann es herausfinden.«

»Ich würde gern wissen«, sagte der bei diesem Gespräch anwesende Wakulenko spöttisch, »auf welche Weise Analko herausbekommen soll, wo der Doktor ist.«

»Ich habe gesehen, wie er das macht«, antwortete Kmo. »Er hat von den Vorfahren den magischen Ärmel eines aus Walroßdarm genähten alten Regenmantels geerbt. Ein Ende des Ärmels läßt er ...«

»Laß mich in Ruhe mit deinen albernen Schamanengeschichten!« schrie Sementschuk. »Hau ab, und stör mich nicht!«

3

Aus einem vor Trockenheit krachenden Ledersack zog Analko den Ärmel des Regenmantels und glättete ihn behutsam, damit er in den Falten nicht brach. Um ihn ganz glatt zu bekommen, breitete der alte Mann den Ärmel auf angetautem Schnee in einem langen Holztrog aus –

das war die Eßschüssel der Familie, die schon lange nicht mehr benutzt wurde, weil sie nichts zu essen hatten.

Aina half schweigend. Sie war auch schon zum Meer gelaufen und hatte mit einer kleinen Axt einen Schoß voll salzigem Eis gehackt. Das Eis taute langsam in einem großen, sorgfältig gereinigten Kupferkessel, der über dem kargen Feuer hing. Sie hätten natürlich auch den Primuskocher anzünden können, denn Brennstoff hatten sie genügend, aber dieses Eis mußte unbedingt auf natürlichem Holzfeuer geschmolzen werden.

In der Jaranga war es ungewöhnlich leer. Die meisten Hunde hatte Atun vor seinen Schlitten gespannt, die alte Inkali ruhte auf dem Hügel, und die anderen Bewohner des Lagers waren unterwegs, um den Doktor zu suchen.

Das Schmelzwasser goß Analko in eine mit Grünspan überzogene Kupferschale und rührte es mit einem großen Holzlöffel, damit die Eisreste schmolzen.

Der von Feuchtigkeit durchtränkte Ärmel des Regenmantels war glatt geworden, elastisch und fast durchsichtig.

»Und nun laß mich allein«, bat Analko.

Aina verschwand im ausgekühlten und feuchtkalten Polog.

Analko tauchte ein Ende des Ärmels ins Wasser, vom anderen aber blickte er, heilige Beschwörungen murmelnd, aufmerksam hinein. Dieser Ritus kostete viel Kraft, und während er sich darauf vorbereitet hatte, war er sich nicht sicher, ob er diesmal Erfolg haben würde.

Er sang ein altes Lied, dessen Worte keinen eigenständigen Sinn hatten. Der Sinn lag in den Lautverbindungen, im Aufeinandertreffen von Vokalen und Konsonanten, in ihrer Länge, der Lautstärke, mit der sie gesungen wurden, in ihrer Verknüpfung mit der Melodie. Die Verschmelzung von Wort und Gesang hätte es keinem fremden Ohr erlaubt, den Sinn des heiligen Liedes zu erfassen. Außerdem war der Gesang kaum zu hören, es war fast nur ein Summen, für den Sänger selbst bestimmt.

Was Analko sah, traf ihn mitten ins Herz. Fast hätte er auch das obere Ende des magischen Ärmels in das Meerwasserbecken fallen lassen. Doch er fand die Kraft, sich von der Betrachtung dessen, was er erblickt hatte, loszureißen, zog vorsichtig das nasse Ende des Ärmels heraus, legte ihn sorgfältig zusammen und schüttete das Wasser aus dem Becken auf eine Schneewehe vor der Eingangstür.

In die Jaranga zurückgekehrt, setzte er sich auf einen an die Herdstelle herangerückten Walwirbel. Hier verließ ihn die Kraft, er schlug die Hände vors Gesicht und begann lautlos zu schluchzen.

Aina trat zu dem alten Mann, berührte sacht seine bebende Schulter und fragte leise: »Was ist geschehn?«

»Schlechte Nachrichten, Aina«, sagte Analko unter verhaltenem Schluchzen. »Sehr schlechte … Verwaist sind wir beide, Aina … Eine Waise ist dein noch ungeborenes Kind …«

»Ein Unglück mit Atun?« fragte Aina.

»Er ist dahingegangen … Ist selber weggegangen, ins Sternbild der Trauer«, antwortete Analko schluchzend.

Tränen rannen aus Ainas Augen.

Analko nahm sich zusammen, erhob sich und machte sich reisefertig.

Von den Hunden taugten nur sechs zum Anspannen. Aber den Schlitten würden sie wenigstens ziehen, er selbst, so beschloß der alte Mann, würde nebenhergehen und sich am Baran festhalten.

Bevor Analko sich auf den Weg machte, blickte er zum Himmel. Übers ganze schwarze Himmelszelt erstreckte sich der Sandige Strom mit Sternbildern an beiden Ufern. Näher am Zenit strahlten die aus Seelen hervorgegangenen Sterne. Vielleicht war jener, ein früher unsichtbarer Stern, die Seele des zu den Gipfeln der Trauer emporgestiegenen Atun – seines geliebten einzigen Sohnes, auf den er seine ganze Hoffnung gesetzt und der auf dieser fremden Insel voller feindlicher Kräfte seinem Leben Sinn gegeben hatte? Noch vor kurzem hatte er davon geträumt, daß Atun mit der Zeit, wenn der irdische Raum und der himmlische über der Insel erforscht wären, dieses Kraftfeld in seine starken Arme nehmen, es mit seinem Verstand umfassen würde. Er, nur er würde es beherrschen, ungeachtet der Ränke und des Hohns der Russen, trotz ihrer marxistisch-leninistischen, einzig wahren Lehre … Mit ihrem Traum von einer großen Gerechtigkeit, von der Gleichheit aller, von der Vernichtung der Reichen waren sie in ein fremdes Leben eingedrungen. Warum verwirklichten sie dann aber diese Gleichheit nicht im gewöhnlichen Leben, im Alltag, sondern betonten immer wieder, daß sie den Eskimos fremd, ihnen überlegen seien? Sie machten sich lustig über das Leben eines arktischen Menschen, verachteten es. Sogar der erste Herr der Insel, Uschakow, hatte bei Festveranstaltungen laut verkündet, die Eskimos würden bald so leben wie die Russen, würden in Holzhäuser ziehen, russisch sprechen, mit Messer und Gabel essen, sich in ein Taschentuch schneuzen, das Schwitzbad benutzen, morgens die Zähne putzen und sich waschen, würden lesen und schreiben, würden an die Stelle vieler Expeditionsteilnehmer treten als Meteorologen, Heizer, Köche, Funker, ja sogar als Leiter … Aber wenn sie wie Russen würden, wären sie keine Eskimos mehr. Wird man denn als Eskimo geboren, um sich zu Lebzeiten in einen anderen Menschen zu verwandeln? Das ist wider die menschliche Natur, gegen den Willen höherer Kräfte, die einem jeden Menschen sein Leben vorzeichnen ... Doch so gesehen wäre es Atun vorherbestimmt gewesen, jung zu sterben, sogar vor der Geburt eigener Nachkommen? Nein, nein!

Analko schrie es laut heraus und erschreckte damit die Hunde, die – halb verhungert – sich kaum noch auf den Beinen hielten.

Wären die Eskimos in ihrem Urilyk geblieben und wären sie nicht der Laune Ieroks, seinem vom Feuerwasser getrübten Verstand gefolgt, dann wäre das mit Atun nicht geschehen ... Sogar hier wäre Atun noch am Leben geblieben und hätte das Werk des Vaters fortsetzen können, wäre nur nicht Sementschuk, diese Mißgeburt in Menschengestalt, aufgetaucht ... Alles war zusammengebrochen, war zerstört, es war keine Hoffnung mehr geblieben. Jetzt war unschwer vorherzusehen, daß die Augen der heute Lebenden in absehbarer Zukunft das traurige Schauspiel des Niedergangs des an die Gestade dieser Insel umgesiedelten Volkes von Urilyk, sein nahezu völliges Verschwinden vom Antlitz der Erde erleben würden.

Analko mußte den Weg nicht suchen, die Hunde schienen zu wissen, wohin sie den Schlitten zu ziehen hatten.

Hier, zwischen der Somnitelnaja- und der Rodgers-Bucht, erhoben sich Felsen hoch über die Eisberge auf dem Meer.

Östlich vom Heiligen Kap lenkte Analko das Gespann in eine Senke. Hier blies immer der Wind, fegte die Schneedecke weg, legte einen eingefrorenen Wasserlauf frei. Die Schlittenkufen klirrten über Eishöcker, einige Hunde glitten aus und stürzten. Aber es gab keinen anderen Weg zum vereisten Meer, wo an der Grenze von Meer und Land der Leichnam Atuns hingestreckt lag.

Er war vornübergefallen, doch sein Gesicht schien unversehrt zu sein, und als der Vater den Körper umdrehte, blickten ihn die von der Asche des Nichtseins überzogenen, vertrauten, tiefen dunklen Augen an, aus denen noch vor ein paar Tagen ungewöhnlicher Verstand geleuchtet, in denen sich die Kraft eines Schamanen gespiegelt hatte, der über Fähigkeiten verfügt, welche einem gewöhnlichen Menschen nicht eigen sind. All das war jetzt dahin. War nach weit oben entrückt, ins Sternbild der Trauer.

Analko zog seine rechte Hand aus dem warmen Fäustling und drückte die Finger eine Zeitlang sanft auf die Lider des toten Sohnes, um sie aufzutauen und über die leblosen, erstaunlich festen, gefrorenen Augäpfel zu ziehen. Dann nahm er dem Sohn den Lederriemen mit der blauen Perle vom Kopf.

Mit dem toten Körper auf dem Schlitten stieg Analko durch die eisige glatte Senke mühsam dorthin, wo er die vom Sohn verlassenen Hunde und den Schlitten vermutete. Sie waren tatsächlich an der Stelle. Die erschöpften, halberfrorenen Hunde fanden trotz allem die Kraft, sich aus ihren Schneemulden zu erheben, sie schüttelten sich ab, winselten kläglich und äußerten so ihre scheue Freude über das Wiedersehen mit einem lebenden Menschen. Der Schlitten saß fest, und Analko hatte viel Mühe, ehe es ihm gelang, den Ostol aus dem dichten Schnee zu ziehen.

Die Hunde witterten den Weg in die vor dem kalten Wind geschützte Jaranga, zogen eifrig, und es war nicht nötig, vom Schlitten abzuspringen und neben dem Gespann zu laufen. Der mit weißgegerbten Riemen gut verschnürte und mit einem alten Renfell zugedeckte Körper des Sohnes lag auf dessen im Schlepp mitgeführtem Schlitten.

Es sah aus, als wäre der Schlitten mit Beute beladen, und Analko dachte kummervoll, daß er mit der bedrükkendsten, traurigsten Last seines Lebens nach Hause fuhr. Was er durch den Ärmel aus Walroßdarm gesehen hatte, auf der glatten Oberfläche des salzigen Meerwassers, drängte sich immer wieder so lebendig in seine Einbildung, daß es ihn Anstrengung kostete, die schreckliche Vision zu verdrängen.

Sollte er das den Russen erzählen?

Mußten sie wissen, wer tatsächlich Doktor Wulfson getötet hatte? Oder sollten sie selbst daraufkommen, es auf eigenen Wegen erforschen? Doch was brachte das? Welche Strafe war bei ihnen wohl für die Tötung eines Menschen vorgesehen? Starzew hatte gesagt, bei ihnen gebe es ein Gericht. Und wer für schuldig befunden würde, käme entweder für lange Zeit in ein finsteres Haus der Unfreiheit oder würde zu einer schweren Arbeit verschickt. Manchmal würde einer auch hingerichtet, getötet. Das aber sei keine Rache von Verwandten, sondern der Staat töte den Menschen, und das Urteil sprächen Richter, die eigens dazu gewählt würden. Aber ist es dem Menschen gegeben, über einen anderen Menschen zu richten?

4

Am vierten Januar erbot sich der ausgenüchterte Wakulenko, an der Suche nach Doktor Wulfson teilzunehmen.

Der Biologe zog sich sorgfältig an wie jemand, der sich auf eine lange Fahrt in die arktische Tundra begibt. Er fuhr allein voraus, schrie laut auf die Hunde ein und schwenkte überm Kopf den Ostol.

Die Schlitten, die ihm nachfolgten, blieben bald weit

zurück, ausgenommen Sementschuks Gespann. Dessen Gespann war natürlich frischer. Seine Hunde waren besser gefüttert als die anderen.

In vier Stunden hatte Sementschuk Wakulenko eingeholt. Dessen Schlitten war in einiger Entfernung abgestellt, der Biologe selbst stand über dem reglosen Körper des erfrorenen Doktor Wulfson.

»Da ist er, der Doktor«, sagte er leise zu dem herangekommenen Sementschuk.

Der Leiter der Polarstation spürte, wie ihm die Beine weich wurden, während ein widerlich wonniger Schauer über seinen Rücken rann; er trat einen Schritt näher, beugte sich hinab und wischte eine lockere Schneeschicht von dem toten Gesicht. Die Nase des Doktors war seltsam zur Seite gedreht, und aus dem linken Nasenloch ragte ein großer Tropfen gefrorenes Blut. Durch den leichten Schnee ringsum schimmerten Blutflecke, in einiger Entfernung lagen Renfellhandschuhe und die zerbrochene Winchesterbüchse.

»Wer hat ihn nur so zugerichtet?« fragte Sementschuk, der kaum die jäh taub gewordenen Lippen auseinanderbekam.

»Darüber kannst du später nachdenken«, sagte Wakulenko grob und zog eine flache Flasche mit verdünntem Sprit aus der Brusttasche.

»Wie ist's mit einem Schluck zum Gedenken?« sagte er und setzte sich die Flasche an den weit geöffneten Mund.

»Wie kannst du nur ...«, sagte Sementschuk heiser, lehnte aber die ihm hingehaltene Flasche nicht ab.

»Mit dem Doktor sind wir schön eingebrochen«, fuhr Wakulenko fort, schon etwas berauscht. »Schlimmer konnte er dich nicht reinlegen. Ist dir klar, was jetzt kommt?«

»Was habe ich damit zu tun?« krächzte Sementschuk. »Ich habe ihn doch nicht getötet.«

»Der Staatsanwalt und das Gericht werden untersuchen, wer den Doktor getötet hat. Obendrein ist nicht ausgeschlossen, daß er in der Tasche irgendwelche Papierchen hat. Einen Brief an die Hauptverwaltung des Nördlichen Seewegs. Mit genauer Darstellung, wie du die Eskimos zum Hungern verurteilt, sie unterdrückt hast …«

»Sei still!« schrie Sementschuk. »Hilf mir lieber.«

Sie drehten den Leichnam um und durchsuchten die Taschen des Verstorbenen, fanden aber nichts.

»Sicherlich hat er es innen versteckt, in der Tasche seiner Feldbluse«, vermutete Wakulenko. »Wir müssen das herausholen, überhaupt müssen wir ihn durchsuchen, damit es keine Überraschungen gibt.«

»Ich kriege sie nicht runter«, sagte Sementschuk schnaufend, nachdem er versucht hatte, dem Leichnam die Kuchljanka abzunehmen.

»Dann machen wir es so!« Wakulenko zog ein großes Jagdmesser heraus und begann die Kleidung des Verstorbenen aufzuschneiden.

»Was machst du da? Das geht doch nicht!« rief Sementschuk entsetzt.

»Es muß sein!« erklärte Wakulenko böse und zerschnitt nicht nur die Kuchljanka, sondern auch das Fellunterhemd, die Fellhosen und die Torbassen.

Die Suche erbrachte jedoch nichts. Wulfson hatte keinerlei Papiere am Körper verwahrt, auch nicht in den Taschen des schwarzen Unterhemds, das Wakulenko hartnäckig Feldbluse nannte.

Inzwischen waren die anderen Schlitten herangekommen. Die Eskimos befestigten die Gespanne in einiger Entfernung und kamen langsam, zögernd näher.

Als Tajan die zerschnittene Kleidung des Verstorbenen bemerkte, fragte er: »Wollen Sie ihn gleich hier bestatten?«

Wakulenko hob die schweren, blutunterlaufenen Augen zu ihm und brummte: »Es ginge auch hier ... Am besten wär's, wir würden den Leichnam im Meer unter Eis versenken.«

Zusammen mit den Eskimos waren auch einige Russen gekommen. Der Zimmermann Saruba, ein kräftiger und gesetzter Mann, protestierte: »Ins Wasser versenken? Nein, Kumpel, wenn schon so ein Unglück passiert ist, muß der Mensch christlich beerdigt werden.«

»Er ist doch Jude, kein Christ!« sagte Wakulenko höhnisch.

»Trotzdem ein Mensch«, bemerkte Saruba. »Und unser Genosse in der Station. Außerdem hat er eine Frau, die auf ihn wartet. Sie aber wollen ihn im Wasser versenken. Nein, Kumpel, so etwas tut ein Mensch nicht.«

»Ich habe doch nur Spaß gemacht.«

Wakulenko winkte ab und ging zu seinem Schlitten.

Saruba und einige Eskimos wickelten den Leichnam in die zerrissene Kleidung und luden ihn auf einen Schlitten.

Der traurige Schlittenzug bewegte sich auf die Somnitelnaja-Bucht zu, obwohl es das Wetter durchaus erlaubt hätte, geradenwegs zur Rodgers-Bucht in die Polarstation zu fahren.

Als Kmo seine Verwunderung darüber äußerte, sagte Sementschuk böse: »Steck deine Hundeschnauze nicht in Sachen, die dich nichts angehn!«

Was hat das mit einem Hund zu tun, dachte Kmo entmutigt. Und warum nennen die Russen einen Menschen, den sie erniedrigen wollen, Hund, obwohl daran vom gesunden Menschenverstand aus nichts Schlechtes ist, genauso wenn sie einander Schwanz nennen. Was ist daran beleidigend? Ob man ihn Arm nennt, Bein, Brust oder Schulter, was ist das für ein Unterschied? Ein männliches Glied ist gar kein so schlechter Körperteil.

In der Somnitelnaja-Bucht wurde Wulfsons Leichnam zusammen mit dem Schlitten aufs Dach einer Hütte gestoßen, damit die hungrigen Hunde ihn nicht erreichen konnten. Als die Männer der Polarstation sich um den heißen Teekessel versammelt hatten, sagte jemand, der Schamanensohn Atun sei umgekommen.

»Noch ein Toter«, brummte Sementschuk verdrossen vor sich hin. Er wollte vergessen, alles, was geschehen war, verdrängen, ließ sich von Wakulenko überreden und trank ein paar Gläser Wodka. Ziemlich schnell wurde er berauscht, doch zu seiner Verwunderung kam er nicht von seinen düsteren Gedanken los. Im Gegenteil, sie nahmen noch konkretere Formen an, und die erschreckende Perspektive, sich für alle Tode verantworten zu müssen, vor allem aber für den Tod des Doktors, zwang ihn zu überlegen, wie er sich der Verantwortung entziehen und den wirklichen Mörder finden könnte.

Starzew würde natürlich sagen, der Leiter habe ihn zum Mord angestiftet. Er sieht nur so aus wie ein Einfaltspinsel, in Wirklichkeit ist er ein äußerst listiger und tückischer Kerl. Daß er unter den Eskimos lebt, läßt vermuten, daß in seinem früheren Leben unter den Weißen nicht alles in Ordnung gewesen ist. Gerüchten zufolge hat er unter Koltschak gedient, von den Eskimos zaristische Forderungen zu eigenen Gunsten eingetrieben. Von dem ist alles zu erwarten … Und daß er sich verstellt, vorgegeben hat, den Hinweis beim erstenmal nicht verstanden zu haben, als er den Doktor nach Kap Blossom fuhr … Alles hat er verstanden, aber damals hat er den Doktor nicht zurücklassen können, weil schönes

Wetter war, zudem hatten sie nur einen Schlitten ... Jetzt aber kann es durchaus so gewesen sein, wie Starzew sagt: Der Doktor hat ihn überholt, ist vorangefahren und hat sich im Schneesturm verirrt ... Das war natürlich dumm von ihm, aber die Arktis ist hart und gestattet keine Dummheiten ... Nur diese Spuren auf dem Gesicht des Doktors ... Es sieht so aus, als habe man ihn mit etwas Schwerem kräftig geschlagen. Vielleicht mit dem Kolben der Winchester. Und zwar so, daß die Büchse entzweigebrochen ist ... Bestimmt würde ein richtiger Untersuchungsführer herkommen und eine Leichenschau vornehmen. Ein Leichnam aber kann sich hier im ewigen Eis hundert Jahre frisch halten. Den wird man nicht los ... Am besten, man folgt Wakulenkos Rat und versenkt ihn unterm Eis. Dort würden ihn bestimmt die kleinen roten Krebse fressen, die auch ins Netz geratene Seehunde annagen. Wenn man zögert und die Beute nicht beizeiten herausnimmt, riskiert man, nur ein Gerippe aus dem Eisloch zu ziehen ... Wären die Leute der Station nicht hier, dann wäre an dieser Art der Bestattung nichts Besonderes. Wir würden den Wilden einfach erklären, das sei russischer Brauch. Die Seeleute versenken ihre verstorbenen Kameraden doch auch im offenen Meer. Binden ihnen einen Feuerungsrost an die Füße und über Bord! Aber da ist dieser Saruba ... Ein ungebildeter, unkultivierter Kerl, und redet von christlich ... Dabei hat er im eigenen Dorf bestimmt als erster das Gotteshaus demoliert, Kirchengerät geraubt, die Priester gejagt.

Mitten in der Nacht erwachte Sementschuk. Der winzige Raum war vom schweren Atem der Schlafenden, von lautem Schnarchen erfüllt. Die stickige Luft schnürte ihm die Kehle zu. Auf die Liegenden tretend, tastete er sich zur Tür und ging hinaus.

Am Himmel loderte Polarlicht. Zum erstenmal nach vielen Wintermonaten betrachtete Sementschuk dieses farbenprächtige Schauspiel. Lautlose, vielfarbige Strahlen wanderten über den Himmel, als würde ihn jemand hinter dem Horizont mit gigantischen elektrischen Scheinwerfern absuchen. Aber selbst mit der heutigen Technik wäre der Mensch nicht imstande, den Himmel so zu illuminieren. Nicht einmal die Amerikaner könnten das. Andererseits war schwer zu glauben, daß dies ein Spiel blinder Naturkräfte sei, wie der Meteorologe erklärte, eine Abweichung atmosphärischer Elektrizität, die hin und wieder sogar die Funkverbindung stört. Hinter allem war das Wirken unbekannter, möglicherweise klügerer Kräfte zu spüren ... Welch eine allesdurchdringende, betäubende Stille, die gleichsam ihren eigenen materiellen Ausdruck, ihr Gewicht, ihre Ausdehnung hat ...

Auf dem Dach raschelte etwas, und augenblicklich klebte Sementschuk von Kopf bis Fuß vor Schweiß: Dort lag doch ein Toter, der verstorbene Doktor Wulfson!

Der Schreck war dennoch im Nu verflogen, verdrängt von der einfachen, vernünftigen Überlegung: Wie soll ein Toter bei solchem Frost zum Leben erwachen? Und doch, dachte Sementschuk, ist es so: Du bist zwar tot, Doktor Wulfson, aber dadurch für mich noch gefährlicher als vorher, wo du lebendig um mich herumgestrichen bist, im Nachbarhaus gewohnt hast, geschimpft hast, für die Eskimos eingetreten bist, mir und den anderen Antisemitismus vorgeworfen und gedroht hast, alles der Leitung der Hauptverwaltung des Nördlichen Seewegs zu melden ...

Trotzdem – wer hat dich getötet, Doktor Wulfson?

5

Am siebenten Januar trafen sie mit dem Leichnam in der Rodgers-Bucht ein. Gita Borissowna stürzte auf den Schlitten und schluchzte, heulte wie eine Tundrawölfin. Rundum standen die still gewordenen Leute der Polarstation.

Aus der Entfernung, im glitzernden Schein der Sterne und des Polarlichts vor die Jarangas getreten, beobachteten die Eskimos schweigend das Geschehen.

»Sie haben dich umgebracht, du mein liebster, teuerster Mensch auf Erden!«

»Gehen Sie, Gita Borissowna!« Sementschuk drängte die weinende Frau vom Schlitten weg.

Sie fiel in den Schnee, und ehe noch die Leute sie aufheben konnten, hatte Sementschuk die Hunde ausgespannt und den Schlitten mit dem Verstorbenen schnell zur weitoffenen Tür des Lagerhauses hineingeschoben.

Als Gita Borissowna wieder auf den Beinen stand, war die Tür vor ihr bereits geschlossen, und zu beiden Seiten hatten sich Sementschuk und Wakulenko postiert.

»Unmenschen!« schrie die Frau. »Was habt ihr mit ihm gemacht? Ihr habt ihn umgebracht und wollt ihn mir nicht zeigen! Mörder! Mörder!«

Mit vorgestreckten Händen ging Gita Borissowna auf Sementschuk los. Noch eine Sekunde, und ihre spitzen Nägel hätten das im blinkenden Licht der Laternen bleiche Gesicht Sementschuks erreicht. Der herbeigeeilte Karbowski packte sie von hinten und zog sie weg.

»Sie werden für alles das büßen, Sementschuk!« schrie Gita Borissowna weiter. In der Stille der Polarnacht drang ihre Stimme weit; die aufgeschreckten Hunde der

Eskimosiedlung begannen zu winseln, um dann plötzlich im Verein durchdringend zu bellen.

Entsetzt, vom tragischen Vorgang betroffen, standen alle reglos da, nur die eine Frau rannte im Schnee hin und her, mal auf Sementschuk zu, dann wieder von ihm weg, und rief, an die Versammelten gewandt: »Seht ihr nicht, was das für ein Mensch ist? Ein Mörder, ein Unmensch! Schlimmer als ein Wilder! Nehmt ihn fest, packt ihn! Sperrt ihn ein!«

Endlich kam Bewegung in die Menge.

Der Zimmermann Saruba löste sich von ihr und trat auf Sementschuk zu. »Überlassen Sie den Verstorbenen seiner Frau«, sagte er ruhig. »Sie soll auf menschliche Weise von ihm Abschied nehmen. Wozu so eine Komödie um das alles.«

»Was für eine Komödie!« Sementschuk war empört über die Frechheit des Zimmermanns. »Wir müssen eine Untersuchung durchführen, eine Leichenschau, und einen Bericht über die Todesursache schreiben.«

»Das ist alles Bürokratie«, sagte Saruba ruhig. »Alle Angehörigen der Polarstation bitten Sie, Konstantin Dmitrijewitsch ...«

Aus der Menge kamen bittende Stimmen, meist waren es Stimmen von Frauen. Sementschuk schwankte, trat von der Tür weg und gab ein Zeichen, sie zu öffnen.

Saruba und Kuzewalow standen Gita Borissowna zur Seite.

Als Apar aus seiner Wohnstatt trat, stellte er fest, daß keiner mehr draußen war. Menschenleer war es sowohl bei den Häusern der Expedition als auch bei den Jarangas der Eskimosiedlung. Verstummt waren die Menschenstimmen, und auch das Hundegebell hatte aufgehört – über der ganzen Umgebung lag die Stille der Polarnacht.

Zu Apars Füßen glitzerte beim Sternenschein der Schnee, er knirschte laut unter seinen Füßen, und nur dieses Geräusch begleitete ihn, während er einen Rundgang um die Jarangas machte.

Nanechak fand keinen Schlaf. Sie steckte den Kopf aus dem Polog und fragte: »Haben sie ihr den Leichnam gegeben?«

»Ja«, erwiderte Apar. »Hast du gehört, daß Atun gestorben ist?« Nanechak nickte schweigend.

»Ich begreife nichts«, sagte Apar und legte sich neben seine Frau. »Als wäre das ganze Leben zusammengebrochen. Unsere Vergangenheit ist zerstört, und die Zukunft liegt im Nebel. Ob uns wirklich ein so schreckliches Dasein erwartet, wie es die Russen haben?«

»Sie sind doch nicht alle so«, widersprach Nanechak matt und erinnerte ihn: »Wie anders war doch Georgi Alexejewitsch Uschakow! Wie hat er sich um uns gesorgt! Damals haben wir von der Zukunft geträumt! Davon, daß wir in Holzhäusern leben, uns kleiden und essen werden wie die Russen und unsere Kinder als Leiter über die Waren in den Vorratslagern der Polarstation verfügen werden.«

»Der Traum ist ein Märchen«, meinte Apar verständig. »Er hört sich nur gut an. Sogar der Leiter Uschakow hat nie vergessen, daß er über uns steht. Auch der letzte Koch auf der Polarstation hat sich für klüger gehalten als unsere Ältesten – als Ierok und Analko, weil er Bolschewik war. Wenn einer nur Bolschewik ist, dann soll er der weiseste, gebildetste und beste Mensch sein. Und wie ist die Wirklichkeit? Die meisten der neuen Leute auf der Polarstation sind Bolschewiken. Aber sie sind bei weitem nicht die besten Menschen. Wie viele der Unseren haben sie zugrunde gerichtet. Und nicht mal einen der Ihren haben sie verschont.«

»Denkst du, sie haben Doktor Wulfson getötet?« fragte Nanechak mit verhaltener Stimme.

»Sein Gesicht sah schrecklich aus. Offenbar hat jemand mit fürchterlicher Wucht zugeschlagen. Und ihm die Arme zusammengebunden. Die Spuren sind noch zu sehen ...«

»Aber wer hat das getan? Etwa Starzew? Der ist doch zu feige und ein Schwächling«, bemerkte Nanechak.

Sie kannte den russischen Mann ihrer Schwester gut. Er hatte Sanechak mehr als einmal geschlagen, sie verhöhnt und sogar eine dreckige Wilde und Eskimoweib genannt. Aber Sanechak liebte ihn, denn er war der Vater ihrer Kinder. Außerdem hatte Starzew gesagt, bei den Russen sei es Brauch, ab und an die Frau zu schlagen, damit sie lebenstüchtig wird.

Apar erging sich selbst in Vermutungen, wer tatsächlich den Doktor getötet hatte. Man erzählte sich, daß Analko dank seiner Schamanenkraft alles wisse, aus irgendeinem Grund aber seine Stammesverwandten im unklaren lasse. Er soll gesagt haben, daß er den Russen, falls sie es wollten, den wirklichen Mörder des Doktors nennen und erzählen könne, wie sich alles zugetragen habe. Zunächst aber hatte sich der alte Mann nach dem Tod seines Sohnes völlig in sich zurückgezogen und sprach mit fast niemandem.

Doch wie sollten sie weiterleben? Apar hatte sich entschieden – den Russen durften sie nicht mehr trauen. Wie konnte man ernsthaft von einem neuen Leben reden, in dem einem arktischen Menschen alles fremd war: die Wohnstatt, die Kleidung, die Nahrung, die Lebensweise und das Bild von der Welt? Sogar das menschliche Mitgefühl der Russen unterschied sich von dem eines Tschuktschen und Eskimos. Immer öfter dachte er an die verlassene Urilyk-Bucht. Ja, gehungert hatten sie dort, aber nie hatten sie die Hoffnung auf die Zukunft verloren. Um diese Jahreszeit kann man dort weit aufs Meer hinausfahren, zum Kap Kiwak, und wenn sie hartnäckig und geduldig waren, kehrten sie immer mit Beute zurück. Im Frühling aber kam das Leben wieder ganz ins Lot. Jedenfalls für Apar. Seine Stammesverwandten, Rentier-Tschuktschen, trieben die Herden an die Küste und schlachteten. Dann kam eine satte, glückliche Zeit! Das Eis wich von den Küsten, Walrosse und Walfische fanden sich wieder ein. In der Tundra wuchsen eßbare Pflanzen, und Schwärme von fetten Fischen belebten die Flußmündungen. Das war ein Leben! Winternot und Winterhunger gerieten völlig in Vergessenheit. Handelsschiffe liefen die Küste an. In den letzten Jahren waren es hauptsächlich Schoner des amerikanischen Händlers Olaf Svenson gewesen. Ein Vertreter seiner Handelsfirma hatte sich auf Kap Urilyk niedergelassen und dort ein Holzhaus, ein Warenlager und einen Laden gebaut. Der Händler gab auch auf Kredit. Er vertraute den Menschen.

Plötzlich war all das zu Ende. Als erstes kam aus Whäna, das die Russen Mariinski Post oder Anadyr nannten, die Nachricht, daß die Russen sich wegen der Machtverteilung in die Haare geraten seien. Zunächst hätten die Anhänger des zaristischen Generals Koltschak die Oberhand gewonnen, dann die Bolschewiken, dann wieder die Koltschak-Leute, und als ein Dampfer aus Wladiwostok kam, übernahmen wieder die Bolschewiken die Herrschaft und verkündeten die Macht der Ärmsten.

Die Eskimos und Tschuktschen, die auf den riesigen Küstenstreifen an der Bering-Straße und an der Tschuktschen-See siedelten, spürten allerdings noch keine großen Veränderungen in ihrem Leben, wenn man von der Ankunft der ersten Lehrer, blutjungen Burschen und Mädchen, und der ersten Händler ohne Waren absieht.

Das Leben ging seinen Gang. Im Winter hungerten sie und sehnten ungeduldig die warme Jahreszeit herbei, die Frühlingsjagd auf Robben, Walroß- und Walfischschwärme, Schiffe mit Waren, mit Feuerwasser, mit dem sie sich so maßlos betranken, daß sie manchmal den Verstand verloren, manchmal auch das Leben.

Doch an eine solche Ausweglosigkeit und einen solchen hoffnungslosen Hunger wie in diesem Winter konnte Apar sich nicht erinnern.

Am elften Januar fand die Beerdigung statt. Zum erstenmal beobachteten die Eskimos der Insel eine Beerdigungszeremonie des weißen Mannes.

Der Zimmermann Saruba hatte eigens eine Kiste angefertigt und dazu die besten Bretter genommen. Er hatte sie in seiner Werkstatt noch einmal abgehobelt, zusammengenagelt, die Kiste mit rotem Stoff ausgekleidet und auf den Boden weiche Hobelspäne geschüttet.

Doktor Wulfson war mit einem neuen Anzug und einem weißen Hemd mit Krawatte bekleidet, als hätten sie ihn nicht für den Weg ins Sternbild der Trauer ausgestattet, sondern für einen Feiertag. Sein Gesicht war sorgfältig gewaschen, rasiert und sogar gepudert, und mit seinen geschlossenen Augen erinnerte er keineswegs an einen Toten, sondern eher an einen fest schlafenden Mann mit müde über der Brust verschränkten Armen.

Auf einem Hügel unweit der Siedlung und des Eskimolagers, von wo aus die De-Long-Straße zu sehen war, hatten sie in der Erde eine Grube ausgehoben – teils mit Brechstangen und teils durch Sprengungen mit Ammonit.

Gita Borissowna trug ein schwarzes Tuch, ihr Gesicht war von Tränen verquollen, und sie hielt sich kaum auf den Beinen. Hinter ihr schritten die Leute der Polarstation. Sie fuhren den Sarg auf einem Schlitten, den Dekkel aber trugen sie in ihren Händen.

Die Eskimos standen etwas abseits, nur Tajan war bei der Zeremonie zugelassen, weil er den Schlitten mit dem Sarg ziehen mußte.

Die Russen stellten den Sarg an den Grubenrand, und Karbowski hielt eine Rede. Dann senkten sie die geschlossene Kiste in die Grube, und jeder der Anwesenden warf eine Handvoll Erde hinab. Schließlich stellten sie sich in einer Reihe auf und schossen dreimal mit Jagdgewehren, Winchesterbüchsen, Karabinern und sogar Revolvern in den Himmel.

Als alle gegangen waren, blieb nur noch Gita Borissowna auf dem Hügel zurück. Sie stand neben dem Holzpfahl, an den der rötliche Blechdeckel einer Konservendose mit den Geburts- und Sterbedaten von Doktor Nikolai Lwowitsch Wulfson angenagelt war.

Achter Teil

1

Auf den Tag hatten alle gewartet. Selbst der äußerlich leidenschaftslose Analko betrachtete, ehe er mit Eishacke und einem kurzen Riemennetz für den Seehundfang das Meereis betrat, den Himmel und betete in Gedanken zu den Göttern, sie möchten für diesen Tag stilles, ruhiges Wetter mit klarem Himmel und nebelfreiem Horizont senden.

Sooft Analko vor Tagesanbruch aufgewacht war, hatte er sich gewundert, wie schnell, wie flüchtig Traumgesichte dahinjagten. Selbst der prächtigste, erstaunlichste Traum verflog rasch wie der Rauch seiner Pfeife im Freien – angesichts von Eisberg-Trümmern, die von anderen Küsten und aus Gegenden, wo ferne Verwandte des in der Arktis weit verbreiteten Volkes der Eskimos lebten, hierher, an die Küste der Wrangel-Insel, getragen worden waren.

Mit der spitzen Eishacke säuberte Analko das innerhalb eines Tages wieder zugefrorene Eisloch und griff mit stockendem Herzen nach einem Riemenende. Wie freute er sich, wenn er eine Last am anderen Ende spürte!

Ja, nun war es viel leichter geworden. Seehunde gerieten immer öfter ins Netz, und das war ein deutliches Zeichen, daß der Winter dem Frühling wich. Gegen Mittag wurde es auf der Insel schon merklich heller, und von Tag zu Tag erwarteten sie, daß die Sonne über dem Horizont erschien.

Analko zog den Seehund aus dem Eisloch. Nur an

einigen Stellen hatten kleine Krebse die Haut bis zum Unterhautfett durchgefressen. Der Jäger zog ein Messer heraus und machte auf der bärtigen Lippe des Seehunds, ehe sie gefror, einen Einschnitt, um den Schleppriemen hindurchzuziehen.

Analko stellte ein anderes Netz, kennzeichnete den Ort mit einem in den Schnee gestoßenen Stock und zog die Beute ans Ufer. Von Zeit zu Zeit hob er den Kopf und blickte in die entbrennende Morgen-, eigentlich ja schon Mittagsröte. An der Grenze von Meereis und Ufer blieb er stehen und hockte sich auf eine quer aus dem Schnee ragende Eisrippe. Er zog seine Pfeife aus der Brusttasche und stopfte den Metallkopf bedächtig mit feinem, auf dem Grund seines Lederbeutels zusammengescharrtem Tabak. Der Schamane steckte seine Pfeife an und blickte in Erwartung des ersten Sonnenstrahls konzentriert in die Morgenröte.

Als der hervorschoß, war Analko wie geblendet, aber er blinzelte nur leicht und nahm gierig das belebende, ursprüngliche Licht in sich auf. Der verstorbene Doktor Wulfson hatte behauptet, daß auch die Sterne Sonnen seien, nur schrecklich weit von der Erde entfernt, daher sei ihr Licht so schwach und wärme nicht. Vom Standpunkt des weißen Mannes aus mochte das so sein. Für Analko aber und seine Stammesgenossen war die Sonne kein Stern, sondern der Vater, der Quell des Lebens, der Quell alles Lebendigen. Sie war zurückgekommen und ließ den Menschen wissen, daß das Leben trotz allem weiterging und man sich freuen mußte, weil die schwere Zeit der Prüfungen, der Verluste, der Enttäuschungen, der gescheiterten Hoffnungen vorbei war. Ja, bisweilen hatte Analko in jenen trüben, dunklen, stürmischen Nächten nicht länger leben wollen, als der Wind die Jaranga in das Packeis des Meeres zu tragen drohte, die

Körpersäfte austrocknete und an den Knochen nur noch rauh gewordene Haut ohne Muskeln und Fett übrigließ, als das Feuer in den Augen erlosch und sie im vagen Licht der Polarnacht keine Gegenstände mehr unterschieden …

Analko drehte das Gesicht den Sonnenstrahlen zu, zog die Fellhandschuhe aus und bot die bloßen Hände dem lebendigen, wenn auch noch kalten Licht. Eigentlich hätte er die Zeremonie der Verneigung vor dem Ersten Sonnenstrahl vollziehen, sich bis zum Gürtel entblößen und den Heiligen Tanz aufführen müssen. Besser stand das freilich einem jungen Schamanen an, und der verstorbene Atun hätte es bestimmt getan … Aber ihn gab es nicht mehr, es gab keinen eigenen Lebensstrahl mehr, der sich weithin erstreckt hätte, in eine Zukunft, da Analko seinen Platz im Sternbild der Trauer eingenommen hätte.

Aber wieso nicht? Und das Leben, das Atun in Ainas Leib gezeugt hatte? Er, der Sohn, hatte seine Spur hinterlassen, hatte einen Funken entfacht, der den Lebensstrahl von Analkos Geschlecht, der das Geschlecht mächtiger Schamanen an der Ostküste der Halbinsel weiterführen würde.

Rasch erlosch der Sonnenstrahl wieder, und bald erinnerte nur noch die rote Glut des Sonnenuntergangs an ihn.

Analko erhob sich, spannte sich wieder vor die Beute und schritt auf seine Wohnstätte zu.

Aina reichte dem Jäger einen Krug mit Süßwasser. Analko begoß das verschneite, froststarre, schnurrbärtige Maul des Seehunds, trank ein paar Schlucke von dem wunderbar wohlschmeckenden, aus Eis geschmolzenen Wasser und schüttete den Rest mit kräftigem Schwung ins Meer, zum Packeis hin, das vom Licht der langen

Abendröte des ersten Sonnentages auf der Wrangel-Insel übergossen war.

Im Tschottagin knisterte lustig ein Feuer. Aina hatte unterm Schnee, gegen Kap Blossom zu, Treibholz gesammelt, und vor ein paar Tagen hatte sie Glück gehabt: Sie hatte ein großes Stück Schiffsmast gefunden, das sie mit Analkos Hilfe unter einem festen Schneeberg hatte hervorziehen können. Jetzt besaßen sie genügend Brennstoff, um das Feuer zu unterhalten, aber auch im Polog konnten sie endlich den Durst der Tranlampe nach flüssigem Seehundtran stillen. Abends wärmte ihre Flamme den Polog, und diese Wärme hielt sich bis zum Morgen. Aber allein unter einer Renkalb-Felldecke war es bitterkalt, und manchmal erwachte Aina mitten in der Nacht vor Frost.

Im Aussehen hatte sie sich kaum verändert, obwohl die Schwangerschaft ihren Körper ein wenig gerundet hatte. Aber der Ausdruck ihres ruhigen, vollen Gesichts war ebenso der alte geblieben wie ihre erstaunliche Schweigsamkeit und die äußere Ruhe.

Sie zog die Beute in den Tschottagin und schob sie ans Feuer, um den froststarren Seehund aufzutauen. Dann bereitete sie das Frühstück. Es war einfach – eine Handvoll gesäuertes Grünzeug, doch anders als in den vergangenen Hungertagen reichlich mit Seehundspeck gewürzt, ein Päckchen Hartbrot, Tee und Zucker. Alle diese Lebensmittel holten sie von der Polarstation. Wie Kmo erklärte, hatte der vom Tod des Doktors erschreckte Sementschuk Tajan angewiesen, den Eskimos Lebensmittel auszugeben, soviel sie verlangten, begleichen sollten sie es mit künftiger Jagdbeute.

Auf Pfählen, die einem einsitzigen Fellboot als Stütze dienten, trockneten ein Dutzend Polarfuchsfelle, gut zugerichtet und vom Frostwind gebleicht. Die Fallen hatte noch Atun aufgestellt, und jedesmal, wenn der Vater einen erstarrten Fuchs herausnahm, seufzte er schwer, weil er sich lebhaft vorstellte, wie sein verstorbener Sohn es gemacht hätte.

Noch während sie Tee tranken, hörten sie von Süden Hundegebell.

Es war Kmo. Nach arktischem Brauch nahm er nach der Begrüßung schweigend am Mahl teil und begann erst zu reden, nachdem er seinen Durst gestillt hatte. Die Neuigkeiten von der Polarstation waren nicht tröstlich. Der Chef verhörte unentwegt Starzew und alle anderen, die an der Suche nach dem Doktor teilgenommen hatten. Der Biologe Wakulenko trank immerzu und prügelte sich mit anderen Russen. Gita Borissowna zankte sich mit dem Chef und gab ihm die Schuld am Tod ihres Mannes.

»Hast du dem Chef gesagt, daß ich erzählen kann, wie sich alles zugetragen hat?« fragte Analko.

»Ich habe es ihm über Tajan und Apar ausrichten lassen«, antwortete Kmo.

»Und er?«

»Er hat gefragt, auf welche Weise du alles erfahren hast … Ich habe ihm vom magischen Ärmel des alten Regenmantels erzählt. Da hat er lange gelacht und uns alle, auch dich, wie gewöhnlich zum männlichen Glied geschickt …«

Analko wußte schon, daß die Russen mit diesen Worten ihr völliges Desinteresse an einem Menschen zum Ausdruck brachten, daß sie ihn dahin schickten, wenn er sich möglichst weit weg scheren und nicht wieder blikken lassen sollte. Seltsame Leute … Viel weiter weg wäre doch beispielsweise die Somnitelnaja-Bucht oder das Kap Blossom, die Tundra der Akademie oder gar Kap Proletarski …

»Also will er die Wahrheit nicht wissen«, sagte Analko nachdenklich. »Er hat den Doktor zwar nicht eigenhändig ermordet, aber seine Schuld ist trotzdem nicht gering.«

2

Kmo, der keinen Zutritt zu den Innenräumen der Polarstation hatte, kannte die wahre Lage nicht. Bedrückt von dem Vorgefallenen, finster und gereizt, zankten sich die Leute, soffen und prügelten sich zur Belustigung und zur Verwunderung der von fern zuschauenden Eskimos.

In Sementschuks Wohnung saß der verprügelte Wakulenko und winselte wie ein Hund: »Du mußt sie bestrafen, Konstantin Dmitrijewitsch, sperr die Dreckskerle ins kalte Badehaus! Sie haben mich schon wieder im Dunkeln verdroschen!«

»Sag mir, wer es war!« verlangte Sementschuk. »Nenn die Namen!«

»Das geschieht immer im Dunkeln, wie soll ich sie da sehen. Bevor sie sich auf mich stürzen, löschen sie das Licht. Gut möglich, daß sie mir die Nieren verletzt haben.«

»Warst du beim Arzt?«

»Bei wem denn? Soll ich zu Gita Borissowna gehen? Die ist doch übergeschnappt«, sagte Wakulenko spöttisch. »Dann behandle ich mich schon lieber selbst.«

»Auch gut«, meinte Sementschuk, »da wir keinen Doktor haben und Gita Borissowna dazu unfähig ist und sich auch noch weigert, wirst du, Wakulenko, die medizinische Betreuung der Expeditionsteilnehmer und der Einheimischen übernehmen müssen.«

»Warum nicht!« sagte der Biologe, wieder munter geworden. »Ich glaube, meine Kenntnisse reichen aus, um mit den Krankheiten hier fertig zu werden. Operieren kann ich allerdings nicht.«

»Das konnte Doktor Wulfson auch nicht«, bemerkte Sementschuk. Er sah Wakulenko durchdringend in die Augen. »Trotzdem – wer hat ihn getötet, was meinst du? Starzew?«

Wakulenko schnaubte abfällig. »Starzew! Der stirbt ja eher vor Angst, als daß er gegen jemanden die Hand erhebt – von der eigenen Frau abgesehn!«

»Wer aber dann? Auf der Insel leben doch nur wenige Leute, und keiner scheint in Frage zu kommen ...«

»Und wen verdächtigst du?« fragte Wakulenko mit trunkener Hartnäckigkeit. »Sag schon!«

»In erster Linie Starzew«, antwortete Sementschuk überlegend, »auch wenn er ein Feigling ist, wie du sagst. Ein Feigling ist er schon, aber nicht auf den Kopf gefallen. Vielleicht hat er doch alles mit eigenen Händen gemacht, dann einen Schreck bekommen, und jetzt kann er es nicht mal sich selbst eingestehen.«

»Und du?« fragte Wakulenko plötzlich.

»Wieso – ich?« Sementschuk fuhr erschrocken zusammen. »Was habe ich damit zu tun?«

»Wer hat ihn denn aufgehetzt?« fuhr Wakulenko fort. »Wer hat solche Sprüche gemacht wie: Man sollte den Doktor in der Tundra allein lassen, ihn einfach verlieren ... Waren das keine Einflüsterungen?«

»Sprüche sind eins«, murmelte Sementschuk verwirrt, »aber einen Menschen umbringen ... Du willst dich wohl aus der Affäre ziehen?«

»Selbst wenn ich das täte, werden viele dran glauben müssen«, sagte Wakulenko drohend. »Gieß mir noch richtigen Wodka ein. Ich hab den Sprit und alles mögliche Ersatzgesöff satt. Du wirst es nicht glauben, aber manchmal trinke ich zum Ausnüchtern notgedrungen hochprozentiges Eau de Cologne. Wie ein Eskimo!«

»Du solltest dich ein wenig beherrschen«, sagte Sementschuk, goß aber trotzdem Wodka ins Glas. »Das ganze Kollektiv ist schon unzufrieden, und in den Augen der Eskimos verlierst du deine Autorität.«

»Auf die Meinung der Eskimos und anderer Juden pfeif ich!« rief Wakulenko trunken. »Übrigens auch aufs Kollektiv ... Du aber solltest dir deinetwegen Gedanken machen, auch wegen mir und Nadeshda Indiktorowna.«

»Was willst du damit sagen?« Sementschuk zuckte fröstelnd mit den Schultern. In letzter Zeit hatte er oft sonderbare Anfälle von Schüttelfrost.

»Das erklär ich dir.« Wakulenko rückte näher und sprach leiser. »Wenn du nicht umgehend was unternimmst, geht es uns an den Kragen. Vor allem mußt du beweisen, daß Wulfson aus eigener Schuld umgekommen ist. Ist vom Schlitten gefallen und hat sich verletzt, ist erfroren, oder er hat mit einem Eisbären gekämpft ... Kurz, du mußt dir was einfallen lassen, was die dort auf dem Festland glauben ... Und damit sie es glauben, mußt du jemanden aus dem Weg räumen, ich weiß nicht, wie ich es dir noch deutlicher sagen soll – ich meine deinen jetzigen Hauptfeind, Gita Borissowna!«

Wakulenko hatte recht. Gita Borissowna benahm sich von Sementschuks Standpunkt aus unzulässig frech und herausfordernd. Zunächst hatte der Leiter sogar versucht, sich bei ihr anzubiedern, war zu ihr in die Wohnung gegangen, hatte sich erkundigt, ob sie etwas brauchen könne ... Aber aufgebracht hatte ihm die Frau wieder den Mord an ihrem Mann vorgeworfen, hatte ihn Dreckskerl genannt, Konterrevolutionär und Schädling und hatte ihm gedroht, alles in Moskau zu erzählen, durchzusetzen, daß er festgenommen und erschossen würde. Das hatte

Sementschuk endgültig überzeugt, daß mit Gita Borissowna eine gütliche Einigung nicht möglich sein würde. Wakulenko hatte recht – sie war sein größter Feind.

»Vielleicht sollten wir sie an die Nordküste schicken, in Analkos Lager?« sagte Sementschuk nachdenklich. »Sie wirkt zersetzend auf die Mitarbeiter der Polarstation, demoralisiert sie, verbreitet schlechte Stimmung und betreibt überhaupt eine antisowjetische, antibolschewistische jüdische Agitation – und das in unmittelbarer Nähe der Staatsgrenze der Sowjetunion ...«

»Im Norden wird sie natürlich abkratzen«, meinte Wakulenko. »Aber ihren Tod wird man wieder dir anhängen.«

»Was soll ich denn aber machen?« fragte Sementschuk sichtlich beunruhigt.

»Nachdenken«, erklärte Wakulenko vielsagend und bat, ihm das Glas noch einmal zu füllen.

Während Sementschuk zusah, wie der Wodka glucksend aus der Flasche rann, dachte er schaudernd, daß er selbst nie und nimmer soviel trinken könnte. Man mußte wirklich gesund wie ein Recke sein, um so eine Menge Alkohol zu vertragen.

»Hast du mal versucht, menschlich mit ihr zu reden?« fragte Wakulenko.

»Auf jegliche Weise: menschlich, brüderlich, auch ein hohes Gehalt habe ich ihr angeboten. Sie bekommt ja keinen Lohn bei uns. Aber nichts hat geholfen. Ich muß schon sagen, sie hat mich aus ihrer Wohnung rausgeworfen. Versteh doch, ich kann sie nicht mal aufs Festland schicken, denn da würde sie weiß der Teufel was über uns zusammenreden ... Sie ist überzeugt, daß ich der Mörder ihres Mannes bin!«

»Und was meinst du – wer hat die Sache wohl zu Ende gebracht? Sag!«

Wakulenkos Lidränder waren so verquollen, daß die Augen darin verschwanden, wenn er sie zusammenkniff.

»Das ist für mich völlig rätselhaft.« Sementschuk breitete die Arme aus. »Der Schamane Analko hat Leute zu mir geschickt. Angeblich kann der Alte durch einen Ärmel, den er in ein Gefäß mit Salzwasser hängt, sehen, wie sich alles tatsächlich zugetragen hat ... Verstehst du, Wakulenko, Atuns Tod ist doch auch ein Rätsel. Warum sollte sich dieser gesunde, kräftige Bursche von einem Felsen aufs Packeis stürzen?«

»Und was hast du auf Analkos Angebot geantwortet?«

»Daß er zum Teufel gehen soll! Das hat mir gerade noch gefehlt – mich mit Schamanenzauberei zu beschäftigen! So ein Unsinn! Alles im Ärmel eines alten Walroßmantels zu sehen! Lächerlich!«

Wakulenko sah seinen Gesprächspartner vielsagend an. »Weißt du«, begann er langsam, »wir unterschätzen die Schamanen. Nicht grundlos glauben ihnen kluge und verständige Leute, die es gelernt haben, unter solchen Bedingungen zu leben. Irgendwas muß schon dran sein. Das ist nicht nur Droge und Betrug.«

»Soll ich vielleicht Analko rufen lassen und an das glauben, was er sagt?« fragte Sementschuk höhnisch.

»Nein, nein!« Wakulenko winkte ab. »Gerade du darfst das nicht tun! Auf keinen Fall! Sonst hängen sie dir noch was an: Propaganda und Inanspruchnahme des Schamanismus.«

»Du hast mich ganz durcheinandergebracht, Wakulenko«, seufzte Sementschuk.

»Ich habe gehört«, fuhr der Biologe nachdenklich fort, »wenn im NKWD ein Untersuchungsführer eine Beschuldigung nicht vernünftig formulieren kann, schreibt er einfach, der Betreffende habe sich in Widersprüche verwickelt ...«

Als Wakulenko, mühsam die Beine eines vor das andere setzend und mit den Händen an den Wänden Halt suchend, gegangen war, trat Nadeshda Indiktorowna ins Zimmer.

In den letzten Tagen hatte sie sich scheinbar von allem abgekehrt, was auf der Station geschah, und hatte ihr Zimmer kaum verlassen. Dafür zog sie sich vor Sonnenaufgang sorgfältig an, ging ans Ufer der zu Eis erstarrten De-Long-Straße und beobachtete dort schweigend, wie sich die übereinandergetürmten Eisschollen erst von der Morgenröte verfärbten und dann von den Strahlen der hinter dem Horizont auftauchenden Sonne übergossen wurden. Lange blaue Schatten streckten sich zur Küste, auf dem Schnee entstanden Abbilder der Eisblöcke, der Häuser und Jarangas, der Masten der Funkstation, der meteorologischen Buden und noch etwas weiter weg – als langer, spitz zulaufender Schatten – ein Abbild von Doktor Wulfsons hölzernem Grabmal.

Nachdem sie ins Zimmer getreten war, blickte sie ihren Mann durchdringend an und setzte sich ihm gegenüber. »Nun, was werden wir tun?«

Sementschuk sah seine Frau nicht einmal an. Ihren Blick, in dem Vorwurf und Verachtung lagen, aber kein Fünkchen Mitgefühl und Erbarmen, hielt er nicht aus.

»Wir müssen von hier weg«, sagte Nadeshda Indiktorowna.

»Dazu kommt es vielleicht schneller, als uns lieb ist«, brummte Sementschuk finster, »wenn es uns nicht gelingt, mit Gita Borissowna etwas zu unternehmen.«

»Also mußt du mit ihr dasselbe tun wie mit Nikolai Lwowitsch.«

Sementschuk hob die Augen zu seiner Frau. »Denkst du, daß ich es war? Daß ich den Doktor getötet habe?«

»Wenn nicht du, dann ist es auf dein Betreiben geschehen«, sagte seine Frau ruhig. »Jetzt verlange ich, daß du alles für mich tust. Laß dir was einfallen. Ich kann hier auf der Insel nicht bleiben. Und habe auch nicht die Absicht, weiter mit dir zu leben. Du hast verloren, Konstantin Dmitrijewitsch. Deine Träume, Hauptgouverneur oder Kommissar der Arktis zu werden, sind gescheitert. Auch mich hast du nicht, wie versprochen, zur Königin der Wrangel-Insel gemacht, hast mich nicht in Pelze gekleidet …«

»Einige Polarfuchsfelle hast du immerhin«, erinnerte Sementschuk.

»Die jämmerlichen Häute kannst du dir selber nehmen, mir aber mußt du helfen, unverzüglich die Insel zu verlassen«, sagte Nadeshda Indiktorowna hart.

»Du weißt, das ist jetzt unmöglich«, antwortete Sementschuk. »Die Meerenge kann man mit Hunden nicht überqueren. Ich habe mich bei den Eskimos erkundigt. Erstens hat das noch nie jemand gemacht, und zweitens kann es unüberwindliche Risse im Eis geben.«

»Der Funker Bogdanow hat gesagt, auf Kap Uelen steht ein Flugzeug.«

Sementschuk fluchte insgeheim. Er hatte den Funker streng angewiesen, jede Information vom Festland bis auf rein private Telegramme streng geheimzuhalten und nur ihm, dem Leiter, zu übermitteln.

»Nadeshda Indiktorowna«, sagte er trocken, »ich verspreche Ihnen zu tun, was möglich ist. Ich werde mich bemühen, Sie mit dem ersten Flugzeug aufs Festland bringen zu lassen. Und wenn das nicht geht, mit dem Dampfer …«

3

Tajan hatte den Eindruck, als würde in den Häusern, in den Wohnzimmern der Station nicht mehr aufgeräumt. Daß im Flur und im Speiseraum die Fußböden längst nicht mehr gewischt wurden, wußte er, aber er erinnerte den Chef nicht daran, denn er fürchtete zu recht, Sementschuk würde ihn damit beauftragen. Der angesammelte Schmutz fiel besonders beim hellen Sonnenlicht ins Auge, das mit jedem Tag zunahm. Obwohl die Russen sich jede Woche im Schwitzbad wuschen, wurde die allgemeine Verwahrlosung, die immer größere Schlamperei unübersehbar.

Erstaunlicherweise boten dafür die Jarangas der Eskimos mit zunehmender Helle und dem Erscheinen der Robben ein immer lebendigeres Bild. Die Seehunde wurden mit Riemennetzen gefangen, auch in Eislöchern, was bisweilen einen ganzen Tag in Anspruch nahm.

Die im Winter aufgetretenen Krankheiten hatten die Eskimos aber noch nicht endgültig überstanden. Kurieren konnte sie niemand mehr.

Gita Borissowna durfte nicht mehr arbeiten, Sementschuk drohte ihr sogar, sie im Bad einzusperren, wenn es nicht geheizt wurde. Analko lebte fern im Norden, und Kranke waren außerstande, eine solche Entfernung zu überwinden. Es ging das Gerücht, der Biologe Wakulenko solle nun die Kranken behandeln. Tajan war Zeuge einer widerlichen Szene geworden, als der angetrunkene Biologe Gita Borissowna die Apotheke wegnahm. Wieder erklang das hysterische Geschrei der Frau, die dem Leiter und seinen Freunden die Schuld am Tod des Doktors gab, und ihre Drohung, sie zu entlarven; sie nannte sogar die Strafen, die die Mörder auf dem Festland erwarteten.

Tajans dienstliche Pflichten brachten es mit sich, daß er Wakulenko beim Transport der Apotheke helfen mußte; so konnte er alles sehen und hören. Der Biologe, der auf der Insel als einer der gebildetsten Männer galt, überschüttete die arme Frau mit den schmutzigsten russischen Schimpfworten und stieß sie sogar grob zurück, als sie ihm gefährlich nahe kam.

»Geh weg, du Miststück!« schrie er sie an.

»Lump!« entgegnete Gita Borissowna. »So wie du Nadeshda Indiktorowna den Hintern geleckt hast, leckst du ihn jetzt dem Chef selber! Verfaulen und vertrocknen soll deine Zunge!«

Tajan, der über eine gute Vorstellungskraft verfügte, stellte sich angeekelt dieses Bild vor. Sementschuk und seine Frau liegen nackt auf der Bank im Schwitzbad, dampfdurchglüht und rothintrig, so wie Tajan sie schon öfter gesehen hatte, wenn er den Ofen im Badehaus heizte, über ihnen aber kniet auf allen vieren der schweißnasse Wakulenko und leckt mit langer roter Zunge abwechselnd den mageren, behaarten Hintern des Chefs und die rosa aufragenden Hinterbacken von Nadeshda Indiktorowna.

»Du Judenfresse!« giftelte Wakulenko.

»Säufer!« antwortete Gita Borissowna. »Verdammter Antisemit!«

Tajan wußte schon, was das Wort »Antisemit« bedeutet. Antisemiten, so hatte ihm Wulfson erklärt, seien Leute, die gegen die Juden, gegen die Stammesverwandten von Nikolai Lwowitsch und Gita Borissowna eingestellt sind.

Eins war unbegreiflich: Wenn zwischen Russen und Juden so eine Feindschaft bestand, warum lebten sie dann zusammen, warum gingen sie nicht im Guten weit, weit auseinander? Apar, der über das alte Leben der Tschuktschen gut Bescheid wußte, hatte erzählt, vor langer Zeit habe Feindschaft die Beziehungen zwischen Tschuktschen und Eskimos verdüstert. Aber weise alte Männer hätten veranlaßt, daß die Eskimos und Tschuktschen zwar als Nachbarn, doch nicht Seite an Seite leben sollen. Allerdings waren sie nicht mehr verfeindet wie vor Urzeiten, bekämpften sich nicht, und in jüngster Zeit hatten sie sogar begonnen, sich zu verschwägern. Apar zum Beispiel, ein Rentier-Tschuktsche, hatte eine Tochter des Eskimos Ierak zur Frau genommen.

Manchmal erschien Wakulenko in den Jarangas und versuchte, die erkrankten Eskimos zu behandeln. Doch man traute ihm noch weniger als dem verstorbenen Doktor und warf Medikamente, die der angetrunkene Arzt gebracht hatte, einfach weg, sowie er wieder draußen war.

Dann erkrankte Starzews Frau Sanechak. Sie wurde von Bauchschmerzen geplagt, und zuerst rief ihr Mann Gita Borissowna.

Trotz der späten Stunde machte sich die Ärztin fertig, steckte ein paar übriggebliebene Medikamente ein und begab sich zu Starzew. Sie hatte die Kranke aber noch nicht einmal richtig untersucht, da stürzten Sementschuk und Wakulenko ins Zimmer.

»Habe ich Ihnen nicht verboten, Kranke zu behandeln!« schrie Sementschuk Gita Borissowna an. »Verschwinden Sie!«

»Sie werden sich für alles verantworten, Sementschuk!« drohte Gita Borissowna. »Auch hierfür!«

Wakulenko entkleidete die Kranke und tastete sie ab, als suche er die Krankheit zu entdecken, bis Starzew die Geduld verlor, eifersüchtig wurde und schrie: »Genug rumgetatscht! Siehst du nicht, das Weib hat Bauchschmerzen?«

»Der Bauch, Bruderherz«, lallte Wakulenko, »trägt lebenswichtige Organe in sich. Das ist keineswegs ein einförmiger Behälter, wie du denkst, du Dummer! Da liegen der Magen, die Leber, die Därme und andere Organe … Keine Sorge, Sanechak, hab keine Angst, ich verschreibe dir was, damit du gesund wirst … Du wirst wieder gesund, meine Liebe, hab keine Angst.«

Erneut begann er die Frau abzutasten, aber der erboste Starzew stieß den Biologen weg.

Sanechak starb trotzdem.

Alle Eskimos waren sich einig, daß der Biologe die Frau nicht richtig behandelt habe. Überhaupt könne er einen Menschen nicht heilen.

Bei der Beerdigung versuchte Sementschuk, dem Witwer Mut zu machen: »Wenn die Navigation beginnt, gebe ich dir Urlaub, und du fährst aufs Festland, holst dir eine neue Frau, eine Russin … Was willst du schon wieder mit einer Eskimofrau! Kannst ein echtes Russenweib haben, zärtlich, üppig, weiß …«

»Mir gefallen die Eskimofrauen aber besser«, heulte Starzew, Tränen und Rotz auf dem Gesicht verschmierend. »Sanka war eine gute, zärtliche Frau, hat nie mit mir geschimpft, hat mich nicht geschlagen … Nur ich Dummkopf habe sie manchmal verdroschen … Ein Dummkopf bin ich, ein Dummkopf! Und warum habe ich mich auf diese Geschichte eingelassen? Weh mir, weh!«

Dann starb Tagju eines rätselhaften Todes. Auch ihn hatte Wakulenko behandelt.

Nach seinem Tod beschlossen die Eskimos, russische Ärzte nicht mehr in ihre Jarangas zu lassen, weder Gita Borissowna noch Wakulenko.

4

Der Internationale Frauentag wurde gefeiert. Allen Frauen der Polarstation übergab Sementschuk im Namen der Leitung Geschenke. Gita Borissowna nahm an der Feierstunde nicht teil. Sie hatte sich in ihrem Zimmer eingeschlossen und sagte zum Parteiorganisator, der sie holen sollte: »Bestellen Sie Ihrem Mörder, ich will ihn nicht mehr sehen!«

Sie tranken und feierten bis spät in den Abend.

Am neunten März klopfte frühmorgens jemand an Sementschuks Wohnungstür. Der auf einem Sofa im ersten Zimmer schlafende Konstantin Dmitrijewitsch ließ die Füße auf das weiche Bärenfell am Boden gleiten und fragte: »Wer ist da?«

»Ich bin's, Karbowski.«

»Was willst du so früh?«

»Wakulenko hat sich erschossen!«

»Wieso – erschossen?« fragte Sementschuk verblüfft.

»Er hat auf sich geschossen«, präzisierte Karbowski.

»Das kann nicht sein! Ist er tot?«

»Er ist schon steif ... Wahrscheinlich hat er es schon am Abend getan«, vermutete Karbowski.

Sementschuk zog sich schnell an und folgte eilig dem Parteiorganisator.

Bis zum richtigen Frühling, da die Schneemassen tauen und die Zugvögel kommen würden, war es noch sehr weit, aber er war schon zu spüren, sein Nahen beschwingte die erwachende arktische Natur. Die Sonne schien hell, und der Schnee funkelte so blendend, daß jetzt niemand riskierte, ohne Schutzbrille aus dem Haus zu gehen. Mehrere Angehörige der Polarstation hatten schon die Schneeblindheit und waren gezwungen, einige Tage mit verbundenen Augen zu verbringen.

Die Luft war nicht nur von Licht durchdrungen, sondern auch von einem eigenen Geruch, dem Duft ungewöhnlicher Frische und Munterkeit, und der Schnee unter den Füßen knirschte schon nicht mehr vor Trokkenheit.

Vor der offenen Tür des Zimmers, das Wakulenko bewohnte, drängten sich Neugierige.

Sementschuk schob die an der Schwelle Stehenden beiseite und trat ins Zimmer. Ihm wurde übel. Drinnen roch es nach Tod. Er hatte nicht gedacht, nicht einmal für möglich gehalten, daß der Tod einen Geruch haben könnte. Nein, das war nicht der Geruch eines sich zersetzenden Körpers. Soviel Zeit war nach dem verhängnisvollen Schuß noch nicht vergangen, und der Körper schien noch Wärme des erkaltenden Lebens zu bewahren. Eigentlich hätten sie einen Arzt holen müssen, der den Tod feststellte, und erst danach von der Beerdigung reden. Wer aber hätte den Tod beurkunden sollen? Sie konnten doch nicht Gita Borissowna rufen …

»Bleib hier, Karbowski, wir werden ein Protokoll aufsetzen«, sagte Sementschuk mit dumpfer Stimme, wühlte in den auf dem Tisch verstreuten Papieren des Biologen und fand einen Bleistift und ein sauberes Blatt.

Er schrieb selbstsicher, sah sich nur hin und wieder nach dem Leichnam um, nach der Winchesterbüchse, ließ den Blick über das Zimmer schweifen und bewegte dabei die Lippen, als wolle er wiederholen, was er im nächsten Augenblick niederschreiben würde.

Sementschuk hatte seine Arbeit noch nicht beendet, als im Flur Lärm zu hören war und Nadeshda Indiktorowna ins Zimmer stürmte. Sie stürzte zu Wakulenkos Leichnam, beugte sich über ihn und heulte auf: »Auch dich haben sie getötet, mein Liebster, Bester! Was treiben sie nur, die Scheusale!«

»Was soll das!« schrie Sementschuk seine Frau an. »Was plapperst du mit deiner dreckigen Zunge? Begreifst du nicht, wie du meine Autorität untergräbst?«

»Ich pfeif auf deine Autorität!« heulte Nadeshda Indiktorowna, und die Flut ihrer Tränen näßte den toten Körper des Selbstmörders. »Du hast nie eine gehabt! Ein Unglücksrabe bist du, ein Jämmerling!«

»Schaffen Sie die Frau weg!« befahl Sementschuk wütend.

Karbowski, die herbeigeeilten Kletschkin und Bogdanow faßten Nadeshda Indiktorowna unter die Arme und führten sie in ihre Wohnung.

Und wieder, wie beim Tod von Doktor Wulfson, standen die Eskimos in Grüppchen neben ihren Jarangas und beobachteten stillschweigend, was in der Siedlung der Weißen vor sich ging. Unter ihren aufmerksamen, neugierigen Augen zog der Zimmermann Saruba erneut seine Werkbank nach draußen, und ein leichter Wind trug dünne, geringelte, nach getautem Holz riechende Hobelspäne in Richtung ihrer Jarangas. Bald schon stand an einer Wand des Vorratslagers eine mit rotem Kattun ausgeschlagene russische Beerdigungskiste.

Und wieder zog Tajan, ins Riemengeschirr gespannt, einen Schlitten mit Sarg auf den Hügel, wo schon der hölzerne Obelisk am Grab von Doktor Wulfson aus dem Schnee ragte. Ebenso wie das vorige Mal brachen sie mit eisernen Brechstangen mühsam den Frostboden auf, sprengten mit Ammonitpatronen das ewige Eis, warfen ein paar Handvoll eisige Erdklumpen auf den Sargdeckel, schossen in die Luft und gingen dann hintereinander in den Speiseraum, wo der Koch schon einen Leichenschmaus und Schnaps aufgetragen hatte.

Starzew erzählte, beim Leichenschmaus sei Nadeshda Indiktorowna ganz in Schwarz gekleidet gewesen, wie es bei Trauer russischer Brauch sei. Doch sie habe nicht mehr geschrien, nicht geweint, nur sehr viel Wodka getrunken.

Der Chef habe viel geredet. Zuerst, so berichtete Starzew, hielt er eine Rede zum Gedenken an Wakulenko, sagte, was das für ein guter Mensch gewesen sei, ein echter, der einzig wirkliche Wissenschaftler, der versucht habe herauszufinden, was es den Tieren erlaube, solche Kälte zu ertragen. Doch Umtriebe von Gegnern der Revolution, Juden als Feinde alles Fortschrittlichen, die sich durch Betrug in das einträchtige Kollektiv der Station eingeschlichen hätten, seien schuld, daß er seine wichtige Arbeit nicht vollenden konnte. Sie hätten den talentierten Wissenschaftler auf jegliche Weise lächerlich gemacht. Ohne seinen vorzeitigen Tod wäre die Sowjetwissenschaft durch neue Entdeckungen bereichert worden, wäre der Schamanismus auf der ganzen Tschuktschen-Halbinsel und auf den umliegenden arktischen Inseln vernichtet worden.

Er habe alle Angehörigen der Polarstation aufgerufen, sich eng um ihn, einen wahren Kommunisten, zu scharen und nicht auf allerlei Geschwätz zu hören. Wenn alle dächten wie der Chef Sementschuk, würde alles gut, die Moskauer Obrigkeit würde die Polarstation der Wrangel-Insel loben und allen Auszeichnungen der Regierung verleihen. Aus Sementschuks Worten sei hervorgegangen, daß er mit großen Moskauer Chefs befreundet sei, die stets für ihn eintreten würden. Unter seinen Freunden seien Volkskommissare und auch Otto Juljewitsch Schmidt, der sein Mandat als Leiter der Wrangel-Insel unterschrieben habe.

Das Eis auf der De-Long-Straße bekam Risse, die von einer Bewegung der Eisfelder zeugten. Die Jäger kehrten mit Beute zurück; sie konnten sich bis zum Platzen satt essen und die Hunde gut füttern. Trotz des schweren Winters erbeuteten sie genügend Polarfüchse und erhielten dafür aus dem Vorratslager hinreichend Zucker, Mehl, Tee und Tabak. Der winterliche Geiz des Chefs brachte den Eskimos jetzt einen kleinen Vorteil: Es gab fast keine Schuldner, und was sie doch auf Kredit bezogen hatten, wurde durch den Wert der neuen Pelze reichlich aufgewogen.

Leben kehrte auch in die über die Insel verstreuten Jägerstützpunkte zurück. Die Kranken wurden gesund, man hörte wieder Lachen und fröhliches Treiben.

Aus Utojuks Jaranga drangen an stillen, hellen Abenden die Klänge russischer Volkslieder und Opernarien: Nur diese beiden Platten waren heil geblieben, dafür hatte Utojuk gelernt, die alten Grammophonnadeln zu spitzen, und der Klang war klar und rein.

Mit Beendigung der Wintersaison kehrten die Jäger in die Rodgers-Bucht zurück, in ihre festen Jarangas, und bald waren nur noch der Schamane Analko und die schwangere Aina in ihrer einsamen Jaranga auf Kap Blossom geblieben.

5

Analko betrachtete lange den dünnen Eiszapfen, der sich an der Südseite der Jaranga, an ihrem Dach aus Walroßhaut, gebildet hatte. Das bedeutete, daß die Sonne bereits genügend Kraft gewonnen hatte, um die ersten Eisschollen in diesem langen arktischen Winter zu tauen. Am Ende des Eiszapfens hing ein Tropfen, und darin schillerte fröhlich ein Sonnenstrahl, Teil einer gewaltigen, siegreichen Kraft.

»Aina, sieh mal!«

Die junge Frau schaute aus der Jaranga.

»Siehst du den Eiszapfen?« Analko zeigte aufs Dach. »Jetzt geht es auf den Frühling zu, kommt die Zeit der Schnee- und Eisschmelze. Die Kälte wird mit jedem Tag abnehmen ...«

»Und mein Bauch wachsen ...« Aina lächelte.

»Es ist schön, wenn ein Mensch in der warmen Jahreszeit geboren wird«, sagte Analko.

Plötzlich spitzten beide die Ohren: Von Südosten drang kaum vernehmbar ein Ton, ähnlich dem Ohrenrauschen, das in der völligen Stille eines klaren Tages auftreten kann. Der Ton verstärkte sich rasch, und bald bestand kein Zweifel mehr, daß da ein Flugzeug kam. Schon konnten sie es am wolkenlosen Himmel erkennen, zuerst als kleinen Punkt, dann so groß wie eine Fliege, und nun hatte es mit seinem Geheul auch die Stille aufgeschreckt, die sich in den blauen Schatten zwischen den Eisblöcken, in den zum Meer hinabführenden verschneiten Senken und Tälern verbarg.

»Ein Flugzeug!« rief Analko laut.

»Ein Flugzeug!« sagte Aina und hielt schützend die Hand an die Augen.

Seltsamerweise freute sich der alte Schamane über das Erscheinen des Flugzeugs, und er dachte daran, daß dieser eiserne Vogel vor den ersten Frühlingsvögeln am Himmel der Wrangel-Insel erschien. Vielleicht war nun auch seine Verbannung zu Ende, und sie konnten zu den Leuten in der Rodgers-Bucht zurückkehren.

Ein Mensch darf nicht so lange in der Einsamkeit bleiben. Immer seltener kamen nun Jäger hierher, die Jagd auf Pelztiere war beendet. Die Jäger hatten ihre

Aufmerksamkeit dem Meereis, dem Seehundfang zugewandt.

Mit Geheul raste das Flugzeug über Analkos einsame Jaranga hinweg, wendete, nahm Kurs auf die Somnitelnaja-Bucht und von da über die Südküste der Insel zur Rodgers-Bucht, zur Siedlung der Polarstation.

Sementschuk verbot seinen Leuten, sich dem Flugzeug zu nähern, das auf dem kleinen, stets für einen außerplanmäßigen Anflug instand gehaltenen Platz gelandet war.

Zusammen mit Sementschuk empfingen Nadeshda Indiktorowna und der Parteiorganisator Karbowski die Ankömmlinge.

Kaum waren die Leute aus dem Flugzeug gestiegen, da eilte Sementschuk geschäftig auf sie zu, grüßte lauthals und sagte: »Bitte seien Sie meine Gäste! Sicherlich sind Sie hungrig und durchfroren? Ich habe was zum Aufwärmen, und Seehundleber wird auch schon gebraten … Bitte …«

Doch die Gäste, die auf die Begrüßung zurückhaltend reagiert hatten, begaben sich nicht in die Wohnung des Leiters, sondern in den Speiseraum, wo der Bevollmächtigte der Hauptverwaltung des Nördlichen Seewegs, Sherdew, Sementschuk erklärte, er und der Experte Kraschennikow seien von der Hauptverwaltung geschickt worden, um die Situation auf der Polarstation und bei den Eskimos auf der Wrangel-Insel zu untersuchen, vor allem aber, um die Umstände des Todes von Doktor Wulfson zu klären.

»Bei uns ist nicht nur Doktor Wulfson gestorben«, sagte Sementschuk ziemlich beleidigt. »Der Biologe Wakulenko hat Selbstmord verübt …«

»Einstweilen interessiert uns das Ende von Doktor Wulfson«, sagte Sherdew hart. »Versorgen Sie den Experten Kraschennikow mit Gerät und Arbeitskräften. Wir müssen den Sarg mit der Leiche des Doktors ausgraben, um eine Autopsie vorzunehmen.«

»Wird die Frau des Verstorbenen, Gita Borissowna, einverstanden sein, daß Sie die Gebeine ihres Mannes um ihre Ruhe bringen?« zweifelte Sementschuk.

Sie ließen Gita Borissowna holen. Die letzten Tage war es ihr sehr schlecht gegangen: Sie war erkrankt, außerdem hatte der Stationsleiter ihr keine Lebensmittel mehr zuteilen lassen unter dem Vorwand, sie weigere sich zu arbeiten.

»Endlich!« rief sie und brach in Tränen aus. »Endlich triumphiert die Gerechtigkeit! Bestrafen Sie die Mörder!«

»Gita Borissowna!« sagte Sherdew streng. »Das Strafmaß wird vom Gericht festgesetzt. Unsere Aufgabe ist es, einen exakten medizinischen Befund aufzunehmen. Dafür aber müssen wir den Körper des Verstorbenen exhumieren. Wir benötigen Ihre Einwilligung ...«

Gita Borissowna nickte schweigend. Die Nachricht, daß der verstorbene Doktor ausgegraben würde, hatte das Eskimolager augenblicklich erreicht.

»Sicherlich bringen sie ihn nach Moskau und legen ihn wie Lenin ins Mausoleum«, vermutete Utojuk.

Der Leichnam wurde jedoch nicht abtransportiert.

Neben dem Vorratslager, wo die Lebensmittel ausgegeben wurden, hatte der Zimmermann Saruba aus Brettern einen großen Tisch zusammengenagelt. Tajan und Kletschkin gruben inzwischen den Sarg aus, setzten ihn auf einen Schlitten und fuhren ihn zum Lager. Zuschauer um Doktor Kraschennikow, der einen weißen Kittel trug, als wolle er zur Jagd gehen, gab es keine. Betroffen von dem noch nie gesehenen Schauspiel, hielten sich die Stationsangehörigen und die Eskimos in einiger Entfernung.

Apar schickte Frau und Sohn in die Jaranga und holte selbst das Fernglas heraus, das ihm der erste Herr der Insel, Uschakow, geschenkt hatte.

Der tote Körper wurde völlig entkleidet. Dazu mußte Kraschennikow die Kleidung zerschneiden. Offensichtlich hatte er gut geschliffene Messer mitgebracht, denn mühelos schnitt er den im ewigen Eis erstarrten Körper auf, öffnete den Bauch und den Brustkorb. Lange wühlte er in den Eingeweiden, betrachtete etwas in der Sonne und schrieb dann in einem Heft, das er an den Rand des breiten Tisches neben die bloßen Füße des Toten gelegt hatte.

Während der Leichenöffnung herrschte in der Siedlung und im Eskimolager eine solche Stille, daß man zu hören meinte, wie der gefrorene Körper zerschnitten wurde. Sogar die Hunde waren still geworden, kein einziger heulte oder bellte.

Freigebig erhellte die Sonne den ungewöhnlichen Vorgang: Am Himmel war kein Wölkchen zu sehen, kein Luftzug regte sich. Die Rauchsäule aus der Küche stieg gerade hoch.

Kraschennikow beendete seine seltsame und unfrohe Arbeit, als die Sonne nach Westen gewandert war und die blauen Schatten lang geworden waren.

Durch sein Fernglas sah Apar, wie Kraschennikow den Bauch des Verstorbenen wieder zunähte, als wäre das kein menschlicher Körper, sondern ein dünn gewordener Ledersack. Die Nadel in seinen geschickten Händen flitzte nur so.

Mit Tajans und Kletschkins Hilfe wurde der Körper wieder in den Sarg gelegt; Kraschennikow aber wusch sich sorgfältig die Hände, obwohl er die ganze Arbeit in durchsichtigen dünnen Gummihandschuhen verrichtet hatte.

Der Verstorbene wurde ein zweites Mal an seinem alten Ort begraben. Der Zimmermann Saruba richtete den schief gewordenen Holzobelisken wieder auf und rieb mit dem Ärmel seiner Wattejacke die Blechplatte blank, auf der Doktor Wulfsons Name, sein Geburts- und Sterbedatum eingraviert waren.

Gita Borissowna flog zusammen mit der Kommission ab. Einige Tage darauf wurden auch Sementschuk und seine Frau weggebracht.

Am selben Abend kam von Norden ein Gespann. Die Hunde liefen langsam, das Gepäck war schwer, auf zwei Schlitten verteilt. Zwei Menschen liefen nebenher. Es waren Aina und der Schamane Analko. Sie kehrten zu ihren Leuten zurück, ins Eskimolager der Rodgers-Bucht.

Neunter Teil

1

Voller Ungeduld erwarteten die Moskauer und das ganze lesende Land den Beginn dieses Prozesses. Gerüchte von dem tragischen Vorfall auf der fernen arktischen Wrangel-Insel gingen von Mund zu Mund, verbreiteten sich in dem riesigen Reich von der Westgrenze bis zum Fernen Osten, schneller noch als die Radiowellen des unlängst in Moskau, in der Schabolowka-Straße, eingerichteten Rundfunksenders »Komintern«. Es gab die unterschiedlichsten Versionen. Eine besagte, daß eine bewaffnete Abteilung überseeischer Imperialisten auf der Insel gelandet sei und alle dort lebenden Eskimos sowie die Angehörigen der russischen Polarstation niedergemetzelt habe. Eine andere wollte wissen, auf der Insel sei es zum Aufstand einer konterrevolutionären Gruppe gekommen, die der Renegat Trotzki heimlich dahin geschickt habe, und die Aufständischen hätten die Insel den Amerikanern übergeben wollen. Wiederholt tauchte auch der Name des kanadischen Polarforschers und Reisenden Vilhjálmur Stefánsson auf, der angeblich Rechte auf die Wrangel- und die Herald-Insel geltend gemacht habe … Und jemand phantasierte, daß in Moskau eine konterrevolutionäre Gruppe aufgeflogen sei, die geplant habe, die Insel nach dem Beispiel von Alaska den Amerikanern zu verkaufen.

Alle Plätze im Saal des Obersten Gerichtshofs in der Worowski-Straße, wo der Prozeß stattfand, waren von Vertretern der Werktätigen aus Fabriken und Werken und von Mitarbeitern der Hauptverwaltung des Nördlichen Seewegs mit ihrem Leiter, dem Chef-Polarforscher Otto Juljewitsch Schmidt, besetzt. Letztere trugen Uniformjacken aus dunkelblauem Tuch und unterschieden sich von den bleichen Moskauern, die einen Matschwinter hinter sich hatten, durch eine gewisse, kaum merkliche Straffheit, akkuraten Haarschnitt und einen starken Eau-de-Cologne-Geruch. Man hatte den Eindruck, als hätten sie kurz vorher den Friseursalon in der Stoleschnikow-Gasse besucht.

Die Abgesandten der Fabriken und Werke saßen im Saal verstreut, jeder bei seinem Kollektiv. Trotz der Zivilkleidung schien es auf den ersten Blick, als trügen sie Uniform. Die Arbeiterinnen des Textilkombinats »Dreihügel« unterschieden sich nicht sehr von den Arbeitern der Süßwarenfabrik »Bolschewik« oder dem Eisenwerk »Hammer und Sichel«, dessen Vertreter, der Stahlwerker Konstantin Buturlin, als Beisitzer neben dem Richter und dem berühmten Polarflieger Babuschkin thronte.

Den Vorsitz bei Gericht führte der Stellvertreter des Vorsitzenden des Obersten Gerichtshofs der RSFSR, Jakow Leontjewitsch Berman, ein akkurater, gutaussehender Mann mit ruhiger, leidenschaftsloser Stimme. Von ihm unterschied sich durch sein imposantes Äußeres und seine Selbstsicherheit deutlich der staatliche Ankläger, der Staatsanwalt der UdSSR Andrej Januarjewitsch Wyschinski, ein Mann, der, wie es hieß, schon vor der Revolution der Partei angehört hatte und den der Führer, Genosse Stalin, persönlich kannte. Noch wurde er nicht »Kampfgefährte« genannt, aber das konnte durchaus noch geschehen. Zum Saal hatten auch einige wenige Vertreter der ausländischen Presse Zutritt.

Als der gedämpfte Lärm verstummt war, wurden durch

eine Seitentür die Angeklagten – Sementschuk und Starzew – hereingeführt.

Anfangs schienen sie den Anwesenden zum Verwechseln ähnlich. Sie waren gleich groß und fast gleichaltrig, außerdem gingen sie im Gleichschritt, die Hände auf dem Rücken, waren gleich kurz geschoren und trugen die übliche graue Gefängniskleidung.

Man mußte schon aufmerksam und genau hinsehen, um zu bemerken, daß Sementschuk ein wenig kleiner, mager und sehnig war, Starzew aber rundgesichtig und dicklich trotz der vielen Monate, die er während der Untersuchungshaft bei entsprechender Kost in einer Einzelzelle des Gefängnisses Lefortowo verbracht hatte.

Starzew betrachtete den Saal mit unverhohlener Neugier, sah sich die Gesichter der Beisitzer an, den Richter, den staatlichen Ankläger, die Verteidiger, forschte lange in den Zügen des Zivilklägers, des bekannten Rechtsanwalts Ilja Dawydowitsch Braude.

Die gutmütige Neugier, die auf Starzews sich nach unten verbreiterndem Gesicht geschrieben stand, entsprach nicht der allgemein verbreiteten Vorstellung vom Aussehen eines Mörders. Nach den Bräuchen jener Zeit wurde Starzew, wie übrigens auch Sementschuk, in vielen Zeitungen bereits niederträchtiger Mörder genannt, der Doktor Wulfson in die öde Tundra der Insel gelockt habe. Dabei hatte das Gericht noch kein Wort gesprochen.

Man veröffentlichte nicht nur Artikel über das Verbrechen. Es gab viel Material darüber, wie die Sowjetmacht das Leben der eingeborenen Völker der Arktis – Tschuktschen, Eskimos, Nenzen und Korjaken – verändert habe.

Aber niemandem – weder den Zuschauern, den Vertretern der Fabriken und Werke Moskaus, noch den zahlreichen Zeugen, den Leitern der Verwaltung des Nördlichen Seewegs mit Otto Schmidt an der Spitze, weder dem Gericht noch den Beisitzern oder dem staatlichen Ankläger Wyschinski kam der Gedanke: Warum eigentlich befand sich sowohl unter dem Publikum als auch unter den Zeugen kein einziger Vertreter der einheimischen Bevölkerung?

Niemand dachte daran, auch nicht bei der Verlesung der umfänglichen Anklageschrift durch die Gerichtssekretärin Kuschelnikowa. Sie fühlte sich nicht recht wohl in ihrem neuen, eigens für den Beginn des Prozesses geschneiderten dunkelblauen Cheviotkostüm.

»... Ende 1935 erließ der Leiter der Hauptverwaltung des Nördlichen Seewegs, Genosse Otto Juljewitsch Schmidt, den Befehl 628 ›Über die Situation in der Polarstation auf der Wrangel-Insel‹. In diesem Befehl vermerkte Genosse Schmidt, daß auf der überaus wichtigen Polarstation ›Wrangel-Insel‹ a) die hauptsächlichsten wissenschaftlichen und gewerblichen Arbeiten sabotiert wurden; b) die örtliche, 63 Mann starke Eingeborenenbevölkerung sich selbst überlassen wurde; es wurden keinerlei Arbeiten mit ihr durchgeführt, und es fehlte selbst an der elementarsten Fürsorge, besonders auf dem Ernährungssektor, was zu Massenerkrankungen unter der Bevölkerung und sogar zu Todesfällen infolge Unterernährung (bei auf der Station vorhandenen Vorräten auf 3 Jahre!) führte; c) auf der Station Unordnung, Verderb wertvollster Produkte, Undiszipliniertheit, Antisemitismus, Zersetzung und übler Stunk unter den Arbeitern der Station an der Tagesordnung waren. Im Hinblick auf derartige Zustände auf der Polarstation waren der Tod des Arztes Genosse Wulfson und der Selbstmord des Biologen Wakulenko rätselhaft.

All dies war das unmittelbare Ergebnis der verbrecherischen Fahrlässigkeit, der administrativen Willkür und des hartherzigen Verhältnisses zu den Leuten von seiten des

Stationschefs Sementschuk, der die Polarstation zu völligem wirtschaftlichem und politischem Verfall brachte.«

Die Stimme der Kuschelnikowa wurde immer sicherer, offenbar hatte sie große Erfahrung beim Verlesen solcher Dokumente. Doch weder Sementschuk noch Starzew hörten dieser Verlesung mit erkennbarem Interesse zu. Sie hatten diese ganze Untersuchung, all die Verhöre, Gegenüberstellungen und das Unterschreiben der Protokolle längst satt. Das dauerte doch schon fast ein Jahr!

Zuerst hatte man Sementschuk von der Insel weggebracht. Eine Zeitlang lebte er auf Kap Schmidt, weil der Beginn der Schiffahrt abgewartet werden mußte. Mit seiner Frau, Nadeshda Indiktorowna, war er in einem Einzelzimmer untergebracht, aber zur Arbeit ging er nicht, er forderte eine leitende Position. In Gesprächen mit Leuten der dortigen Station erwähnte er bei jeder passenden Gelegenheit, daß er in Moskau gute Verbindungen zum NKWD habe und natürlich alles ein gutes Ende finden werde. Nun ja, er sei mit seiner ersten Polarstation nicht klargekommen, es habe Versäumnisse gegeben, aber an Wulfsons Tod halte er sich persönlich für unschuldig und dazu würde er sich nicht bekennen, wie raffiniert die Verhöre auch sein mochten.

Starzew wurde viel später von der Insel abtransportiert und gleich in Moskau eingesperrt. Ihm war sofort klar, daß man ihn für den eigentlichen Mörder Wulfsons hielt. Aber er hatte den Doktor doch nicht getötet! Dabei blieb er und brachte Untersuchungsführer zur Verzweiflung, die es verstanden, erforderliche Aussagen aus beliebigen Menschen, hartgesottenen Verbrechern wie standhaften, in die Fänge des NKWD geratenen Bolschewiken herauszuholen. Was wurden nicht für Menschen gebrochen! Ideologen, Sekretäre von Gebietskomitees, Schriftsteller, Generäle, Akademiemitglieder, Professoren, Ingenieure,

Werkdirektoren ... Hier aber stand ein Männlein, dem Aussehen nach sogar von undefinierbarer Nationalität, sprach ungewandt, war aber hartnäckig wie ein Teufel!

Mitunter rauschte die Rede der Kuschelnikowa einfach an Starzew vorbei, dann war er damit beschäftigt, den Saal zu betrachten, das Publikum, die Richter, die Milizionäre, die Verteidiger, den staatlichen Ankläger ... Es kam aber vor, daß er vom Wortstrom der Frau geradezu mitgerissen wurde, besonders, wenn sie bekannte Erscheinungen schilderte, an die er sich noch erinnerte ...

»... Sementschuk verfolgte gegenüber der einheimischen Inselbevölkerung eine verbrecherische Politik ... Er behandelte die Eingeborenen wie Menschen niederer Rasse, pflegte sie ständig anzuschreien und zu bedrohen ...«

Ja, das stimmte ... Auch Starzew hatte in seinen Aussagen bestätigt, daß der Chef mitunter grob zu den Eskimos gewesen war. Andererseits war Starzew, der viele Jahre unter ihnen gelebt hatte, überzeugt, daß übermäßige Freundlichkeit die Einheimischen nur apathisch mache und die bolschewistische Idee, wonach Eskimos und Weiße gleich seien, nur Schaden bringen könne.

Er mußte es ja schließlich wissen!

In der Anklageschrift wurde das Leben auf der Polarstation geschildert, und Starzew erinnerte sich nicht ohne innerliches Vergnügen an die Walroßjagd und die Warenberge an der Küste, erinnerte sich an den Geruch von frischem Sägemehl und Hobelspänen während des Hausbaus für Sementschuk ... Das war eine schöne Zeit! Sanechak war noch am Leben, die Kinderchen krabbelten zu ihren Füßen, und nie wäre ihm der Gedanke an so was Schlimmes gekommen ...

Ja, unnütz hatte Sementschuk verboten, Lebensmittel auszugeben, sogar auf Vorschuß. Aber die Eskimos sind nun mal so: Wenn man sie ausreichend versorgt, gehen sie nicht einmal mehr auf Jagd. Dann besuchen sie einander ohne Ende, trinken Tee oder Wodka, falls sie welchen auftreiben, und singen zur Schamanentrommel ihre wilden Lieder.

Aber widersprechen darf man hier nicht. Starzew hatte schon begriffen, daß es für ihn nur schlimmer wurde, wenn er Einwände vorbrachte. Diese seine Schlußfolgerung war ein Ergebnis monatelangen Umgangs mit Untersuchungsführern der Staatsanwaltschaft.

Starzew schielte zu Sementschuk, der neben ihm saß. Der ehemalige Chef war stark abgemagert. Sein Gesicht war spitz geworden, die Wangenknochen traten hervor, insgesamt wirkte er jetzt eckig. Wäre er weichherziger, dann wäre all das nicht passiert. Dieser Judenhaß ... Dabei hatte Doktor Wulfson doch gar nichts Schlechtes gemacht, hatte nicht einmal zugeschlagen.

Die gleichmäßige Stimme der Kuschelnikowa erfüllte den Saal, und irgendwo zwischen den Fenstern summte in der von der Moskauer Maisonne erwärmten Luft eine Hummel.

»... Sementschuk verfolgte eine offen antisowjetische Politik gegenüber der einheimischen Bevölkerung. Er benahm sich wie ein eingefleischter Kolonialherr. Konkret: Sementschuk verhinderte die Beschaffung von Seetieren, indem er den Eskimos willkürlich verbot, auf Jagd auszufahren, und stellte dafür auch keinen Kutter zur Verfügung. Da halfen weder Bitten der Eingeborenen noch Appelle der Stationsangehörigen – die Jagd war vereitelt. Schließlich blieben die Eingeborenen ohne Fleisch und mußten hungern, zumal sich Sementschuk aus völlig unbegreiflichen Motiven weigerte, ihnen Lebensmittel abzugeben – ungeachtet der großen Vorräte ...«

Sementschuk mokierte sich innerlich: Was hieß denn

hier Kolonialpolitik! Er war ein Sowjetmensch! War von der Partei und der Regierung vor allem dazu hinbeordert worden, für das Wohl der Polarstation, für wissenschaftliche Forschung und für die Bewahrung des Staatseigentums zu sorgen. Die hier hatten gut reden: Er hätte unbeschränkt Lebensmittel ausgeben sollen ... Wie aber soll ein Eskimo begreifen, daß er dann Schulden macht, die er zu tilgen hat? Sie halten vieles für ein Geschenk, für kostenlose Wohltaten der Sowjetmacht. Wie meinte doch Utojuk: Da wir schon die Macht der Armen und Gleichberechtigten sind, müssen wir alles aus dem Vorratslager herausholen und gleichmäßig unter allen aufteilen!

2

Nach einer Pause wurde das Verlesen der Anklageschrift fortgesetzt.

Sementschuk zuckte zusammen, als die Kuschelnikowa las: »... Sogar Sementschuks Frau war gezwungen, im Untersuchungsverfahren zu bekennen: ›Ich muß ehrlich zugeben, daß sich Sementschuk als Leiter der Polarstation zu den Expeditionsteilnehmern abscheulich verhalten hat, mit ihnen grob und schroff umgegangen ist. Er hat sich wie ein Diktator aufgeführt etc. Er konnte sich nicht benehmen und war für eine solche Arbeit natürlich völlig ungeeignet. Ich weiß, daß eine einheimische Familie vor Hunger ein aus Walroßhaut gefertigtes Boot gegessen hat. Alle Stationsangehörigen, auch ich, waren über die himmelschreienden Fakten empört. Ich habe wiederholt meine Empörung gegenüber Sementschuk geäußert, aber er hat mir nur darauf geantwortet: Sei still, das geht dich nichts an.‹«

Recht habe ich gehabt, dachte Sementschuk und versuchte, Nadeshda Indiktorowna unter dem Publikum im Saal zu entdecken. Doch da war sie nicht. Sie war nicht gekommen, das Miststück. Sie war ein Miststück und ist eins geblieben. Was für ein Weibsbild! Unersättlich in ihren Begierden. Nicht genug, daß sie öffentlich mit Wakulenko geschlafen hat, auch mit Eingeborenen soll sie es im Bad getrieben haben ...

Hätte ich eine andere Frau gehabt, dachte Sementschuk plötzlich, dann wäre vielleicht nichts dergleichen passiert. Sie hatte schließlich als erste damit angefangen: Diese Juden – Wulfson und seine Frau – stinken nach Knoblauch ...

Sementschuk horchte wieder auf. Verlesen wurden die Aussagen des Parteiorganisators Karbowski.

»Der Arzt Wulfson war ein ordentlicher und gewissenhafter Mensch. Er empörte sich über das Vorgehen von Sementschuk und äußerte seine Empörung offen. Infolgedessen haßte Sementschuk Wulfson und dessen Frau, und mir persönlich hat er gesagt, daß Wulfson gegen ihn Intrigen spinne ...«

Dabei hätte Karbowski ihm, Sementschuk, dankbar sein müssen. Er hatte ihn doch zum Parteisekretär gemacht, hatte auf jegliche Weise seine Autorität unterstützt, selbst dann noch, als Karbowski betrunken und nur in Unterhosen in der Siedlung erschienen war, weil er die Hosen bei seiner Eskimo-Geliebten gelassen hatte. Und offen gesagt war er der erste Antisemit. Ständig hatte er Wulfson zugesetzt, im Bad wollte er unbedingt sehen, wie der beschnitten war ... Karbowski war zwar Kommunist, aber ein Lump ersten Grades ...

Die Hauptfrage war natürlich, wer denn wirklich Doktor Wulfson getötet hatte. Sementschuk selbst hatte aus diesem Grund Starzew verhört, bis er die Insel verlassen mußte – rund drei Monate. Er hatte es auf unterschiedlichste Weise versucht, hatte ihn mehrfach sinnlos betrunken gemacht, doch ein Geständnis hatte er nicht erhalten. Entweder hatte Starzew den Doktor wirklich nicht umgebracht, oder er war nicht so unbedarft, wie er aussah, und hielt sich unter Kontrolle. Hin und wieder wechselte Sementschuk die Taktik und fragte Starzew, wer es denn seiner Meinung nach hätte tun können. Aber auch da bekam er nichts Vernünftiges zu hören. Dafür pflichtete Starzew gern Sementschuks Überlegung bei, ob der Doktor nicht einfach vom Schlitten gefallen sei: Dabei habe er die Winchester zerbrochen und die Nasenwurzel so verletzt, daß seine Nase zur Seite gedreht wurde, und schließlich sei er gestorben …

Etwas stimmte auch mit Wakulenkos Tod nicht. Man erzählte sich, an dem unglückseligen siebenundzwanzigsten Dezember sei der Biologe mit Hunden ausgefahren, angeblich, um die Fallen zu untersuchen. Er sei ziemlich bald mit Beute zurückgekehrt. Doch Wakulenko war in eine ganz andere Richtung gefahren, nach Osten, während das Unglück im Westen, unweit der Somnitelnaja-Bucht, geschehen war … Nadeshda Indiktorowna äußerte sogar die Vermutung, den Doktor hätten auch die Schamanen töten können, weil sie ihn haßten. Das aber konnte man nur als Ausgeburt weiblicher Phantasie betrachten. Genauso wie den mehrmals von einigen Eskimos und von Starzew unterbreiteten Vorschlag, den Schamanen Analko anzuhören, der angeblich den Hergang des Todes von Doktor Wulfson durch einen alten Mantelärmel aus Walroßdarm gesehen habe. Man muß den Kopf ja schon völlig verloren haben, wenn man da zustimmt …

Die monotone Stimme der Kuschelnikowa hatte sich verändert, war plötzlich in eine höhere Tonlage geschnellt: »Auf Grund des Dargelegten werden angeklagt:

1. Sementschuk, Konstantin Dmitrijewitsch, achtunddreißig Jahre, geboren im Dorf Kobrowzy, Kreis Lida, Gouvernement Wilno, bäuerlicher Herkunft, nicht abgeschlossene Mittelschulbildung, verheiratet, 1921 von der Bakuer Tscheka wegen ungesetzlicher Beförderung und Aneignung von Silber zur Verantwortung gezogen, aber nicht verurteilt, ehemals Mitglied der KPdSU(B) seit 1919, ausgeschlossen in Verbindung mit dem laufenden Verfahren,

daß er in den Jahren 1934/35 als Leiter der Polarstation der Wrangel-Insel und unter Mißbrauch seiner Dienststellung systematisch Handlungen unternommen hat, die offenkundig seine Befugnisse überschritten, insofern er die Nationalpolitik der Sowjetmacht verletzte und ungesetzlich der einheimischen Inselbevölkerung die notwendigen Nahrungsmittel vorenthielt,

daß er die Jagd auf Meerestiere hintertrieb, was zu Erkrankungen unter der einheimischen Bevölkerung führte und ihre Unzufriedenheit hervorrief,

daß er offenkundig das Kollektiv der Polarstation verhöhnte und aus Furcht vor einer Entlarvung seiner Handlungen durch den Arzt der Polarstation, Wulfson, die Ermordung des letzteren organisierte, indem er den Gespannführer Starzew dazu anstiftete, woraufhin der Mord zwischen dem sechsundzwanzigsten und siebenundzwanzigsten Dezember 1934 vollbracht wurde – das heißt angeklagt verschiedener Verbrechen gemäß Artikel 39-3 des Strafgesetzbuchs der RSFSR.

2. Starzew, Stepan Pawlowitsch, siebenunddreißig Jahre, gebürtig aus dem Werk Neiwo-Schaitanski, Gebiet Swerdlowsk, aus einer Arbeiterfamilie, wenig gebildet, Witwer, parteilos, nicht vorbestraft,

daß er zwischen dem sechsundzwanzigsten und siebenundzwanzigsten Dezember 1934 auf der Wrangel-Insel in Absprache mit dem Leiter der Polarstation auf der Wrangel-Insel, Sementschuk, den Mord an dem Arzt der Polarstation, Wulfson, begangen hat, indem er ihm während einer gemeinsamen Fahrt über die Insel eine tödliche Verletzung im Schädelbereich beibrachte – das heißt angeklagt eines Verbrechens gemäß Artikel 59-3 des Strafgesetzbuchs der RSFSR.

Auf Grund des Dargelegten und auf Anweisung des Staatsanwalts der Sowjetunion unterliegen die Obengenannten der Gerichtsbarkeit des Obersten Gerichtshofs der RSFSR.

Die Anklageschrift wurde am vierten Mai 1936 in Moskau verfaßt.

Der Untersuchungsführer in wichtigen Angelegenheiten bei der Staatsanwaltschaft der UdSSR Lew Schejnin. Bestätigt: Der Staatsanwalt der Sowjetunion Andrej Wyschinski ...«

Die Kuschelnikowa hatte das Verlesen beendet. Sie war sichtlich ermüdet. Sie wandte sich den Richtern zu, warf einen flüchtigen Blick auf den Staatsanwalt und begab sich langsam an ihren Platz.

Einige Zeit hörte man in der eingetretenen Stille eine Hummel zwischen Glasscheiben summen.

Der Richter verkündete eine Pause.

3

Der Prozeß dauerte eine Woche. Die Zeitungen kommentierten ihn ausführlich.

Die Angeklagten saßen, von bewaffneten Milizsoldaten bewacht, auf ihren Plätzen und wirkten gegenüber allem, was sich im Saal abspielte, überwiegend teilnahmslos. Sie lebten nur dann auf, wenn sich der Richter, der Ankläger oder die Verteidiger an sie wandten.

Als erster Zeuge machte Sherdew, der schon im April des vergangenen Jahres auf die Wrangel-Insel gekommen war und Sementschuk weggebracht hatte, ausführliche Aussagen.

SHERDEW: Ich wiederhole noch einmal, daß nach meiner Ansicht aus der gesamten Bevölkerung nur drei Personen als die physischen Mörder in Frage kommen – Starzew, Sementschuk und Wakulenko ... Sementschuk mußte zumindest beiläufig von dem Mord gehört haben, weil er der Leiter war. Er hätte Nachforschungen anstellen müssen, und er hatte dazu genügend Zeit.

WYSCHINSKI: Analysieren wir. Sementschuk saß in der Rodgers-Bucht, als Wulfson umkam.

SHERDEW: Er behauptet, er sei zu dieser Zeit nicht weggefahren. Möglich wäre es doch, daß er sich entfernt hat, man muß in Betracht ziehen, daß Polarnacht war. Er hätte die sechzig Kilometer weit fahren und zurückkehren können, ohne daß jemand etwas gesehen hätte.

WYSCHINSKI: Na wissen Sie, den Arzt kann man auf der Insel verlieren und nicht finden, den Chef der Insel verliert man wohl kaum. Also hat Sementschuk Wulfson nicht unmittelbar getötet?

SHERDEW: Ich glaube, er hat ihn nicht getötet.

WYSCHINSKI: Geschickt, wie er ist.

SHERDEW: Ich schildere noch eine Variante, die in der Polarnacht möglich ist.

WYSCHINSKI: Ich würde es gern sehen, wenn Sie sich an alle Varianten erinnerten.

SHERDEW: Das ist natürlich eine zweifelhafte Variante. Es wäre denkbar, daß Wulfson, nachdem er sich von Starzew getrennt hatte, vom Weg abkam und die Hunde ihn zurückbrachten.

WYSCHINSKI: So geschieht es oft im Kino. Aber wer war Wulfson im Augenblick seines Todes am nächsten?

SHERDEW: Natürlich Starzew.

WYSCHINSKI: Dann ist also Starzew der wahrscheinlichste Kandidat für diese Rolle, weil er Doktor Wulfson am nächsten war?

SHERDEW: Gut möglich.

WYSCHINSKI: Wenn Sementschuk der Mörder sein sollte, hätte er irgendwohin fahren müssen, ohne daß es jemand sah, Starzew aber war schon an Ort und Stelle.

SHERDEW: Natürlich.

WYSCHINSKI: Ist Starzew ein erfahrener Gespannführer?

Bei der Erwähnung seines Namens horchte Starzew erneut auf. Ja, verglichen mit Sherdew, mochte dieser auch der Vertreter der Hauptverwaltung des Nördlichen Seewegs sein, wirkte Wyschinski wie ein echter Chef. Er könnte ein Führer sein, dachte Starzew, während er den Staatsanwalt mit den Abbildungen der Politbüromitglieder rund um das Bild des großen Führers Stalin verglich. Jedenfalls war er hier der Oberste, stand über dem Richter und allen Verteidigern.

WYSCHINSKI: Halten Sie sich für einen erfahrenen Gespannführer, Starzew?

STARZEW: Nicht ganz.

WYSCHINSKI: Wieviel Jahre waren Sie Gespannführer?

STARZEW: Neun Jahre.

WYSCHINSKI: Und wo waren Sie vorher Gespannführer?

STARZEW: Sonst nirgendwo.

WYSCHINSKI: Und auf Tschukotka?

STARZEW: Auf Tschukotka habe ich vier Jahre als Milizionär gearbeitet.

WYSCHINSKI: Dann waren Sie also neun Jahre Gespannführer. Was meinen Sie, wenn ein Gespannführer einen Arzt begleitet, hat er dann das Recht, ihn allein weiterfahren zu lassen?

STARZEW: Das darf er nicht.

WYSCHINSKI: Und was haben Sie gemacht?

STARZEW: Bei mir hat es sich so ergeben. Meine Schuld ist, daß ich den Doktor weggelassen habe. Ich hätte die Schlitten aneinanderbinden müssen, dann wäre er vielleicht nicht weggefahren.

WYSCHINSKI: Vielleicht haben Sie ihn aber ziehen lassen?

STARZEW: Nein, das habe ich nicht.

WYSCHINSKI: Vielleicht sind Sie mit ihm irgendwohin gefahren?

STARZEW: Nein, das konnte ich nicht.

WYSCHINSKI: Ist Ihnen irgendwo in Ihrer Nähe Wakulenko begegnet?

STARZEW: Das kann ich nicht sagen, ich habe ihn nicht bemerkt.

WYSCHINSKI: Wann haben Sie den Doktor verloren?

STARZEW: Ich habe den Doktor am siebenundzwanzigsten verloren.

WYSCHINSKI: Und wann stellte sich heraus, daß er tot ist?

STARZEW: Etwa am neunundzwanzigsten.

WYSCHINSKI: Und gefunden hat ihn Wakulenko – angeblich – am fünften Januar. Also ist Wulfson vorher umgekommen?

STARZEW: Ja, vorher.

WYSCHINSKI: Am fünften ist Wakulenko losgefahren und hat den toten Wulfson gefunden.

STARZEW: Stimmt, aber das war das zweite Mal.

WYSCHINSKI: Wakulenko ist also losgefahren …

STARZEW: Er hat gesagt, er wolle irgendwohin fahren, um nach seinen Ködern zu sehen.

WYSCHINSKI: Polarfüchse fangen?

STARZEW: Ja.

WYSCHINSKI: Dann wurde also Wakulenko ausgeschickt, damit er Wulfson einholte und tötete, und Sie hatten ihn zu der Zeit verloren?

In dieser Frage steckte bereits eine Antwort, und sie zu bejahen, hieß für Starzew, einen möglicherweise Unschuldigen verdächtigen.

WYSCHINSKI: Sementschuk hatte dem Doktor schlechte Hunde gegeben, die guten hatte er für sich zurückbehalten – weshalb? Damit die guten die schlechten einholen konnten. Ihnen aber hat er gesagt: Verlier den Doktor, damit wir ihn dann leichter finden? War's nicht so?

STARZEW: Stimmt.

WYSCHINSKI: Also ist klar, daß Sementschuk an dieser Operation teilgenommen hat, er hat die guten Hunde für sich zurückbehalten, Ihnen aber die schlechten gegeben und gesagt, er werde am neunundzwanzigsten mit den guten Hunden losfahren, um die Köder zu überprüfen. Hat er Ihnen gesagt: Verlier den Doktor? Hat Ihnen Sementschuk nahegelegt, den Doktor zu verlieren?

STARZEW: Ja.

WYSCHINSKI: Weitere Fragen habe ich einstweilen nicht.

VORSITZENDER: Angeklagter Starzew, hat Sementschuk zu Ihnen gesagt: Verlieren Sie den Doktor?

STARZEW: Er hat gesagt: Laß ihn unterwegs zurück.

Als Starzew sich wieder setzte, spürte er plötzlich, daß er am ganzen Körper naß war. Dabei war es doch eigentlich gar nicht so schwer gewesen, und die Fragen waren einfach.

Dann war Sementschuk an der Reihe.

WYSCHINSKI: Wann wurde Wulfson getötet?

SEMENTSCHUK: In den ersten Januartagen, aber ich nehme nicht an, daß jemand ihn getötet hat.

WYSCHINSKI: Dann sagen wir mal: Er kam auf tragische Weise ums Leben. Daß Wulfson auf tragische Weise ums Leben kam, akzeptieren Sie doch, oder wollen Sie auch das nicht gelten lassen? Warum überlegen Sie so lange?

SEMENTSCHUK: Ich sage, daß Wakulenko zu dieser Zeit im Norden war.

WYSCHINSKI: Was heißt – zu dieser Zeit? Als Wulfson tragisch ums Leben kam?

SEMENTSCHUK: Als Starzew nach Westen fuhr.

WYSCHINSKI: Mich interessiert im Augenblick nicht Starzew. Wissen Sie, was mit Wulfson geschah?

SEMENTSCHUK: Ich weiß es aus der Anklageschrift.

WYSCHINSKI: Und ohne die Anklageschrift? Die Anklageschrift haben wir jetzt verfaßt, und wann ist Doktor Wulfson ums Leben gekommen?

SEMENTSCHUK: Ich erfuhr auf Kap Schmidt, daß Wulfson umgekommen ist.

WYSCHINSKI: Was ist Ihrer Meinung nach mit Wulfson geschehen?

SEMENTSCHUK: Ich denke mir, er ist gestürzt …

WYSCHINSKI: Und hat sich die Nase zerschlagen?

SEMENTSCHUK: Als er gebracht wurde, dachten alle, er sei an einem Herzschlag gestorben, aber die Autopsie hat das widerlegt.

WYSCHINSKI: Wer hat ihn gefunden?

SEMENTSCHUK: Wakulenko.

WYSCHINSKI: Gibt es Zeugen dafür, wer Wulfson gefunden hat und in welchem Zustand?

SEMENTSCHUK: Es gibt ein Protokoll.

WYSCHINSKI: Warum haben Sie in dem Telegramm an die Verwaltung geschrieben, daß der Verstorbene Blutergüsse im Gesicht hatte und ihm Blut aus Mund und Nase geflossen war? Was geht daraus hervor, wenn Blut aus dem Mund kommt und der Mensch stirbt?

SEMENTSCHUK: Ich habe mitgeteilt, was erkennbar war. Vermutlich kam das von der Erschütterung.

WYSCHINSKI: Von der Erschütterung. Von was für einer Erschütterung? Gehirnerschütterung oder was?

SEMENTSCHUK: Der Leichnam wurde in erfrorenem Zustand gefunden. Außerdem wurden Spuren entdeckt, die wie menschliche aussahen ...

Der Staatsanwalt bewies Zug um Zug, Sementschuk habe gewußt, daß Doktor Wulfson umkommen mußte.

Aber wer hatte ihn getötet?

Weder Starzew noch Sementschuk bekannten sich im Verlauf des ganzen einwöchigen Prozesses schuldig.

Sementschuk spürte, wie die gekonnten Schachzüge des Staatsanwalts, aber auch der Verteidiger eine Atmosphäre des Hasses auf ihn schufen. Wyschinski sprach mit ihm in einem Ton, als wäre er selbst zugegen gewesen, als Doktor Wulfson getötet wurde. Den ehemaligen Herrn der Insel erfaßte ohnmächtiger Zorn. So sind sie nun, die Intelligenzler, die die Macht im Land an sich gerissen haben und jetzt das Gerichtswesen beherrschen! Er erinnerte sich an den Untersuchungsführer Schejnin, seine listige, einschmeichelnde Stimme, sein animalisches Interesse für die sexuellen Gewohnheiten der Eskimo-

Mädchen. Stundenlang hatte er sich darüber mit Starzew unterhalten und auch versucht, Sementschuk über dieses Thema auszuhorchen.

Lew Semjonowitsch Schejnin war ebenfalls Jude, und schon bei seiner ersten Begegnung mit ihm wurde Sementschuk klar, daß er von ihm keine Schonung zu erwarten hatte: Ein Jude tritt immer für einen andern Juden ein und nimmt ihn in Schutz.

Er zuckte innerlich zusammen, als der Vorsitzende Nadeshda Indiktorowna in den Zeugenstand rief.

VORSITZENDER: Genosse Diensthabender, bitten Sie die Zeugin Sementschuk herein.

Nadeshda Indiktorowna kam in ihrem bekannten schwebenden, erhabenen Gang herein. Äußerlich hatte sie sich nur wenig verändert. Man kann sogar sagen, sie hatte abgenommen, war schlanker geworden. Konstantin Dmitrijewitsch wurde es weh ums Herz.

WYSCHINSKI: Sind Sie schon lange mit Sementschuk verheiratet?

N. SEMENTSCHUK: Zwölf Jahre.

WYSCHINSKI: Wo haben Sie sich kennengelernt?

N. SEMENTSCHUK: In Baku, in meiner Heimat.

WYSCHINSKI: Bei welcher Gelegenheit? Wo hat er gearbeitet?

N. SEMENTSCHUK: Er hat in der Botschaft in Persien gearbeitet, kam auf einer Dienstreise nach Baku, da haben wir uns kennengelernt.

WYSCHINSKI: Und dann sind Sie mit ihm nach Persien gefahren?

N. SEMENTSCHUK: Nein, nach Persien bin ich nicht mitgefahren.

WYSCHINSKI: War er lange dort?

N. SEMENTSCHUK: Er ist weggefahren, hat mir Briefe geschrieben und ein Paket geschickt, dann ist er selber gekommen.

WYSCHINSKI: Was für einen Posten hatte er inne?

N. SEMENTSCHUK: Er war Objektverwalter.

WYSCHINSKI: Charakterisieren Sie ihn, schildern Sie seinen Charakter, die auffälligsten Züge, in den zwölf Jahren haben Sie ihn doch gut kennengelernt?

N. SEMENTSCHUK: Ja, ich kenne ihn gut. Als Ehemann, als Familienvater ist er sehr gut. Wir haben zwei Kinder, er hat sich immer bemüht, alles für die Familie zu tun, hat selber auf alles verzichtet. Er hat einen schwierigen Charakter, aber da ich nachgiebig bin ...

WYSCHINSKI: Haben Sie nie daran gedacht, sich von ihm zu trennen?

N. SEMENTSCHUK: Daran gedacht habe ich einige Male, aber er hat mich sehr geliebt und wollte keine Scheidung. Es heißt, Sementschuk habe Wulfson getötet, aber kann ich das glauben? Er konnte nicht töten.

WYSCHINSKI: Das ist Ihre Angelegenheit.

N. SEMENTSCHUK: Man sagt auch, Wakulenko habe ihn getötet, das kann ich auch nicht glauben.

WYSCHINSKI: Hat ihn vielleicht überhaupt niemand getötet?

N. SEMENTSCHUK: Das kann ich nicht beweisen.

WYSCHINSKI: Das ist Sache des Gerichts. Was meinen Sie, wie ist es zum Tod von Doktor Wulfson gekommen?

N. SEMENTSCHUK: Das ist schwer zu beantworten.

WYSCHINSKI: In der Voruntersuchung haben Sie diese Frage beantwortet.

N. SEMENTSCHUK: Ich habe gesagt, vielleicht ist er von selbst gestorben, vielleicht aber auch durch die Hand des Schamanen.

WYSCHINSKI: Welches Schamanen?

N. SEMENTSCHUK: Auf der Insel gab es einen Schamanen, einen alten Mann.

WYSCHINSKI: Was hat der gemacht?

N. SEMENTSCHUK: Er hat mit seiner Zauberei Leute geheilt.

WYSCHINSKI: Was hat Wulfson damit zu tun?

N. SEMENTSCHUK: Ich vermute, der Schamane könnte ihn getötet haben, ich verdächtige weder Sementschuk noch Starzew, noch Wakulenko ...

WYSCHINSKI: Also kam er wegen des Schamanen zu Tode. Warum haben Sie vorher nie von dem Schamanen gesprochen?

Dann ging es mit Nadeshda Indiktorowna durch. Sie geriet in Widerspruch zu eigenen Aussagen, begann mit dem Staatsanwalt, mit Gita Borissowna zu streiten. Schließlich verlor der Vorsitzende die Geduld und erklärte: »Das Gericht bekommt den Eindruck, daß Sie die Unwahrheit sagen. Denken Sie an meine Warnung zu Beginn Ihrer Vernehmung.«

WYSCHINSKI: Ich habe keine weiteren Fragen. Ich bitte zu konstatieren, daß die Zeugin Sementschuk im Verlauf der heutigen Vernehmung eine Reihe falscher Aussagen gemacht hat. Unter Berufung auf Artikel 314 des Strafgesetzbuchs der RSFSR betreffend Falschaussagen vor Gericht bitte ich das Gericht, sie nach entsprechender Einschätzung gemäß Artikel 95 strafrechtlich zur Verantwortung zu ziehen.

Lauter Beifall im Saal ließ Sementschuk und Starzew zusammenzucken. Es sollte nicht die letzte Beifallsbekundung des Publikums gewesen sein.

Am fünften Tag erteilte der Vorsitzende Sementschuk das Wort.

Der ehemalige Leiter sprach lange. Er holte weit aus, begann mit dem Tag, da er zum Leiter der Polarstation auf der Wrangel-Insel ernannt worden war. Er beschrieb, wie er die Mitarbeiter auswählte, wie sie mit der Eisenbahn nach Wladiwostok kamen und dort im Hotel wohnten, wie sie zuerst auf dem Dampfer »Sowjet« und dann auf dem Eisbrecher »Lütke« fuhren. Detailliert zählte er auf, was in den Vorratslagern der Station an Verpflegung vorhanden war, Wein und Sprit inbegriffen.

Zum Schluß sagte er: »Ich werde der Mittäterschaft, der Beihilfe oder doch der Mittäterschaft bei der Ermordung von Wulfson angeklagt, soll den Mord organisiert haben und im Grunde genommen selbst der Mörder sein. Ich erkläre, ich hatte nie die Absicht, nicht einmal den leisesten Gedanken zu morden, ich hatte keinerlei Gedanken oder Absichten hinsichtlich Wulfson; weil hier aber davon die Rede war, daß Wakulenko ebenfalls getötet hat, hat es weder Mordabsichten gegeben noch Gedanken daran, und es konnte auch gar keine geben. Für mich ist das alles, besonders mit Wulfson, bis zum heutigen Tag ein Rätsel, und Klarheit bringen kann nur Starzew. Ich kann mir bis heute nicht vorstellen, daß dort niemand war, kann es nicht, und Starzew muß uns allen hier erzählen, wie das geschehen ist. Das wär's einstweilen ...«

Dann fragte der Vorsitzende des Gerichtshofs Starzew, ob er bezüglich der Anklage wegen des Mordes am Doktor Erklärungen abzugeben wünsche.

Starzews Rede war kurz.

»Ich kann vor dem Gericht der Sowjetunion folgendes sagen: Als ich abfuhr und es passierte, daß der Doktor und ich uns trennten, da bekenne ich mich schuldig, daß ich ihn nicht an meinen Schlitten angebunden, sondern weggelassen habe.«

Am sechsten Tag hielt der Vertreter der staatlichen Anklage, der Staatsanwalt der Sowjetunion Wyschinski, eine große Rede: »Genossen Richter! Fast volle sechs Tage haben Sie, mit peinlichster Sorgfalt und auf die geringfügigsten Einzelheiten eingehend, den Strafprozeßfall untersucht, der nunmehr seine endgültige Beurteilung in der kontradiktorischen Verhandlung finden soll, in der wir Parteien in endgültiger Formulierung unsere Standpunkte hinsichtlich der mit jedem Gerichtsverfahren und mit dem gegenwärtigen Fall im besonderen gestellten Fragen darzulegen haben: hinsichtlich der Frage nach dem den eigentlichen Gegenstand der Anklage bildenden Geschehnis und der Beziehung der im gegenwärtigen Verfahren zur strafrechtlichen Verantwortung gezogenen Angeklagten zu diesem Geschehnis …

Unsere Gegner neigen dazu, jedes Kriminalverbrechen auf die Ebene eines politischen Aktes zu erheben. Unsere Feinde sind geneigt, den einen oder anderen Personen, die ein kriminelles Verbrechen begehen, die Rolle von politischen Funktionären anzudichten. Das geschieht besonders häufig dann, wenn es sich um ein Verbrechen, das gewisse eigenartige Züge aufweist, handelt; wenn dieses Verbrechen in den vordersten Abschnitten unseres sozialistischen Aufbaus begangen wird …«

Weiter führte der Redner aus, was für eine bedeutende Rolle der Rat der Volkskommissare der Sowjetunion und das Zentralkomitee der KPdSU(B) der Erschließung des Nördlichen Seewegs beimessen.

Er berichtete von den Erfolgen bei der Erschließung der Arktis, von den Seeleuten und den Bergarbeitern

Spitzbergens, sprach über den Bau des Norilsker Metallurgischen Kombinats, über das Heldentum der Polarflieger …

Zum Hauptausführenden des Mordes erklärte der staatliche Ankläger Starzew. Doch dabei unterstrich er: »Alles dies weist darauf hin, daß Sementschuk an dieser Sache als Anstifter und Organisator der Ermordung Wulfsons führend beteiligt war. Konnte Starzew den Mord auf eigenes Risiko und eigene Gefahr begehen? Nein! Er ist daran viel weniger interessiert als Sementschuk. Denn selbst angenommen, daß Sementschuk Starzew von Wulfson erzählte, der zu Sementschuk gekommen war und verlangt hatte, Starzew für die Vergewaltigung der Töchter Paljas zur Verantwortung zu ziehen; angenommen, daß diese Einmischung Wulfsons in eine ›Weiberfrage‹ Starzews bei diesem Furcht und Wut hervorrief, so besteht auch in diesem Fall keinerlei Möglichkeit zu der Annahme, daß Starzew sich zu selbständigem Handeln hätte entschließen können. Aber in Sementschuks Händen konnte diese Tatsache – und ich bin überzeugt, daß sie es auch tat – ihre Rolle spielen.

Also: Cui prodest? Wer brauchte die Ermordung Wulfsons? Meine Antwort: Sie lag im Interesse Sementschuks, er brauchte sie, in erster Linie er. Ich bin der Ansicht, daß die gegen Sementschuk wegen Anstiftung Starzews zur Ermordung Doktor Wulfsons und die gegen Starzew als faktischen Ausführer des Mordes erhobenen Anklagen voll und ganz bewiesen sind.

Ich ersuche, ein strenges Urteil über die Angeklagten zu fällen. Wenn Sie mit der Beweisführung der Anklage einig gehen, werden Sie die Schuldfrage bejahen. Wenn Sie die Schuldfrage bejahen, so werden Sie in diesem Urteilsspruch sagen müssen – werden Sie nicht umhin können zu sagen: ›Die Mörder erschießen!‹«

Es erklangen laute Beifallsrufe, die Sementschuk und Starzew noch einmal zusammenzucken ließen.

In der Sitzung am Morgen des dritten Mai hielt der zivilrechtliche Ankläger, das Mitglied des Anwaltskollegiums Braude, eine Rede.

»Genossen Richter! Gestern haben wir die Rede des Genossen Wyschinski gehört, des Staatsanwalts der Union, der die prinzipielle Bedeutung dieses Prozesses auf Staatsniveau gehoben hat!«

Und so weiter in diesem Geist, mit Verbeugungen und Lobeserhebungen über den staatlichen Ankläger. Am Ende rief Braude fast schluchzend: »Ich bin Vertreter der zivilrechtlichen Anklage. Aber mich und meine Auftraggeber interessieren am wenigsten Fragen des materiellen Schadens. Sie werden verstehen, daß unsere Anklage eine moralische Anklage ist, es geht darum, den Fakt des Verbrechens zu beweisen, festzustellen, daß Starzew das Verbrechen physisch begangen hat, während Sementschuk der Anstifter war ... Irgendwo im fernen Norden, in der arktischen Polarnacht, vollzieht sich der erste Akt eines schrecklichen Dramas – der Mord an einem sowjetischen, gesellschaftlich aktiven Arzt, dem das Leben vieler Menschen auf der Insel anvertraut war. Man könnte meinen, die Polarnacht würde alle Schliche der an dem Verbrechen Schuldigen verbergen. Doch viele Monate danach vollzieht sich im Zentrum, in der glanzvollen Hauptstadt, vor allen Werktätigen, vor der gesamten werktätigen Welt, vor der ganzen Union der letzte Akt dieses Dramas, hierher wurden alle seine lebenden Mitwirkenden gebracht, hier sehen und hören wir sie. Möge unser Urteil eine Apotheose sein, die alle zufriedenstellt!«

Und wieder Beifallsbekundungen im Saal.

Die Verteidiger sprachen kürzer.

Der Verteidiger von Starzew, Rechtsanwalt Kasnatschejew, traute sich immerhin, Zweifel an der Gewissenhaftigkeit zu äußern, mit der verschiedene Leute die Ermittlungen geführt hatten.

Er sagte: »Die Aufklärung dieses Falls geriet zu spät in die Hände eines wahren Meisters der Untersuchung wie Genosse Schejnin. Der erste Untersuchungsführer und, wenn Sie so wollen, der erste Richter unmittelbar nach den Ereignissen, mit denen wir uns hier beschäftigen, war doch Sementschuk, der nun zusammen mit Starzew auf der Anklagebank sitzt! Ich stimme damit überein, daß es in dieser Angelegenheit viele Indizien gibt. Ich stimme damit überein, daß das hier kein Unglücksfall war, sondern höchstwahrscheinlich ein Mord, aber selbst wenn der Mord als erwiesen anzusehen ist, fehlt der Beweis für Starzews Beteiligung und erst recht der Beweis, daß er der physische Mörder war. Da wir hier nur von Indizien und Vermutungen ausgehen, die etliche Zweifel hervorrufen, darf es für Starzew kein Todesurteil geben!«

Kasnatschejews Worte wurden im Saal mit Grabesschweigen aufgenommen.

Nach zehn Minuten Pause erteilte der Vorsitzende des Gerichtshofs Sementschuks Verteidiger Komodow das Wort. Er wälzte alle Schuld auf den verstorbenen Wakulenko.

»Meine ganze Aufgabe in dieser Angelegenheit lief darauf hinaus, Sie, Genossen Richter, davon zu überzeugen, daß die Beweise für eine Beteiligung Sementschuks an der Ermordung von Doktor Wulfson nicht ausreichen, um eine Verurteilung zuverlässig zu begründen. Es gibt nur eine Wahrheit, die Irrtümer aber sind zahlreich, sagte Platon. Sie, Genossen Richter, haben die verantwortungsvolle Aufgabe, die Wahrheit über dieses gräßliche Verbrechen herauszufinden. Im Rahmen meiner Kräfte habe ich mich bemüht, Ihnen dabei zu helfen. Meine Lage ist nicht leicht. Ich stehe allein. Bin isoliert. Die Anklage kommt von allen Seiten: von seiten des staatlichen Anklägers, von seiten des zivilrechtlichen Anklägers. In dieser schwierigen Lage verfuhr ich, wie ich zu Beginn meiner Rede sagte, nach der Methode, der glänzenden Anklagevertretung durch talentierte Gegner jene tiefen Zweifel gegenüberzustellen, die ich hegte und die mir bis zum letzten Augenblick geblieben sind. Ob sie Sie überzeugen werden, weiß ich nicht. Vielleicht habe ich meine Aufgabe nicht umfassend genug wahrgenommen. Aber ich bitte, mir zu glauben, daß ich nach Maßgabe meiner Möglichkeiten absolut aufrichtig war und so getan habe, wie es mein Gewissen verlangt.«

Wyschinski, der nach Komodow das Wort ergriff, war jedoch bemüht, Zweifel des Gerichts an der Schuld der Angeklagten zu zerstreuen. Besonders notwendig war das übrigens nicht. Die Sympathien von Gericht und Publikum waren offensichtlich auf der Seite der staatlichen Anklage, alles übrige schien ihnen nur überflüssiger Zeitverlust und Tribut an die Formalitäten der Rechtsprechung.

In seinem Schlußwort wiederholte Sementschuk erneut: »Ich kann mir bis heute nicht vorstellen, wer hier der Anstifter zum Mord an Wulfson war. Das Geheimnis kann nur Starzew lüften, der aber schweigt beharrlich …

Nach meiner Ansicht verdiene ich die Strafe nicht, die für mich beantragt wird. Starzew muß in seinem Schlußwort sagen, wie Wulfson ums Leben kam, er muß Klarheit schaffen. Bis jetzt ist niemandem, auch mir nicht, klar, wer ihn angestiftet hat, wer der Mörder war. Er widerruft seine Aussagen, hat angeblich keine gemacht, als er zur Ermittlung fuhr. Ich bitte das Gericht, all das zu berücksichtigen und mir die Möglichkeit zu geben, meine letzten Kräfte für den sozialistischen Aufbau einzusetzen, denn ich fühle mich noch stark, kann beim Anlegen von Wasserstraßen, Schienenwegen und Chausseen mitarbeiten, die der Verteidigungsfähigkeit unseres Landes dienen. Mehr habe ich nicht zu sagen.«

Starzew erzählte knapp seinen Lebensweg und betonte besonders, daß er aus einer armen Arbeiterfamilie stamme.

»Jetzt kann ich hinzufügen, daß ich vor dem Gericht der Sowjetunion die volle Wahrheit gesagt habe, alles, was ich weiß. Alles.«

Danach zog sich das Gericht zur Beratung zurück.

Stehend hörten die im Saal Anwesenden und die Angeklagten die Urteilsverkündigung.

»Im Namen der Russischen Föderativen Sowjetrepublik hat der Oberste Gerichtshof der RSFSR in einer öffentlichen Gerichtsverhandlung vom 17. bis zum 23. Mai 1936, vertreten durch den Vorsitzenden, Genossen J. L. Berman, die Beisitzer, Genossen M. S. Babuschkin und E. A. Kruglowa, unter Teilnahme des staatlichen Anklägers in Gestalt des Staatsanwalts der Union, Genossen A. J. Wyschinski, des zivilrechtlichen Anklägers, Mitglied des Rechtsanwaltskollegiums, Genossen Braude, und der Verteidigung des Frunseschen Rechtsanwaltskollektivs, Genossen N. W. Komodow und N. G. Kasnatschejew, mit der Sekretärin Kuschelnikowa, über die Anklage verhandelt gegen:

1. Sementschuk, Konstantin Dmitrijewitsch, achtunddreißig Jahre, ehemaliges Mitglied der KPdSU(B) seit 1919, ausgeschlossen in Verbindung mit vorliegendem Fall, bäuerlicher Herkunft, nichtabgeschlossene Mittelschulbildung, verheiratet, nicht vorbestraft, wegen eines Verbrechens gemäß Artikel 59-3 des Strafgesetzbuchs der RSFSR;

2. Starzew, Stepan Pawlowitsch, siebenunddreißig Jahre, aus einer Arbeiterfamilie stammend, wenig gebildet, parteilos, Witwer, nicht vorbestraft, wegen eines Verbrechens gemäß Artikel 59-3 des Strafgesetzbuchs der RSFSR.

Das Gericht hat die Materialien der Voruntersuchung geprüft, die Zeugen und einen Experten vernommen, die Erklärungen der Angeklagten und die Plädoyers der Seiten angehört und festgestellt …« Es folgte die nochmalige Darstellung des tragischen Todes von Doktor Wulfson, der Anstiftung zum Mord durch Sementschuk und der Schuld Starzews an der unmittelbaren Ermordung des Doktors in der Version der Anklage.

»In unserer großen sozialistischen Heimat«, sagte am Ende der Richter Berman, »dem Land, das ein Beispiel für die einzigartige, kameradschaftliche, kollektive Verbundenheit und Organisiertheit ist, angesichts schwerster Bedingungen des Kampfes für die Erschließung und das Aufblühen des fernen sowjetischen Nordens fordern Verbrechen wie die von Sementschuk und Starzew, dem unmittelbaren Mörder von Doktor Wulfson, der sich ihm anvertraut hatte, die strengste Strafe.

Auf Grund des Dargelegten hat der Oberste Gerichtshof, gemäß Artikel 319 und 320 der Strafprozeßordnung der RSFSR verurteilt:

1. Sementschuk, Konstantin Dmitrijewitsch, und

2. Starzew, Stepan Pawlowitsch, zur Höchststrafe – zum Erschießen.

Das Urteil ist rechtskräftig, Berufung kann nicht eingelegt werden.

Der Vorsitzende: Berman
Die Beisitzer: Babuschkin, Kruglowa.«

Und wieder kam es im Saal zu Beifallsbekundungen. Diesmal waren sie laut und langanhaltend wie nach der Vorstellung eines Lustspiels.

4

Morgenlicht sickerte durch das vergitterte Fenster ganz oben unter der Decke, und es war ungewöhnlich trüb, nicht so durchdringend und hell wie zu dieser Zeit auf der arktischen Wrangel-Insel.

Am Vortag hatte man Sementschuk und Starzew mitgeteilt, das Präsidium des Zentralen Allunions-Exekutivkomitees habe ihr Begnadigungsgesuch abgelehnt.

Siebenundzwanzigster Mai ... Zu dieser Zeit kamen die kanadischen Gänse auf die Insel geflogen, es war der Anbruch vierundzwanzigstündiger langer Tage, die Zeit süßen Morgenschlafs. Die Zellen der Verurteilten befanden sich im selben Flur; sie hätten sich, wenn sie gewollt hätten, laut etwas zurufen können, sobald der Wärter die Klappe öffnete, durch die die karge Gefängniskost gereicht wurde. Aber ihnen fehlte sogar die Kraft, gewöhnliche, einfache Worte auszusprechen, um Streichhölzer oder Zigaretten zu bitten.

Starzew lag tagelang reglos da, der Wärter kam von Zeit zu Zeit, um ihn anzurufen, und dann vernahm er den von tränenerstickten Schluchzern unterbrochenen Atem. Es schien, als sei dieser Mensch schon tot, und er mußte laut ermahnt werden, zu essen und kalt gewordenen Tee aus dem angeschlagenen dunkelgrünen Emailkrug zu trinken. Und doch glomm in diesem halblebendigen Körper, unter der schweren Asche erloschener Leiden und Gefühlsstürme, ein kleiner Funken Hoffnung.

Sementschuk ging unaufhörlich in seiner engen Zelle

auf und ab, durchmaß den winzigen Raum diagonal, warf sich zwischendurch auf die eiserne Bettstelle, verbarg das entzündete Gesicht in dem harten, nach einer scharfen Desinfektionslösung riechenden Kissen und wartete ständig, wartete mit steigender Ungeduld, wann die schwere Zellentür mit Gepolter aufgehen und diesmal statt des Wärters eine große, bedeutsame Person hereinkommen würde, um zu fragen, was Sementschuks letzter Wille sei, oder – die Begnadigung zu verkünden!

Als dann die Zellen der beiden Todeskandidaten gleichzeitig aufgingen, klammerten sie sich immer noch an ihre Hoffnung, und sie begleitete sie auf dem langen, von morgendlicher, schläfriger Spannung erfüllten Gefängnisflur.

Die Hoffnung erlosch erst unter den Schüssen, beim Lärm des angelassenen Motors eines Lasters, mit dem die Körper dann auf einen namenlosen Friedhof am Rande Moskaus transportiert wurden.

Über die Erschießung brachte die Iswestija am 28. Mai 1936 eine kurze Notiz.

Zehnter Teil

1

Zwei Felsen auf dem Heiligen Kap riefen bei Analko jedesmal Erregung hervor. In ihnen spürte er etwas Verwandtes mit der auf Kap Kiwak, auf dem Festland zurückgelassenen Landschaft. In seiner Brust ertönte jäh eine seltsame Musik.

Er bemerkte eine aus dem Schwarm ausgescherte Gans, die sich auf einer Eisscholle niedergelassen hatte, um auszuruhen, nahm das Gewehr von der Schulter und zielte lange, ehe ein scharfer Knall die weiße Stille zerriß. Die Gans fiel. Da kam es Analko so vor, als hörte er weitere Schüsse. Oder war es das Echo von den Felsen? Oder jagte etwa noch ein anderer an dieser Küste – in der klaren, unbewegten Luft war jeder Laut weithin zu hören.

Doch Analkos Gedanken waren hier, in der erwachenden, nach der monatelangen Kälte sich erwärmenden arktischen Tundra.

Auch sein Inneres hatte sich nach der langen winterlichen Spannung erwärmt. Ja, in diesem Jahr hatten sie einen ausreichenden Vorrat von Walroßfleisch und -fett angelegt, Nahrung gab es zu Genüge, und ein kleiner Mensch war geboren worden, der Sohn des von dieser Erde gegangenen Atun, in dem sich das Geschlecht in eine ungewisse Zukunft fortpflanzte.

In diesem Jahr hatte Analko begonnen, sein Alter zu spüren. Das äußerte sich durch Müdigkeit am Abend, die freilich gegen Morgen verging. Bisweilen suchte Analko seine Jahre nach dem russischen Kalender zu zählen.

Doch heraus kam etwas Unsinniges: mal waren es sehr viele, dann wieder ganz wenige …

Heute aber, da Analko den ganzen Tag in der Tundra verbracht hatte, spürte er keine Müdigkeit. Im Gegenteil, ihm schien, als sei ihm neue Kraft zugeströmt, als hätten seine Glieder und Muskeln, seine Arme und Beine, ja sogar die Augen an Frische gewonnen. Er sah heute weit über die fernen, am nördlichen Horizont blauenden Hügel hinweg, sein Blick dehnte sich nach Süden, wo hinter dem noch unter einer Schneedecke liegenden Küstenrand Packeisfelder begannen, hier und da schon von Tauwasserpfützen bedeckt. Sogar seine Gesichtshaut war jetzt weicher, und die in Frost und Winterwinden scharf gewordenen Züge hatten sich geglättet. Analko fühlte sich verjüngt. So verjüngt, daß ihn süße Sehnsucht nach Kindertagen überkam, nach jenen Zeiten, da er auf dem Festland auf dem steinigen Strand, unter den Felsen von Kap Kiwak, herumgelaufen war …

Geschnatter am Himmel riß Analko aus seinen Gedanken, und er blickte nach oben. Der blaue Raum über ihm war, so weit das Auge reichte, von Vogelschwärmen erfüllt. Riesige weiße Gänse strebten zum Nordhang der Insel, den die Russen Tundra der Akademie nannten. Da flogen Eiderenten mit perlmuttschimmernden Kopffedern, Rebhühner, kleineres Vogelvolk, und je kleiner sie waren, desto lauter schrien sie.

Der Himmel hatte sich mit verschiedenen Lebewesen bevölkert, aber auch auf der Erde, inmitten zusammengesackter Schneemassen, auf hier und da abgetauten Bodenflecken, huschten Mäuse hin und her, schnürten Polarfüchse, die sich bereits verfärbten.

An der Küste, in Richtung auf Kap Blossom, wo seit vergangenem Herbst eingerolltes Walroßfleisch in Gruben eingelagert war, hatte Analko noch im tiefen Winter Eisbärenhöhlen bemerkt. Dort könnte er einige Tiere erbeuten. Das noch nicht verhärtete Fell der Jungtiere ergäbe für Atuns Sohn eine Kuchljanka und Winterhosen, und das Fell der ausgewachsenen Bären würde er im Lager abliefern, um dafür Pulver und Schrot für die sommerliche Jagd auf Vögel zu erhalten.

Analko überquerte den tauenden Schnee, in dem seine Spuren von der eindringenden Nässe schnell dunkel wurden, hob die Gans auf und warf sie sich über die Schulter.

Ihm nach folgte ein Schatten. Vor ihm eröffnete sich ein schneefreier Raum, feste, gleichsam festgestampfte Tundra, die sich ein wenig von den ihn umgebenden Schneefeldern abhob.

Es war angenehm, auf lebende Erde zu treten, auf der kaum sichtbar schon grüne Grashalme sprossen und sogar Blumen, unter denen – noch nicht aufgeblüht – vor allem die bekannten grünblauen auffielen. Wenn sie erblühten und die Tundra überzogen, sammelten die Frauen sie in Lederbeutel, preßten sie fest zusammen, schütteten sie dann in ein Holzgefäß und mischten Seehundfett unter. Die zarte Süße der Tundrablüte schmolz im Mund und erinnerte an seltene Leckereien aus Übersee.

2

Als Analko in die Siedlung zurückkam, vernahm er von Tajan eine Neuigkeit: Im fernen Moskau hatten sie gemäß Gerichtsurteil Starzew und Sementschuk erschossen.

Analko gab es einen Stich ins Herz. Alle seine Versuche zu erzählen, was sich in jener stürmischen Polarnacht im Dezember tatsächlich zugetragen hatte, waren auf Mißtrauen gestoßen, sowie die Russen erfuhren, auf welche Weise der Schamane alles gesehen hatte.

Sie hatten Analko weggejagt, kaum daß er den Ärmel des alten Walroßmantels erwähnte, ließen sich nicht einmal herab, den Anfang seines Berichts anzuhören. Und nun war es geschehen: Zwei unschuldige Menschen hatten das Leben verloren. Dann waren also die beiden Schüsse, die er gestern bei der Gänsejagd vernommen hatte, das Echo jener fernen Schüsse gewesen.

Analko ging hinaus zum Heiligen Kap.

An den kaum sichtbar aus der Erde ragenden Pflöcken erkannte er, wo die heiligen Amulette und Kostbarkeiten lagen.

Ehe Analko das Heiligtum ausgrub, das den ins Sternbild der Trauer Eingegangenen gewidmet war, trat er an den Rand des hohen Steilhangs. Jetzt mußte er in Gedanken von jenem schrecklichen Bild Abschied nehmen, das er durch den mit einem Ende in Meerwasser getauchten Ärmel aus Walroßdarm gesehen hatte.

... Der Doktor fuhr an Starzew vorbei, der seinen Schlitten reparierte, und schrie ihm etwas zu. Wahrscheinlich rief er ihm zu, ihm zu folgen. Der Schlitten glitt über Hartschnee, und Wulfson brauchte die Hunde gar nicht anzutreiben, denn sie hatten Rückenwind. Nach einer Weile zog der Doktor beunruhigt den Ostol heraus und schaffte es nach einigen ungeschickten Versuchen, den Schlitten anzuhalten. Das gelang ihm ohne besondere Mühe, denn seine Hunde waren schwach und ausgemergelt. Einige Zeit saß der Doktor unbeweglich da, offenbar lauschte er, ob Starzew ihm folgte. Aber anstelle von Starzew erschien ein anderes Gespann. Es war Atun. Er fuhr an den Doktor heran und sprach mit ihm in der Eskimosprache, wobei er russische Worte einflocht. All seinen Zorn ließ er an dem verblüfften Doktor aus und geriet selbst immer mehr in Glut. Ja, Inkali hatte recht gehabt, in Atun lebte noch der unzähmbare Geist der schwarzen Menschen, die auf Kap Kiwak Walfett ausgelassen hatten. Sie hatten da nur einen Sommer zugebracht und die einheimischen Mädchen angelockt; und lange noch hatten sich die jungen Frauen nach ihnen gesehnt, immer wieder das verfallene, vernachlässigte Lager der Waltran-Hersteller aufgesucht.

Aus irgendeinem Grund griff der Doktor plötzlich zur Winchesterbüchse. Atun entriß ihm das Gewehr und schlug zu. Der Schlag war so kräftig, das die Winchester zerbrach. Bestürzt stand Atun vor dem Körper des am Boden Liegenden. Er versuchte ihn aufzuheben, ihn wieder auf den Schlitten zu setzen, aber ohne Erfolg: Der erschlaffte Körper fiel in den Schnee. Das erschrockene Hundegespann des Doktors zog den Schlitten noch ein Stück und blieb dann stehen. Der Ostol steckte im Schnee fest, ließ die Hunde nicht los.

Da erschien noch ein Schlitten.

Zunächst dachte Analko, es sei Starzew. Es war aber nicht Starzew, sondern der Biologe Wakulenko. Atuns Handgemenge mit ihm war kurz, und nachdem er den Widerstand des Biologen gebrochen und ihn auf den Schlitten gesetzt hatte, sah Analko: Atun tat etwas, was nur in außerordentlichen Fällen angewandt wurde. An Atuns Handbewegungen und an seinem Gesichtsausdruck erkannte Analko, daß sein Sohn eines der seltensten und stärksten Schamanenmittel gebrauchte – die Langzeitsuggestion.

Wakulenko setzte sich auf den Schlitten und fuhr in die Siedlung zurück, ohne sich auch nur umzublicken.

Atun beugte sich wieder über den Doktor; und als er sich von dessen Tod überzeugt hatte, trieb er seine

Hunde zum Meer. Bevor er den Rand der Steilwand erreicht hatte, hielt er das Gespann an und stieß den Ostol fest in den steinharten Schnee.

Er selbst aber ging langsam zum Abhang und schritt, ohne anzuhalten, ins Leere, in die Ewigkeit.

Das war es, was der alte Analko auf der Oberfläche des Salzwassers durch den Ärmel seines alten, aus Walroßdarm genähten Mantels gesehen hatte. Das war es, was er den Russen hatte erzählen wollen, damit nicht Unschuldige leiden mußten.

Die Unschuldigen aber wurden erschossen.

Analko hob mit den Händen eine kleine Grube aus, zog seinen alten Tabaksbeutel hervor und ertastete darin zwischen den Tabakkrümeln zwei Perlen. Er nahm sie heraus, legte sie sich auf die Handfläche und reinigte sie vom Tabak.

Sie fanden ihren Platz auf dem noch vom Reif und von der Kälte des vergangenen Winters glitzernden Grund der Grube. Analko schüttete die Grube zu, trat sie vorsichtig fest und wandte sich dem Meer zu.

Ein Sonnenspeer, vom Himmel auf die Erde
 gerichtet,
Durchstößt die schweren Wolken, dringt in den
 Erdgrund,
Und versengt tanzt ein Teufel, der sich nachts dort
 verborgen,
Entzündet verzweifelt den eigenen Scheitel.
Möge das Böse, das nun meinen Händen anhaftet,
In die Tiefen der Erde, ins Herz der Felsen
 fließen.
Ihr Götter, vernehmt das Weinen jener unschuldigen
 Zwei …

Anmerkung

Stil und Orthographie der Zitate auf Seiten 199, 218, 219 folgen dem Buch »Die Strafsache K. D. Sementschuk und S. P. Starzew. Stenografisches Protokoll der Sitzungen des Obersten Gerichtshofs der RSFSR« (russ.), Leningrad 1936. (Anm. d. Autors)

Die Übersetzung nutzt, soweit möglich, die deutsche Fassung des Plädoyers im Buch A. J. Wyschinski »Gerichtsreden«, Berlin 1951.

Baidarka (Fellboot): Bezeichnung für Boote, bei denen ein Holzgerüst mit dünner, in Schichten zerteilter und in gegerbtem Zustand fast durchsichtiger, gelber Walroßhaut bespannt ist; kein Kajak.

Baran: hoher Holzbügel über einem Hundeschlitten, etwa in dessen Mitte zu beiden Seiten befestigt; dient dem Schlittenlenker zum Festhalten, wenn er neben dem Schlitten hergeht; auch zum Schieben.

Jaranga: Wohnstatt der Tschuktschen und der Eskimos; besteht aus einem kreisförmigen Holzgerüst, das mit Brettern oder Grasnarbe abgedichtet wird, kuppelförmig überdacht durch eine Konstruktion aus Holzrippen mit darübergebreiteten Walroßhäuten; für den festen Sitz der Häute sorgen darübergezogene Riemen oder Seile, die – seitlich herabhängend – durch darangebundene Steine in Spannung gehalten werden; eine Öffnung in der Mitte der Überdachung läßt Licht ein und dient als Rauchabzug; bei mobilen Jarangas der Rentierhirten ruht die Überdachung – hier aus Rentierfellen – auf einem zeltförmigen Gerüst aus langen Stangen; das Innere einer Jaranga gliedert sich in den Tschottagin und den Polog.

Kamlejka: Umhang, den man über die Kuchljanka zieht, um deren Fell vor Schnee und Feuchtigkeit zu schützen; wird vorwiegend aus Stoff genäht – mit Kapuze und Bauchtasche; Jäger tragen gewöhnlich eine weiße Kamlejka, um im weißen Schnee getarnt zu sein.

Kuchljanka: knielanges Kleidungsstück aus Fell, mit Kapuze. Kuchljankas wie auch andere Kleidungsstücke für Frauen unterscheiden sich von denen für Männer durch verschiedenerlei Verzierungen, und statt der im Roman beschriebenen gesonderten Fellhosen tragen Frauen zur Kuchljanka eine Kombination mit großem Brustausschnitt, um beim Arbeiten den ganzen Arm freimachen zu können.

Narty (Hundeschlitten): bestehen in der Regel nur aus Holz und Riemenverbindungen; die Hunde – maximal zwölf, mindestens sechs – werden an einem langen Strick nach Art eines Fischgrätenmusters vorgespannt, damit sie enge Durchgänge passieren können (auf dem Festland gibt es auch fächerartige Gespanne); siehe auch unter Baran und Ostol.

Ostol: Stab mit Metallspitze; vom Schlittenlenker zwischen den Querstreben des Schlittens in den Schnee gestoßen, wirkt er als Bremse; bei längerem Halt wird er fest in den Schnee gerammt.

Polog: heißt sowohl der durch Tranlampen erleuchtete und beheizte Raum im Inneren der Jaranga als auch der an vier miteinander verbundenen Pfosten aufgehängte und den Raum umschließende Fellvorhang nebst Fellüberdachung, durch den er gebildet wird; an der zur Jarangatür weisenden Vorderseite läßt sich der Polog öffnen, und quer zu diesem »Eingang« liegt ein Holzbalken, der beim Schlafen als Kopfstütze dient, vom Tschottagin aus aber auch als Sitzgelegenheit. Unten ist der Polog mit einer dicken Moosschicht und Fellen ausgelegt; er dient als Familienschlafraum, aber auch zum Trocknen der Kleidung. Man kann im Polog aufrecht stehen; in einer geräumigen Jaranga können sich auch zwei bis drei Pologs befinden.

Torbassen: Stiefel aus Robbenfell; um die Füße in ihnen warm und trocken zu halten, werden zusätzliche Kleidungsstücke und Tundragras verwendet.

Tschottagin: der den Polog umgebende unbeheizte Innenraum der Jaranga, auch »kalter Raum« genannt; dient als Aufenthaltsraum, insbesondere bei der Verrichtung häuslicher Arbeiten; auf offenem Feuer wird hier gekocht. In der kalten Jahreszeit werden auch die Schlittenhunde im Tschottagin gehalten.

Juri Rytchëu im Unionsverlag

Im Spiegel des Vergessens
Vor Jahrzehnten haben sich die Lebenswege von Nesnamow und Gemo für einen Augenblick gekreuzt. In St. Petersburg, der absurden und hektischen Stadt, versuchen sie einander wiederzufinden.

Die Suche nach der letzten Zahl
Vor der tschuktschischen Küste bleibt Roald Amundsens Schiff im Eis stecken. Der gemeinsame Winter verändert die Forscher ebenso wie die Einheimischen.

Unna
Zum ersten Mal erzählt Rytchëu von einer Tschuktschin, die sich fern von ihrer Heimat mit der Zivilisation arrangieren muß. In welchen Zwiespalt dieses Leben zwischen Anpassung und Ablehnung führen kann, erfährt Unna am eigenen Leib.

Teryky
In eindringlicher und bildreicher Sprache wird die tragische Liebesgeschichte zwischen Goigoi und Tin-Tin erzählt, deren Seelen sich im Polargestirn wiederfinden.

Wenn die Wale fortziehen
Diese poetische Schöpfungslegende der Tschuktschen von der ursprünglichen Gemeinschaft von Mensch und Wal, von der Einheit von Mensch und Natur, ist eine Vorahnung der heutigen Zeit.

Traum im Polarnebel
Durch einen Unfall muß der Kanadier John MacLennan in einer Siedlung der Tschuktschen an der eisigen Nordostküste Sibiriens überwintern. Aus einem Winter wird ein ganzes Leben.

Literatur aus allen Ländern im Unionsverlag

Assia Djebar **Nächte in Straßburg**
Eine Frau erlebt mit ihrem Liebhaber neun Nächte voll sinnlicher Trunkenheit, aber auch geteilter Erinnerungen. Selbst in den lustvollen Stunden können unter der Oberfläche beklemmende Schatten der Vergangenheit aufbrechen wie schlecht verheilte Wunden.

Sia Figiel **Alofa**
Alofa heißt das widerborstige Mädchen aus Samoa, das sich nichts gefallen läßt, um ihr zerbrechliches »Ich« zu schützen. Sia Figiels Sprache ist respektlos wie ihre Heldin, funkelnd wie das quirlige Stadtleben, tiefgründig wie die alten Erzählungen von Geistern und Göttern, von fliegenden Hunden und magischen Vögeln.

Mudrooroo **Flug in die Traumzeit**
Von dem einst stolzen Aborigine-Clan hat nur noch eine kleine Gemeinschaft überlebt, denn der Missionar Fada hat bloß Elend und Krankheit auf die Insel gebracht. Da führt Jangamuttuk seine Leute auf eine Reise in eine andere Welt. Sie durchbrechen Raum und Zeit und finden die Kraft, die Autorität der fremden Zivilisation zu überwinden und in ihre Heimat zurückzukehren.

Lao She **Vier Generationen unter einem Dach**
In einer kleinen Gasse lebt mit seiner ganzen Familie der ehrwürdige, alte Herr Qi. So gerne hielte er an den überlieferten Traditionen fest, wären da nicht die japanischen Eroberer, die sein gewohntes Leben aus der Bahn werfen.

Jørn Riel **Das Haus meiner Väter**
Vom Inuit-Jungen Agorajak, seiner zwei weißen Väter, seiner drei Onkel und ihrem Haus am Fuß des Berges, der Miß Molly genannt wurde – Jørn Riel spinnt seine Romane wie Seemannsgarn. Sie sind so wahr wie die unglaublichen Geschichten, die sich die Trapper, Jäger und Fischer, die Abenteurer, Ausgestoßenen und Ausgebrochenen in den ewigen Winternächten erzählen, um nicht in der Einsamkeit unterzugehen.